五十嵐貴久
Igarashi Takahisa

2005年のロケットボーイズ

双葉社

2005年のロケットボーイズ

目次

装幀　重原隆
装画　永井博

2005年
の
ロケット
ボーイズ

「我々もロケットをやりましょう！　ジェット機と違って空気のない所でも安定して飛べるロケットで、宇宙を自由に飛び回りましょう！」

――糸川英夫

what's up?

九月十二日、鹿児島県種子島。

快晴だった。神様が今日という日を祝福しているとしか思えないほどの上天気。おれは正面にある巨大モニターに目をやった。

鹿児島の南、種子島東南端の海岸線に面した新種子島宇宙センターは、総面積八六十万平方メートル、日本最大の大きさを持つ宇宙開発施設だ。縦四メートル、横九メートルのスーパー・プラズマ3Dモニターには、一昨年新たに完成した南大崎射場からの画像が映っていた。

初秋の太陽光を受けて、白いボディが神々しいまでに美しく輝いている。ただのロケットではない。日本初の有人探査機〝のぞみ13〟だ。

〝のぞみ13〟は、今からおよそ六時間後に発射される。地球の周回軌道に乗ったあと月へ向かい、館山裕次、加藤修、二名の宇宙飛行士が月面に降り立つのだ。

七年前、アメリカがついに火星までの有人ロケットを打ち上げ、世界で初めて月以外の星に人間が降り立ったことを考えれば、たいしたことはないのかもしれない。だが今回は日本人の日本人による日本人だけのプロジェクトだ。おれを含め新日本宇宙開発機構《NJSDA》の担当者全員が隠しようもなく緊張していた。二度、続けざまにブザーが鳴った。

『カウントダウン、リセット。〝のぞみ13〟、発射まであと六時間』

すぐにアナウンスが流れた。総合指令棟の左右の壁に備えつけられているデジタル式の時計が、

6：00：00：00から5：59：59：59に切り替わった。誘導、姿勢制御、通信、計測、電力、医療、回収その他三百人以上に及ぶ各担当者が、真剣な表情のまま顔を上げた。おれもその一人だ。

スケジュール通り、宇宙基幹システム本部の金村《かねむら》本部長がマイクを握った。数秒間、沈黙が続いた。

「諸君、聞いてほしい」

本部長のひと言で、辺りが静まりかえった。コンピューターなどの機器類が作動する音だけがかすかに流れている。宇宙科学研究本部、総合技術研究本部、宇宙利用推進本部、その他全部署の担当者が本部長の言葉を待っていた。

「あと六時間を切った。私たちは今、日本人として初めての経験に立ち会っている。すなわち、日本人宇宙飛行士を初めて月面に降ろすためのミッションだ」

一九九〇年十二月、初の日本人宇宙飛行士が宇宙空間に旅立った。もう四十五年も昔の話になる。ちなみに、おれが生まれたのは一九八八年だ。秋山豊寛《あきやまとよひろ》というその男は、ロシアのソユーズTM－11に乗り込み、九日後地球に帰還した。

それ以来、何人もの日本人宇宙飛行士が宇宙ステーションで数日、あるいは数週間を過ごし、更には一年以上もの長期にわたって宇宙空間に滞在した者もいた。だが、月面そのものを自分の足で踏んだ日本人はいなかった。

「今さら何も言うことはない。諸君は最高のスタッフだ。私たちは」

言葉が途切れた。ゆっくりと本部長がマイクを握り直した。その顔がくしゃくしゃに歪んだ。

「いいか、俺たちは必ずこのミッションを成功させる。必ずだ」

総員準備を、とだけ言ってマイクを置いた。公式の場で〝俺たち〟というのも型破りな挨拶だったが、それだけにおれたちの胸には本部長の真意が伝わってきた。さすがにＮＪＳＤＡ三千人のスタッフをまとめてきただけのことはある。

おれたちは全員、やるべきことを完璧に把握していた。この打ち上げの意味もよくわかっていた。儀礼的なご挨拶はお偉方に任せておけばいい。静まり返っていた総合指令棟が再びざわめきに包まれた。

「いよいよですね」

梶屋《かじや》部長、と宇宙利用推進本部でおれの補佐をしている次長の轟《とどろき》が声をかけてきた。

そうだな、とおれは生返事をした。轟が緊張を隠しきれない様子で顔を平手で拭った。

「絶対無理だと思ってたんですけど」椅子を逆に向けたまま言った。「いや、まさかここまで来るなんて」

まったくだ。最初に企画書を提出したのは、もう十一年前になる。その時は夢物語以前の問題だった。当時宇宙環境開発部の部長だった金村は、その企画書を読もうとさえしなかった。ある意味、当然だった。月に日本人を降り立たせよう、というその企画主旨がどれだけ無謀なものか、おれにもよくわかっていた。

だが、今おれたちはその夢物語を現実に変えようとしている。おれの頰に笑みが浮かんだ。

何を笑ってるんですか、と怒ったように轟が顎を振った。こいつはいつもこういう役回りだ。心配性で、何にでもいいかげんなおれの尻拭いばかりだった。悪いとは思っている。

だが人間にはそれぞれ役割というものがある。そしていらない人間なんて世の中にはいない。

本人は損な役回りと思っているかもしれないが、それはそれで重要な何かを担《にな》っているはずだった。

「まだそんなの使ってるんですか」

鬱憤をぶつけるように、デスクに載っていたおれの携帯電話を指さした。いつもの文句が始まった。轟には物に当たる癖がある。

携帯の進歩は日進月歩だ。三年前に新しく開発された体内ユニットによる受信機のおかげで、最近の若い連中は携帯電話を持ち歩かなくなった。だがどうもおれは踏ん切りがつかない。昔で言えばへそにピアスをするぐらいのことだというが、内耳に極小端末を埋め込む体内ユニットの手術を受けるのは、結構な勇気がいる。おれはそこまでする必要性を感じていない。

いや、正確に言えば、おれにはどうしてもそれができない理由があった。確かに古過ぎるほど古いことは認めざるを得ないし、時代遅れもいいところなのは間違いない。轟がいつも言うように緊急時の連絡には不便だったから、取り替えるべきだとわかっていた。だが、おれはこの携帯を使わなければならなかった。

「まあ、体内ユニットが生理的に嫌なのはわかりますけど」電話機を片手で取り上げた。「これはいくら何でも古過ぎませんか。そろそろどうです、光デジタル機種に変えてみたら」

携帯を開いた轟が、ＳＯＮＹって何ですか、と尋ねた。そうか、最近の若い奴はソニーも知らないのか。だがどう説明したところで、こいつにはわからないだろう。

「デザインが好きなんだ」

とは言ったものの、本当はデザインにこだわっているわけではない。こだわっているのは液晶画面のサイズだった。これでなければ駄目なのだ。

あれから三十年も経っていることに今さらながら気がついた。三十年か。

「凜《りん》ちゃん、大きくなったでしょ」

轟が表面に貼ってある娘の写真を見ながら言った。娘の凜は十四歳になる。

「昔の携帯も、こういうところは便利かもしれませんね。いちいちユニットのメモリーを取り替えなくても済みますし」

まあな、と携帯をポケットに落とし込んで、おれは席を立った。総合技術研究本部の連中は用便さえもスケジュールが決まっていて、勝手に席を離れるわけにはいかないが、おれたち宇宙利用推進本部のメンバーは、ロケットが発射されて周回軌道に乗ってからが勝負だ。本番までまだ時間はあった。

指令棟を出て、硬化プラスチックのシールドに覆われた通路を進んだ。しばらく行くと一般見学者用の展望ドームに出た。ここからならロケットが目の前に見える。

喫煙所で、煙草をくわえて火をつけた。業務用スモーククリーナーが馬鹿でかい音をたてて動き始めた。まったく、最近はどこもかしこも禁煙ばかりだ。おれみたいなヘビースモーカーにとっては生き地獄みたいなものだが、いったい世の中はどうなることやら。そのうち革命でも起こしてやろう。

シールド越しに見えるロケットは、すさまじく大きかった。誰がこんなものを作ったのか。いや、もちろんわかってはいるが、そんな感想しか浮かんでこない。それほどまでに巨大だった。

しばらくおれはそうしていた。どうしてこんなところにいるのだろう。胸のどこかで、小さな笑いが弾けた。そうだ、あんなことがあったから、おれは今ここにいる。

（おい）

おれたちはバカだったな。本当に、おれたちはダメだった。でも、バカはバカなりに、ダメはダメなりに、よくやったじゃないか。そうだ、おれたちは間違ってなかった。

ポケットの中で携帯が震え出した。〝カウントダウン・五時間五十分〟というアナウンスが流れた。おれは電話に出た。

「もしもし」

受話器の奥で、小さな笑い声が聞こえた。

what's going on?

1

ダメだあ、とゴタンダが呻《うめ》いた。

「るせえよ」

おれはくわえ煙草のまま吐き捨てた。くっそ、とゴタンダがやけくそのようにストップボタンを押した。リーチがかかっていなければ狙ったところで意味はないのだが、もうそれさえもこいつにはわかっていないようだった。幼稚園の時から一緒だったおれにはそれがよくわかる。

「いくらよ」

六千、と答えて、おれの胸ポケットに手を伸ばした。ざけんな、と体を振った。おれの煙草を狙っているのだ。そりゃ六千円も負ければ煙草銭もなくなるだろう。だが、おれだって勝ってるわけじゃない。浜崎あゆみの曲がものすごいボリュームで景気よく流れている。

「ったくよ、何のためにさぼったんだかよ」

おれたちは午後の授業をふけて、目黒の駅前にあるこのパチスロ屋にきていた。何しろ、新装開店なのだ。

『一挙増台！　北斗の拳百三十二台完全ＶＥＲＳＩＯＮ　ＵＰ！』

よく読むと日本語とは思えない文章が染め抜かれた幟《のぼり》が何本も駅前から並んでいた。射幸心をあおる風景だった。

ご存じかどうか『北斗の拳』は最近出たばかりの新台だ。北斗神拳の名にふさわしく、一回当たれば止めどもなくビッグボーナスが続き、ドル箱の十や二十は当たり前ということで、おれたちスロッターの絶大な支持を集めていた。

問題はあまりの人気に空台がないこと、そして最近判明したのだが、なぜそんなに出るのかと言えば違法ロムが仕込んであるためで、さすがに警察もその異常さに気づいたのか、規制を始めようとしているところだった。もう『北斗の拳』で稼ぐことができなくなる、という危機感におれたちは焦っていた。

だがこの世に神様は確かにいる。何ということか、おれたちの通う高校がある田町からほど近い目黒の駅前にあるパチンコ屋で、今世紀最後の祭りとも言うべき『北斗の拳』の大量入荷があるというのだ。先週二年生になったばかりのおれたちだったが、授業ぐらいさぼったところでバチは当たるまい。

そう思っていたのだが、残念ながらちゃんとバチが当たった。十二台配列の十一列のうち、おれとゴタンダだけが外れ台を摑《つか》まされてしまったのだ。

ゴタンダと言うのはもちろんあだ名で、本名は大崎良夫《おおさきよしお》と言う。あだ名の由来は、ゴタンダを身ごもっていた母親が山手線に乗って病院へ行く途中で産気づき、そのまま電車を止めて五反田の駅でゴタンダを産んだというエピソードからきていた。恐ろしい話もあったものだ。

「何でオレだけ」ゴタンダがまた呻き声を上げた。「見ろよ、隣」

見なくたってわかってる。明らかに仕事をさぼってきてるとしか思えないサラリーマンが、さっきからビッグボーナスの連チャンを続けていた。『北斗の拳』の悪魔的な構造は、一度連チャンゾーンに入ると打ち手が誤った手順を取らない限り、ほぼ永続的にビッグボーナスが続くという仕組みになっている。開店一時間しか経過していないにもかかわらず、サラリーマンの足元にはドル箱が積み上げられていた。

「ドラゴンは」

「勝ってる」

おれたちは同時に右斜め後ろの列を見た。ドラゴンこと牧野龍《まきのりゅう》が快調に飛ばしていた。ドラゴンはおれたちの間でも天才スロッターとしてその名を知られている。本人申告で七割、おれたちの見るところ九割以上の勝率を誇る、技術と強運を併せ持つ男だ。既に四箱を積み終え、更に新しいビッグを引き当てたところだった。

「どうするよ」

おれの台は典型的な遊び台だった。二千円の投資でビッグがきたものの、そのまま全部飲み込まれた。千円追加するとまたビッグがきたが、そのあとはスモールと外れが続き、一進一退としか言いようがない。

「ざけろ。まんま帰れっかよ」

ゴタンダはもっと悲惨だ。百三十二台のうち、おそらく数台しかないはずの回収台にぶち当たったのだろう。他の台は頭上のランプが開店直後のピンクサロンのような勢いで点灯を繰り返していたが、ゴタンダのランプだけは一瞬たりとも光っていない。壊れてるんじゃないのか、と思えるほどだ。

「好きにしろや」

おれはレバーを引いた。リールが回転を始めた。

2

それから二時間、おれとゴタンダはレバーを引き、リールを回し、ストップボタンを押し続けた。おれは二回ビッグを引き、三回スモールを出した。結果、最終的に二千円浮いた。

ゴタンダは財布に入っていた万札二枚と千円札六枚をすべて突っ込み、さらに近くのATMに走って金を下ろしてはすべて飲み込まれるという愚行を三回繰り返した。店を出る時には顔が真っ青になっていた。高校生身分で五万六千円は痛い。痛過ぎるほどに痛い。おれはゴタンダの胸の内を思って心の底から同情した。

ドラゴンはその最強伝説に恥じない勝ちっぷりを示し、十時の閉店までにドル箱を二十一箱積み上げ、十二万五千円の現金をものにしていた。次の日の朝、学校でおれから話を聞いたドラゴンは、ゴタンダに万札を二枚渡した。人生は助け合いだ、というのがドラゴンの座右の銘なのだ。ちなみに、ドラゴンもまたおれとゴタンダと同じ青い鳥幼稚園の同級生だった。

ミスター・ストイックと呼ばれているドラゴンは、友情厚く男気あふれるいい奴で、ストリート雑誌に載っている服しか着ないゴタンダ、基本形がジーンズと白シャツというおれと違って、非常にオシャレでもある。今日はビームスの原色に近いオレンジのシャツとオフホワイトのパンツという春っぽい装いだった。

そのファッションに向けるガッツを他にも使えば校内一の人気者にもなり得る存在なのだが、いかんせん面倒くさがりで前向きな姿勢というのが小指の先ほどもないという致命的な欠陥があった。ドラゴンが興味を持っているのはファッションとパチスロだけなのだ。

「この御恩は一生忘れません」

ゴタンダが泣きそうになりながら言った。お前の一生は何度あるのか。少なくとも今年に入って、そのセリフを五回は聞いたぞ。

ドラゴンはついでに飯までおごってくれた。学校の近所にある定食屋〝ゴージャス亭〟の特Aランチだ。そしてドラゴンはそのまま目黒のパチスロ屋に出勤して行った。手に職のある奴はいいな、とゴタンダが言った。同感だ。

午後の授業を前に、クラスが違うおれとゴタンダは右と左に別れた。次の授業は数学のミツイだ。ミツイは必ず五分遅れてやってくる。教室に戻る前に、おれはいつもの指定席に向かうことにした。指定席、というのはおれが通っている私立王島電気大学付属王島工業高校、略して王電高の屋上のことだ。何だかメーカーみたいな名前だ。

（つまんねえなあ）

手摺《てす》りにもたれて煙草をすいながら、今日だけで百回目のため息をついた。グラウンドを取り囲む桜の木から花びらが舞っている。ちなみに、今はリアルタイムで午後十二時四十一分、この調子でいくとおそらく寝るまでにため息が三百回を超えるのは間違いないだろう。

王電高は偏差値で言うと49・5、可もなし不可もなし、といったランクだ。どちらかと言えばのんびりした学校ということになるだろう。

もっとも、十年ほど前まではシャレにならないほど大変だったらしい。週刊誌の見出し風に言えば〝吹き荒れる暴力の嵐〟〝続出する不登校生徒〟〝毎日が戦争〟そんなところだ。実際、その傷痕は未だに残っている。

体育館の壁にはバイクが激突してできた穴が開いているし、一年棟のトイレはほとんどが使用不可能だ。チャリンコ置き場のトタン屋根はなくなっている。そこだけ色が違う三年棟の壁は、ナイフで腹を刺された生徒の返り血を消すためにペンキを塗り替えたという噂だ。確かめたわけではないが、たぶん本当だろう。

暴走族、ヤンキー、チーマー。暴力団予備校としては完全な品揃えが整っていたそうで、暴力、窃盗、傷害、シンナー、覚醒剤、レイプ、恐喝、先輩たちのやったことを列記していったら大変なことになる。何しろ、その中には殺人まであるのだ。

その雰囲気が一変したのは、九年前のことだ。きっかけはそれまでも実質的な学校のオーナーで創設者でもある有名な大手家電メーカーカミノ電機の社長、神野正嗣《かみのまさつぐ》が正式に理事長として就任したことだった。

もともと王島電気大学はカミノ電機に人材を提供するために創られた大学だ。高等部を併設したのはさらにその大学へ優秀な生徒を送り込むためだというから、経営者ともなると考えることがおれたち凡人には計り知れないほど奥深い。

ただ、本体であるカミノ電機が子会社と持ち合っていた株のために、新興のインターネット関連の会社からM&A、つまり乗っ取り攻撃を受けることになったのは神野社長としても想定外の事態だったという。企業防衛のために学校経営どころではなくなり、その間に王電高は荒れてしまったというわけだ。

数年間裁判で争ったあげく、ようやくにして勝ち残った神野社長はグループの立て直しを図り、そこで荒れに荒れていた王電高の実態を知った。理事長として就任するに至ったのはそのためだった。

「学校が荒れるのは生徒に目標がないからだ」

神野理事長は名言の宝庫みたいな人で、同時に実行力も持っている。すぐさま彼は学校に新しい部を創った。それが鳥人間部だった。

今でもテレビでやっている〝鳥人間コンテスト〟への参加を呼号し、自ら音頭を取って資金も潤沢に提供した。在校生の中から成績優秀者二十人を集め、その結果として鳥人間部は創部早々初出場にして第五位という偉業を成し遂げた。

このことがずいぶんと生徒の意識を変えたという。だいたいバカしかいない学校だから、当然目立ちたがり屋ばかりだ。

「鳥人間になればテレビに出れる！」

テレビに出たくない高校生はいない。ましてや王島工業高校においてをや。

神野理事長の作戦は大成功だった。学校はその後も優秀な生徒や体力自慢の連中の動員を続けた。中学からのスカウトも行われ、本来ならもっと優秀な高校に進むはずの中坊がうちの学校にくることになった。なるほど、人間は目標が必要な動物だ。

問題がないわけではないが、それでもおそらく周りから見ればいい方向に進んでいるのだろう。

おれもそれを否定する気はない。ただ、おれにとってはつまらない学校だった。

（あああ、やってらんねえなあ）

百一回目のため息がおれの口からはみ出した。本当に、マジで、どうしようもなくつまんねえ。

3

つまらない、とグチを垂れるにはわけがある。だいたい、おれはこの学校にきたかったわけじゃない。何が悪いって、運が悪かった。

思い起こせば一年前、高校受験の時だ。自分で言うのも何だが、おれは区立中学に通っていて、そんなに出来がいいわけではなかったが、都立高校に合格できるぐらいの成績は楽に取っていた。偏差値で言えば51、ご立派というほどではないが、まあまあどうにでもなるだろう。

ところが高校受験を一週間後に控えたある朝、家を出たおれが学校までの道をだらだらと歩いていた時、まるで狙いすましたかのように一台の軽トラックが突っ込んできた。あとでわかったが、運転手は居眠りをしていたのだが、わざとかよ！　とツッコミを入れたくなるようなタイミングだった。

何があったか覚えていない。数日間人事不省《じんじふせい》だったというから、それなりに大きな事故だったことは確かだ。そして気がつけば受験日はとっくに過ぎていた。

それ自体は不慮の事故で仕方がなかったが、それなりにあとが大変だった。怪我そのものは全治一カ月程度で済んだのだが、おれは都立高校の受験資格を失ってしまったのだ。あっさりしたものだった。

三月の最終週に退院したおれに、選択肢はあまりない、と担任のナベセンは言った。ナベセンは渡辺先生の略だ。

「中学浪人して来年もう一度受験するか、それとも今から受けられる学校を探すか」

二者択一。今からどこか受けられる学校があるのかというおれの問いに、ほとんどない、とナベセンは答えた。ただ可能性があるとしたら、と挙がった名前が王島工業高校だった。

正直言って、おれはバリバリの文系だ。因数分解はもちろん、ルート5以上はよくわからない。元素記号もうろ覚えだし、だいたい興味がないのだ。数学も、物理も、化学も。

そんなおれに工業高校行かせてどうする気だと思ったが、なかなか世の中は甘くない。何が厳しいって、経済状態が厳しかった。

おれの家は蒲田で町工場を経営している。一応親父が社長ということになっているが、実際にはおれの祖父、つまりジジイがやってる工場だ。

ジジイは群馬の農家の出で、中学を卒業後徒手空拳《としゅくうけん》で東京に出てきた。そこから町工場とはいえ経営者にまで成り上がったのだから、それはそれでなかなかたいしたものだろう。旋盤を扱わせたら右に出る者がいなかった、とジジイは今でもそればかり言う。技術力の高さは確かにハンパではなかったらしく、そのため有名な自動車会社と契約を結んで下請けをやっていた。あの頃は良かった、とジジイはいつも昔を懐かしむ。

しかしだ。時代は変わり、旋盤工なんていてもいなくてもよくなった。どこまで薄く鉄板を削れるかなんて、今では機械が全部やってくれる。気がつけば契約条件は悪くなっていき、最終的にジジイは工場を息子であるおれの親父に押し付けた。その頃になるとポジションは孫請けの孫請けぐらいにまで落ちていた。

親父はツキのない男で、そのへんはおれも子供の頃から察しがついていた。何というか、とことんまでダメな感じがするのだ。そばに近づくと不幸の臭いがする。あるいはうつる。

そんな親父だったが、ジジイから受け継いだ工場を何とかしようと必死だったことは認めてやりたい。それが営業ではなく技術の方向に向かうのがいかにも親父らしい話なのだが、借金までして新しい機材を導入したり、自らの技術力を向上させるために夜間大学に入り直したりしていた。

実際、腕は確かで、人間性はともかく技術面ではジジイも定評はあったが、親父の方が確実でいい仕事をする、と周囲からも評判だった。そういう意味では非常に努力の男と言えるだろう。しかしそういう努力が通用するほど世の中は甘くない。一時は二十人ほどいた従業員を全員リストラしてまで一人頑張っていたが、無理がたたって腰を痛めた。取引先が倒産した。債権者になったが、結局売り掛け金は一円も入らなかった。

それに追い打ちをかけるように、一番大きい取引先である自動車会社が問題を起こした。致命的とまでは言わないが、明らかにリコール対象となる欠陥をユーザーには告げずにそのまま販売を続けていたのがバレたのだ。三年ほど前のことだ。

そんなこんなで仕事は激減し、うちの工場への発注は日に日に少なくなり、当然のことながら家計は壊滅的な打撃を受けた。最終的には自動車会社との契約も切られた。

だったら他の会社なり何なりに営業をかけるとか、そういう企業努力をするべきだと思うのだが、親父はそういう発想のない人間だった。ジジイの育て方の問題かもしれない。

親父は気の小さい男で、明日のこと明後日のこと一年後のことをくよくよと思い煩《わずら》うようになっていた。明日死ぬかもしれないんだから、そんな先のこと考えたって仕方がないだろうに。

ジジイもオフクロもおれも、その辺りの意見だけは一致していた。大丈夫だって、と悩んでいる親父を放っておいたのだが、それがいけなかったようだ。気がつけば、親父は大人のくせに引きこもりになってしまった。いやホントに、マジで、言葉のあやでもギャグでもなく、本格的に引きこもったのだ。一年半前のことだった。

それから今日に至るまで、前は従業員が住んでいた工場の隅にあるプレハブの小さな四畳半で親父は暮らしている。トイレと狭いながらもシャワーがついているので、食事以外はどうとでもなるのだ。何を食っているのか、おれにもわからない。どうも夜中に部屋を出て、近所のコンビニでパンか何かを買っているようだが、面倒なので追及する気もなかった。

去年の秋、あまりのことにあいそを尽かしたオフクロが家を出た。無期限ストライキの始まりだ。うちの住居兼工場がある蒲田の隣の大森駅近くにアパートを借りている。オフクロは親父と違ってバイタリティの固まりみたいな人だから、わりと気軽にそういうことをしてしまうのだ。

そんなわけで家はビンボーとまでは言わないが、それなりに大変なことになっていた。おれを丸々一年遊ばせておく余裕はなかった。おれに与えられた選択肢は二つ、高校に行かず働きに出るか、もしくは王島工業高校に通うかのどちらかだった。おれがこの学校を選んだのは、そういう理由があったのだ。

4

まあしかしだ。

おれはルックスや運のなさは親父似だったが、性格はオフクロ譲りで楽天的な方だ。与えられた環境に対して順応していくタイプだし、割とポジティブにものを考える。工業高校だっていいじゃないか。数学できなくたっていいじゃないの。何とかなるんじゃなかろうか。

だがそれは甘かった。おれの十六年間は失敗の連続だったが、この時のミスはかなり手痛いものだった。いや、順番に説明しよう。そうしないとわかりにくい。

入学した最初の一週間、おれは周囲にグチをこぼし続けた。情けない行為であったことは認めよう。あまりといえばあまりに男らしくなかった。

例の軽トラの運転手にしても、悪気があったわけではない。たまたま運転中に居眠りをして、偶然おれにぶち当たった。それだけのことだ。

もちろん、ナベセンが悪いわけでもない。入試を受けられなかったのはおれが事故にあったためだし、学校や先生のせいではない。同じく親もだ。すべての原因は事故だし、それはおれの問題だ。最終的にこの学校を選んだのもおれだ。

とはいえ、グチを垂れる気分だけは理解してほしい。だいたい、おれには無理だったのだ。理科総合Aや工業化学について、おれに何がわかるというのか。いやわかんないっすよマジで。

だからおれは不満を並べたてた。こんな学校にきても仕方がなかった。意味がないのだ。教師が何を言ってるのか、スワヒリ語とどっちどっちだし、理数系の科目に興味が持てないのは母親の血筋だった。どうにもならない。

毎年そんな生徒が何人かはいるらしい。おれのグチは少数の賛同者と、そして大多数の無関心を買うだけだった。おれだって本気で言ってたわけではない。ちょっぴり甘えていただけだ。

だが、その一週間が終わりに近づいた金曜日の放課後、呼び出しがかかった。相手は一年先輩の神野誠《まこと》、通称ダンナだった。なぜダンナかというと、若旦那の略称だ。名前を見ればわかることだが、神野先輩は理事長であるカミノ電機の社長、神野正嗣の息子だったのだ。

「きみはうちの学校が気に入らないそうだね」

クラシックな様式に基づいて体育館の裏におれを呼び出したダンナは、いきなりそう言った。ダンナは生徒会の副会長と文化祭の実行委員長、そして鳥人間部の部長を兼任している。忙しい男だ。

「そんなに嫌なら、辞めたらどうかな」

ダンナは非常に美男子で、背も高い。迫力のある男前、という感じだ。ただ惜しむらくは、ちょっと古風な顔立ちで、今風とは言えないだろう。きちんと七三に分けた髪型、服装自由と校則で決められているにもかかわらずなぜか詰め襟を着ていること、その言葉遣い、すべてが何だか過去の遺物のようで、平成の私立高校より明治時代の海軍学校に通わせたら似合いそうな男だった。

いえ、そんなつもりでは、とか何とかおれはへどもどしながら詫びを入れた。何しろ相手は理事長の息子で学校の大立者《おおだてもの》だ。逆らって得することは何もないし、そんなつもりもなかった。どうかな、とダンナが色白なくせにそこだけは真っ赤な唇を動かした。

「思っていなければ、そんな発言はありえない。そうじゃないか」

どうもおれは昔から理屈に弱い。論理的に話をされると、うるせえ、とすぐ思ってしまう。文系の哀しさだ。だが相手はその意味では筋金入りの数学的人格の持ち主だった。

「嫌なら辞めた方がいい。これは忠告だよ」

お気持ちはありがたいのだが、おれもここを辞めたら後がない。それに、教師や理事長本人ならともかく、いくら息子とはいえたかが一年先輩にそんなことを言われる筋合いもないだろう。ほっといてくれ、とそっぽを向いたが、そういうわけにはいかない、とダンナが首を振った。

「ぼくは将来この学校で教師になることが決まっている」

さらりとそう言った。結構な話だ。羨ましいご身分だ。

「もちろん大学でも教鞭《きょうべん》を執る予定だし、最終的には大学の学長と高校の校長を兼任することになるだろう。少子化が顕著な今、学校経営は非常に厳しい。そしてこの学校が父の会社に優れた人材を送り込むためのものである以上、ぼくには学校の水準を向上させる義務がある。悪い芽は摘んでおくべきだ。腐ったミカンの話は知ってるだろ」

その話は知っているが、金八先生は〝私の生徒は腐ってなどいない〟と言ったはずだ。再放送で見たぞ。そう言おうとしたが、冷たい目がおれを見つめていたので止めた。なんだか実験動物になったような気がした。

この学校に問題がないわけではない、とおれが思っているのはこのことで、つまりダンナと神野家がすべてにおいて力を持ち過ぎているのだ。昔から資本家と労働者は対立するものと決まっているが、あまりに権力が集中し過ぎるのはどう考えたって問題があるだろう。

ただ、ダンナがそのパワーを持つに至ったのには理由がある。日本でも何番目かに大きな家電メーカーカミノ電機の四代目社長である神野正嗣には、優秀な経営者ならではの冷徹な計算があった。彼は自分の四人の息子をカミノ・コンツェルンの後継者として育てていたのだ。

長男はカミノ電機の現専務だし、次男は与党民自党から選挙に出て今や参議院議員だ。そして三男は東洋新聞社に入りマスコミを押さえ、四男であるダンナは王島電気大学と高等部を担当し、人材の育成を任されることになっていた。

今どきこれだけワンマンな父親も珍しいが、すべてが思惑通りになっているわけだからたいしたものだと思う。今後王島電気大学は人材をカミノ電機に送り込むための重要な拠点になる、とダンナが続けた。

「不要な人材は排除する方針だ。ただし、大学にしても高校にしても、残念ながらシンクタンクではない。研究機関ではないから、まず経営が優先される。君のようなクズでも、学費を払っている限りは学生でいられるというわけだ」

選民意識丸だしでダンナが言った。中学で一緒だったという先輩たちの話によると、ダンナはもともとそういう男だったという。

「ともあれ、グチばかり言っているのはみっともいいものではない。それはわかっていた方がいいだろうね」

悔しいが、言ってることは正論だった。返す言葉もない。

「無理に退学させるわけにはいかない。残念ながらぼくにはまだそこまでの権限はないからね。

だが、周囲につまらないことを触れ回って、モチベーションを下げることだけは止めてもらおう。事は学校経営の根幹にかかわる問題だ」

はあ、とおれはうなずいた。新入生だったおれは、まだこの段階ではダンナの恐ろしさをわかっていなかったのだ。とりあえず先輩には黙って従っておこう、それぐらいのつもりだった。

優れた知性と粘着質の性格を併せ持つダンナには、おれの考えていることぐらいすぐにわかっただろう。その場はそれで済んだが、あっと言う間に手ひどいしっぺ返しがきた。数日後にあった学校内サークルのオリエンテーションで、おれは全サークルの関係者から入部を断られたのだ。

そんな馬鹿な話があるのかと思ったが、さすがは私立校、その辺りは学校の思惑次第であり、そしてそれは取りも直さず神野のダンナの意向がすべて、というわけだった。この平成の時代に、何という恐ろしい話だろうか。

部活はもちろん文化祭への参加も拒まれ、学校のほとんどの生徒から存在そのものを無視された。決して派手ではないが、地味な形でのイジメだった。陰険なのはダンナの性格だ。

そういうわけで、おれはひたすら無意味な高校生活を送らざるを得ない羽目に陥っていた。だったら辞めればいいじゃないか、そうじゃなければ戦えばいいじゃないかと言われそうだが、何しろ家の事情が事情だ。そう簡単に辞めるわけにもいかないし、引き取り先があるかどうかもわからないのに高校生の身分を捨てる勇気はなかった。

すべては自分の蒔いた種だったかもしれないが、それにしてもあまりにも悲惨な状況だった。それは二年生になった今でも、何ひとつ変わっていない。今日百二回目のため息をついてから、おれは煙草をテラスの手摺りに押し付けた。

5

新学期が始まり、誰もが新しい日々への希望を胸に目を輝かせていた。そんな四月第三週の土曜日、おれは病院のベッドに横たわっていた。人生は運だという言葉を噛み締めながら。

同じ瞬間、同じ場所で、同じジョークを言っても受ける奴と受けない奴がいるように、同じ悪事に手を染めていても、捕まる奴と捕まらない奴がいる。そしておれは受験の時のことを考えても、運がある方ではない。

それにしても、これほどまでについていないとは思っていなかった。いったい何があったというのだろうか。いや、これではわからないだろう。最初から話すことにする。

要するにパーティがあったのだ。おれの日常は基本的にのんべんだらりと何事もないままに過ぎていくのだが、たまにはいい話も舞い込んでくる。中学の同級で都立高校に通っている大江《おおえ》が持ってきたのは、西園寺《さいおんじ》女子高校との合コンだった。

西園寺と言えば、おれたち下々の人間がおつきあいできるような学校ではない。ズバリ言えば存在そのものが貴族階級と言っても過言ではないだろう。生徒は全員金持ちのお嬢様、登校時には〝おはようございます〟、下校時には校門に向かって〝ごきげんよう〟と挨拶をするのが伝統となっている高校なのだ。

しかしだ。いかに西園寺でも、やっぱり落ちこぼれはいる。落ちこぼれ、は正確ではないかもしれない。なじめない、と言うべきか。ともあれ、そういう生徒が現実にいることは確かで、結果としておれたちもその恩恵にあずかることができるというわけだ。

そして、そういうタイプの女子というのは、往々にして他の子よりもきれいな場合が多い。あるいはいろんな意味で経験が豊富であったりとか。大江とおれ、そしてゴタンダの三人は期待を胸に、意気揚々と三対三合コンの会場である居酒屋〝将兵〟に乗り込んだのだ。

大江はなかなかにいい腕をしている。前からそれを認めるにやぶさかではなかったが、今回についてはどれほどその手腕を誉め称えても足りないだろう。どうやって知り合ったのか知らないが、現れた三人は三人ともそれぞれに美しく可愛く、また愛らしかった。期待よりずっと。

もちろんおれとゴタンダはあっと言う間に盛り上がり、しかも気がつけばおれたちはスリートップシステムからマンツーマンディフェンスにフォーメーションを移していた。逆に言えば、向こうもいろんな意味でオッケーだったのだ。

勢いのまま二次会のカラオケ〝うたひろ〟に突っ込み、喉が嗄れるまでオレンジレンジ、サンボマスター、ＢｏＡ、大塚愛と歌い継ぎ、あまりの流れの良さにおれはめったにやらないケツメイシまでチャレンジした。

そこで記憶はぷっつりと途切れている。〝うたひろ〟の定番メニュー、マンゴチューハイは口当たりはいいが大変危険な飲み物だと思う。おれは酒に強いわけではなく、ただただその場の盛り上がりだけを考えて六杯のマンゴチューハイをお代わりしていたのだが、これは自殺行為に等しいのでみんなも気をつけるように。

次に覚えているのは、目が醒めた時にゴタンダが泣きながらミスチルの〝抱きしめたい〟を歌っていたことだ。ゴタンダはどういうわけかＴシャツ一枚の姿だった。これは比喩ではなく、真実Tシャツしか身につけていなかった。つまり、パンツを脱いでいたのだが、女子からの受けは大変良かった。悔しくなって全裸になろうとしたおれを大江が止めたところまでは覚えている。そして再び記憶がなくなった。

そのあとのことは途切れ途切れだ。六人で肩を組んで柴崎コウの何かを歌っていたこと、大江がキムタクの物まねをするホリの物まねで、〝ちょっと待てよ〟を連発していたこと、どういうわけかゴタンダが女の子の一人に股間をマイクで殴られ、うずくまっていたこと。

そしておれが覚醒したのは病院だった。ベッドの脇にはジジイとオフクロ、そして担任のオカヤマがいた。親父はいなかった。

オフクロの話によると、おれはどうやって帰ったのか、家の近くまでは戻っていたらしい。工場の隅で、大量の嘔吐物に顔を埋めたまま倒れていたそうだ。見つけたのはジジイで、朝の散歩に出るところだったという。他人でなかったのが唯一の幸運だ。おれはこう見えてもあんがいスタイリッシュな人間で、そんなところを他人に見られたら死にたくなるタイプなのだ。

ジジイはまず親父の立てこもるプレハブを叩いたが、引きこもり男は息子が生と死の境をさ迷っているぐらいではまったく動じなかった。諦めたジジイは救急車を呼び、病院に直行した。そこからオフクロに連絡し、ついでに担任のオカヤマを電話でたたき起こした。まったく、余計なことをしてくれる年寄りだ。

親はいい、親は。だが教師は困る。ジジイ一人で十分に対処ができたはずだろうに。そう訴えたが、鼻にビニールのチューブを突っ込まれたままのおれの抗議を受け付けてくれる人間は一人もいなかった。

あとでわかったが、ゴタンダと大江はすっかりいい感じで西園寺の彼女たちと仲良く帰ったのだという。お前がそんなに酔っ払ってたとはな、と見舞いにきたゴタンダがお気楽な顔で言った。あまりに腹が立ったので殴ってやったが、あまり意味はなかった。

とりあえず命にこそ別条はなかったが、おれは急性アルコール中毒で二日間入院し、退院して学校に行くと水木金の三日間、謹慎処分を言い渡された。なぜだ神様。ホワイ。なぜおれだけこんな目にあうのか。

6

翌週の月曜日。謹慎明けで登校したおれを待っていたのはオカヤマではなく、更に狂暴、冷酷、無慈悲なサディストとして有名な学年主任で、生活指導の担当教師、マルハシだった。入院や謹慎では罰が足りないのかと思ったが、そういうわけではなかった。というより、この時点で事態はおれの思惑とは少し違う方向へ迷走を始めていたのだ。

職員室の引き戸を引いて、中に入った。ホームルームの時間なので、担任を受け持っている先生は出払っていた。残っているのは何人かの生活指導教師、そして理科のウエマツ、音楽のサワキとかだけだった。マルハシもその一人だ。そしてマルハシの机の脇に、女子が一人ぽつねんと立っていた。

珍しいこともあったものだ。三年の上原友香《うえはらともか》さんだった。まだ学校にきていたのか。

友香先輩は百五十五センチ、四十五キロ、上から八十八―五十八―八十八、Eカップのナイスバディ、信じがたいほどに完璧なロリコンフェイスで、いったいどうして王島工業高校に入学してきたのか、戦後最大の謎とまで言われているひとだ。

友香先輩が入学した年の入学式の翌日、彼女のいた一年B組は猿山と化し、見物人が群れをなしたという伝説が残っている。告白する連中は学校の内外を問わず、おおげさではなく何百人となくいたはずだ。学園のミスアイドルと言うべきか。

ただし、幼く見える外見の割に、友香先輩は賢かった。というか、学園のアイドルでその存在を終えるつもりはなかったのだ。

一年の夏、必要以上に露出した服を着て表参道を練り歩いた。その甲斐あってか、二日目には複数の芸能プロダクションからスカウトされたそうで、その後順調に事態は進展し、ちょうど一年後に彼女は青年コミック誌のグラビアを飾り、更に一般誌も含めその豊かで見事なバストを拝む機会は増える一方だった。最近では深夜帯の番組の顔的存在と言ってもいい。とっくに学校は辞めたと思っていたのだが。

「学生でいたいんだったら、この出席日数はまずいんじゃないのかい」

でれでれした猫なで声でマルハシが言った。意識的なのか無意識なのか、友香先輩は机に浅く腰を下ろし、少し首を斜め下に向けて、反省する女生徒のポーズを取った。必要以上に短いスカートから、大変結構な眺めが、ええと、その。

「だって、お仕事だったから」

友香先輩がつぶやくように言った。男心をわしづかみにするような声だ。

「それはわかるけど、私たち教師としても、これは注意せざるを得ないよ」

友香先輩はうつむいたまま何も言わなかった。ため息をついたところで、マルハシがおれの方を向いた。

「お前は遅いなあ」

友香先輩への声音とはまるっきり調子が違っていた。いくら何でも、あからさまにそれはひどくないか。

「すいません」

だがおれは素直に謝った。何しろ、今回ばかりは言い訳のしようがない。現行犯で捕まっているのだから、他に取るべき態度はなかった。

「どうすんだ、梶屋。十七歳で飲酒なんて、洒落にならんぞ」

すいませんすいません、と深く深く頭を下げた。いやもうマジで勘弁してくださいよ。見逃していただけないすかね、今度ばかりは。無理すか。そうすか。

ホントに面倒ばっかりだ、と唸ったマルハシがおれと友香先輩を並ばせた。左側からこの世のものとは思えない甘い香りが漂ってきた。しょうがないな、とマルハシがおれたちの顔を見比べながら言った。

「上原は上原で、出席日数が足りな過ぎる。梶屋は飲酒。二人とも退学処分ということになるが」

いきなり友香先輩が泣き出した。

「ただ、手がないではない」

手品のようにぴたりと涙が止まった。実はな、とマルハシが机に置いてあったファクス用紙を広げた。おれたちは同時にそれを見た。用紙の表書きにはこう書かれていた。

『第十三回キューブサット設計コンテスト・募集要項』

何だそれは。新しいスナック菓子か。

「いや、参ってるんだよ」それまでのこわもてが一変して、マルハシがおれに負けないほど情けない顔になった。「参ったというか、困ったというか」

キューブサット設計コンテストは、元は衛星設計コンテストという名称だったそうだ。財団法人宇宙開発振興会が大学や各種学校と共に運営しているコンテストで、例えば東大、京大、東工大など多数の大学の工学部、理工学部が参加しているという。

「何すか、そのキューブサットって」

おれの質問に、明らかに迷惑そうな顔でマルハシが説明を始めた。視線が下を向いているのは、何かアンチョコでもあるのだろう。

「キューブサットっていうのはな、あれだよ、これぐらいの大きさでな」手のひらを広げたが、すぐに縮めた。「十センチ角の立方体だ。早い話がでかいサイコロだな。その中に外部から通信できる無線機器、同じくカメラ、パラシュートを内蔵させて」

急に早口になった。どこを読めばいいのかわかったらしい。

「キューブというのは四角形、立方体のことだな。そしてサットはサテライト、つまり人工衛星の略だ。わかるか、梶屋」

「全然」

それでだ、とおれの返事を無視して続けた。

「そのキューブサットをロケットに載せるわけだ。宇宙に飛び出したロケットからキューブサットを放出し、周回軌道に乗せる。小さくとも軌道に乗って地球の周りを周回する以上、立派な人工衛星なのである」

後半は資料の棒読みになっていた。要するに超小型の人工衛星ということだった。最近では実際にキューブサットを製作し、中には実際に運用している大学もあるらしい。偉いね、大学生は。

「一、目的」おれはファクスの最初の行を目で追った。「本コンテストは、全国の大学生及び高等専門学校等の学生を対象としており、宇宙に係わる基礎・応用研究を積極化する機会を提供し、併せて我が国の宇宙開発のすそ野の拡大に寄与しようとするものです」

細々とキューブサットの設計について付帯条件が記されていた。外部から無線で誘導できること、パラシュートを装着していること、カメラ機能を組み込み、撮影を可能にすること。今年からコンテストの内容が一新され、新たにこの三つの条件を満たす設計図を作るように基準が変更になった、と書いてあった。

ファクスによると、十三回目というぐらいで昔からこのコンテストは存在していたのだという。十三年も続いているというのはたいしたものだ。ただし、参加する学校の顔触れはほぼ決まっていた。さっきも言ったが東大、東工大、その他有名どころの大学だ。

だが、五年ほど前から風向きが変わってきた。高校でも参加する学校が増えてきており、ここ数年は工業高校も参加を考えてほしいという話が教師たちの親睦会などでもよく出るようになっていたという。加えて、このキューブサット設計コンテストを盛り上げよう、と言う声が高まっているそうだ。

「どこでそんな声が高まってるんですか」

「東京都」

マルハシがいきなり大きな名前を持ち出した。目が泳いでいるのは、このコンテストについてマルハシ自身もきちんと把握していないからだろう。マルハシは現代国語の教師で、実はうちの学校でも浮いているのだ。

あやふやな説明によると、作家もやってる有名な都知事がこのコンテストに力を入れているのだという。そして去年の年末、工業高校の校長会で、うちの高校も都の教育委員から直々に参加を強く勧められていたのだ。

「ほら、うちの校長、権威とかそういうのに弱いから」

マルハシが親指を立てた。川島校長は名誉欲だけで生きていると言われている。

「しかも、理事長も非常に前向きなんだ。それで、興味のある奴はいないかといろいろ当たってみたんだが」

いろいろ、というのはこの場合ダンナこと神野誠を指す。うちの学校で何かあった場合は理事長に直で話すか、学生に関する問題ならダンナに相談するしか解決策はない。

「そりゃあ、ムダでしょ」

おれの言葉に、渋々ながらマルハシがうなずいた。ダンナにとって何よりも大事なのは自分が部長を務める鳥人間部だ。学校の名誉を一身に担っている鳥人間部のリーダーとして、あの男に優秀な人材を貸してくれるような優しさはない。皆無だ。

つまり命令系統は単純で、上から東京都、都の教育委員会、川島校長、そしてマルハシという流れになる。そこまでは順調だったが、問題が起きた。マルハシから生徒へ、というところで流れが止まってしまったのだ。

「他のサークルとかも話してみたんだけどな」

小さなため息が漏れた。この学校でまともな人間は、みんな鳥人間部に入っている。それ以外の体育会系の連中は、残念ながら頭の程度がよろしくない。

「そういうわけで、梶屋、お前がやってくれ」

何だそれは。どうしていきなりそういうことになるのか。

「ムリですよ」

即答した。たった今、おれは体育会系の連中をバカ扱いしたが、実はおれも同じかあるいはそれ以下なのだ。

「ムリじゃ、ないですかね」

おれの意見が少し変わったのは、マルハシの形相が険悪になったからだ。だったら退学も考えないとな、と口が動いた。そこでおれは大きく立場をチェンジした。

「ムリじゃない、かもしれないかもしれないです」

「上原も協力するように。退学が嫌なら、これをやるしかないぞ」

ダンナに相談したが断られたマルハシは、どうしたものかと困っていた。そこに生《い》け贄《にえ》にぴったりの立場の羊が二頭現れた。放っておく手はない。というわけでおれたちにその責任を押し付けたのだった。

なかなかうまい解決法だ。おれがマルハシでもそうしただろう。友香先輩のことは知らないが、体裁だけ整えておけばいい事態に際して、おれほどの人材はいない。嘘とハッタリの二枚看板で生きてきたおれは、こういう事態をやり過ごすのに打ってつけの生徒なのだ。

向こうも伊達に二十年近く教師をやっているわけではない。生徒のタイプぐらい、顔を見ただけで判断できるようになっている。それが経験というものだろう。

とにかくマルハシとしては、校長や理事長に対して〝キューブサットコンテストに参加しましたから〟という名目さえ立てばそれでいいのだ。別にそこで優秀な成績を収める必要はない。そういうことなんだよ梶屋、とマルハシの目が語っていた。わかりました、先生。問題ないです。とにかく形だけはきちんとしておいてくれぬか越後屋。お任せください、お代官様。お前もなかなかのワルじゃのう。そんな時代劇のルーティンを演じて、おれとマルハシは微笑みを交わし合った。何とかしろ、と言うなら何とかしますよ。適当でいいわけでしょ？

しかし、人生にはその時はわからないが、あとで考えてみると大変な岐路に立っていた、みたいなことがたぶん何度かある。偉そうに聞こえるかもしれないが、それがおれの実感だ。実はこの時がそうだったのだ。

7

マンガならば、これをきっかけにおれと友香先輩は一緒のミッションを押し付けられて、嫌々始めるが次第に夢中になっていき、そして見事にコンテストで一位を取ったりするのだろう。正直おれも、それならそれもありだな、と思っていた。

何しろ友香先輩は学園のみならず国民的なアイドルなのだ。一週間だけでも毎日一緒にいたら、そりゃどうなるかわからないっていうか。しかし現実は甘くなかった。

「ムリムリムリ」

あたし、そんなのできないよ、と憂いを帯びた目でおれを見つめた。わかってる。彼女がそんな目をするのはおれに対してだけではないことぐらい、よくわかっている。しかしその視線には抗《あらが》えない魔力があった。

「おれだって無理ですけど」必死で反撃を試みた。「でも、命令ですから」

「マジでムリだって。あたしにできると思う？」

友香先輩は早い話が中学時代バリバリのヤンキーで、勉強は非常にできない。これは有名な話だ。それでも世の中を無事に渡ってこれたのは、要するにそのナイスなバディのためだった。なるほど、女は得だ。

「学校辞めたらどうですか」

バカね、と友香先輩が上唇を舌で湿した。あんたはプレイメイトか。

「女子高生だからお仕事くるんじゃない。そうじゃなかったら、さっさと辞めてるって。いたってどうせこないんだし」

今まで何度も呼び出しを受けていたという。駐車違反と一緒だ。とうとう学校も我慢できなくなったらしい。

「お願い、ねえ、名前何て言うんだっけ」

梶屋っす。梶屋信介《しんすけ》。通称カジシン。

「ね、カジシン。お願い」

気がつくと、おれの手が友香先輩の小さな手のひらに包まれていた。柔らかくてあったかいその感触に、不覚ながらおれは半ボッキしていた。えらいことになった。恥ずかしながら女の子の手を握るのは中三の秋から絶えて久しい。いや、そんな悠長なことを言ってる場合ではない。さあどうする、おれ。やばいって、マジで。

「でも、やっぱり」

人間には意志がある。目の前の誘惑を撥《は》ねのけるだけの知恵があるのだ。歯を食いしばって首を振った次の瞬間、さらに信じられない出来事が起きた。おれの手が、服の上から友香先輩の胸に触れていた。正確に言えば、友香先輩がそうするように手を押さえていたのだ。

「どうなの、梶屋くん」そのまま友香先輩のボディがおれに近づいた。「じかに触ってみたくない？」

甘い囁きが耳元でした。この攻撃に耐えられるほどおれのモビルスーツは頑丈ではない。というより、世界中の誰もが撃沈してしまうだろう。

そして友香先輩は何とも言えない甘酸っぱい香りを残して去って行った。気がつくと、おれは彼女の申し入れを受けていた。つまり、おれ一人でキューブサットの設計図を作ると約束していたのだ。

まあいい。仕方がない。現役アイドルのオッパイだ。こんなこと、人生で二度とない。おれにはそれがよくわかっていた。その後彼女に会うことはなかった。

8

昼休み、おれはゴタンダを呼び出した。何しろおれには友達が少ない。ドラゴンもそうだが、王電高には中学時代の同級生が何人かいた。ダチと呼べるのはそいつらぐらいだ。

そして元はと言えば、このバカがおれを放ったらかして西園寺の女の子とサクサク帰ったからこんなことになったのだ。責任を取ってもらおうじゃないか。

「マジでか」

経緯を話していたら、いきなりゴタンダがおれの手を摑んで頰ずりをした。気持ちはわかる。わかるぞ、ゴタンダ。

ただ、おれも男だ。友香先輩の感触を忘れないうちにと、おれはトイレに行ってやるべきことをやっていた。つまり君が頰をすりつけているそこは、君の思っているあれではない。

「そうかあ、友香先輩はこんな匂いか」

そのままにしていたら、ゴタンダはおれの手を犬のようになめ始めていただろう。さすがにそれはあんまりなので、おれは手を振り払った。

「そんな話じゃないって。いいか、お前があの時おれの面倒をちゃんと見てれば、こんなことにはなっていなかったんだぞ」

失敗した、とゴタンダが呻き声をたてた。

「オレがアル中で引っ繰り返っていれば良かった。そうすりゃあオレが友香先輩の」

しまった、と何度もつぶやき続けている。だがそれは無理な話というもので、ゴタンダは異常なほどアルコールに耐性があった。いくら飲んでも酔っ払ったことがない。親を恨め、親を。

「とにかく大至急、キューブサットの設計図が必要だ」

「くっそ」

まだ言ってる。そろそろそこから離れてくんないか。

「てゆうか、設計図を引ける奴だな、要するに」

もらった資料を広げて見せた。設計コンテストはなかなか由緒正しく、審査員の顔触れも豪華だ。とてもじゃないがおれたちの出る幕はないが、さすがにあんまり恥ずかしい真似もできないだろう。少なくとも、おれのフリーハンドの設計図ではどれだけ怒られるかわからない。

マルハシもそれぐらいのことはわかっているはずで、つまり奴の命令は設計図を引ける人間を探してこい、という意味だった。それなら確かにおれでも何とかなる。

「誰かいないのかよ」

「カンタンに言うけど、お前、これはダルイぞ」

ゴタンダが唸った。こいつはバカだが、おれよりはこの学校になじんでいる。それにもともと理系だから、とりあえずダルイということはわかるようだった。おれにはそのダルさの度合いさえもわからない。

ゴタンダの解説によれば、かなりの専門技術と高度なコンピューター知識が必要だと言う。ついでに経験と発想力があればもっといいらしいが、おれにもこいつにもどれひとつ備わっていない能力ばかりだった。

「オレにはムリだよ」

そんなことはわかっている。お前を過大評価したことなんか一度もない。そうではなくて、誰かできる奴を知らないか、と聞いているんだ。お前のその能力について、ちょっとは期待しているぞ。

ゴタンダは大阪にいるおれの伯母とそっくりの性格だ。何にでも首を突っ込み、噂話が大好きで、誰にでも初対面からタメ口で話しかける。数学や物理はまだしも、他の課目はおれより成績が悪い。トータル的には学内でも最低だった。

当然ダンナからも無視されているほどだが、おれなんか比較にならないほどダチは多い。孤独を満喫しているおれにとって、ほぼ唯一頼りになる男だった。

「鳥人間部はどうよ」

ダメだとさ、とおれは舌を出した。全部ダンナが押さえてるってよ。

「じゃ、いねえな」

あっさりと答えた。カバ野郎、そんなことはわかってる。

本人にその意志があるないにかかわらず、神野のダンナは一年から三年までの成績優秀者をもれなく強制的にスカウトしていた。他校の連中は、これを王電高の徴兵制度と呼んでいる。

「だけど、手伝ってくれっかもしんねえぞ」ゴタンダが顔を上げた。「ほら、C組の村川とか。あいつは性格いいから、何とかしてくれるかも」

村川はおれもよく知っている。確かにいい奴だが、鳥人間部の連中には時間がない。何しろ授業が終わると即部室に飛んで行き、そのまま製作やら設計やらに取り組むのだ。

簡単に聞こえるかもしれないが、彼らは毎日、土日祝日正月夏休みお盆その他すべて例外なく毎日それを続けている。一切誇張はない。もちろん、学校の勉強もきちんとこなした上でだ。ロボットか、お前らは。

早い話が鳥人間部というのは、神野のダンナの宗教団体に近いものがあった。もっとも、この苛酷な試練をくぐり抜けると大学には推薦で行けるし、優先的にカミノ電機その他グループ企業へ就職できるから、決してアンフェアではないかもしれないのだが。

「もっと暇な奴はいないのか。暇で、頭が良くて、性格もいい奴は」

バカじゃねえの、とゴタンダがおれの頭を張った。

「そんな奴がいりゃあよ、とっくにダンナが押さえてるって」

いやまったく。こいつにしてはまともな返しだ。諦めろって、と煙草をくわえた。

「だいたいよ、お前に手を貸してどんなメリットがあるって言うんだよ」

「メリット？」

お前に言われたくはない。だいたいこんな目にあったのは誰のせいだと思ってるのか。そう言いたいところを、ぐっとこらえた。ここは我慢のしどころだ。

「わかった。誰か探してくれたら、友香先輩の胸さわる時、お前も部屋のどこかに隠れてていいぞ」

しばらく考えていたゴタンダが、ふん、と鼻から煙を吐いた。まあおれも、これで納得してもらえるとは思っていない。わかったよ、と追加の条件を出した。

「お前もさわらしてくれって、頼んでみるよ」

「マジでか」

おうマジマジ、とおれは手摺りを叩いた。交渉はしてみよう。彼女がそれを呑むかどうかは別だし、だいたいもう一度会えるかどうかさえ保証はできないのだが。

よっしゃ、とゴタンダが腹の底から大きな声で叫んだ。

「任せろ」心なしか、体が少し大きく見えた。「フビンなダチのためだもんな。オレが何とかしてやるよ」

ぬおおお、と雄叫びを上げたゴタンダが屋上を走り回っている。まあな、こいつも女にゃ縁がないからな。すまんな、ダマして。

9

教室に戻ると、神野のダンナがいた。

偉いと言うべきか暇と言うべきなのか、三年になって風紀委員まで始めたダンナは、週に何度か取り巻きを連れて校内の巡回をしていた。新選組か、あんたは。市中見回りか。

おれに対してもそうだったように、ダンナは、とにかく校内の規律を乱す者に容赦がなかった。意に沿わない生徒、ふさわしくないと判断した生徒はすぐに辞めさせたがる。

去年の夏から秋にかけて、おれへの集中攻撃も執拗だった。たまたまおれがタフな性格だったから何とか受け流すこともできたが、たいがいの奴なら自殺してもおかしくはなかっただろう。

ダンナのボキャブラリーは豊富で、性格から体格から人間性から生まれや育ち学歴に至るまで、何でもありのヴァーリ・トゥード状態だった。早い話がヒクソン・グレイシーにマウントを取られたようなものだ。抵抗なんてできやしない。おれが知っているだけでも三年生で四人、おれの学年でも二人が退学していた。学校の在り方について、ダンナにはダンナの理想があり、理念があった。逆らう者は叩き潰す。それがダンナのやり方だった。

とはいえ、強制力まではさすがにないから、ひたすら耐えていればやり過ごせる。ギブアップさえしなければ時間切れ引き分けまではもっていけるのだ。それだけが救いだった。

半年のインターバルを挟んでまたきたのかと思った。情けない話だがめちゃちゃブルーになった。またあれが始まるのかと思ったが、いくら言ってもゴメンナサイを繰り返すだけのおれにはさすがに飽きたらしく、ダンナは新しいターゲットを見つけていた。それがレインマンだった。

レインマンは空山澪《そらやまれい》といって、雄大さを感じさせる名前の持ち主だが、体つきは小学生のような男だった。あだ名の由来は、昔の映画『レインマン』でダスティン・ホフマンが演じていた役の名前だ。

「君はうちの校風に合わないと思うんだ」

教室の一番後ろの席でおとなしく弁当を食っていたレインマンの前でダンナが言った。反応はなかった。

「学校にきても、どうせすぐ休むんだろ。だったらくる意味はないんじゃないのかな」

独特の厭味な口調で続けた。レインマンは目を伏せたまま、左手で弁当箱を抱えていた。右の手で箸をわしづかみにしたまま、口の中に飯粒をほうり込んでいる。レインマンは偏食で、弁当はいつも白米と海苔の佃煮だけだ。

「君みたいにみっともない学生は不要なんだよ。理系の学生はダサイ、みたいな風潮がぼくにとって一番困るんだ。学校の健全な経営の妨げとなるからね」

さあ家に帰りたまえ、転校の用意でもしたらどうだ、と事務的な口調で告げた。返事はなかった。

レインマンは尋常ではない変わり者で、自閉症だか心身症だかよく知らないが、誰とも口を利かない。話しているのを見たこともなかった。教師に当てられても何も言わない。黙ってうつむいているだけだし、最悪の場合はそのまま教室から出て行ってしまうこともあった。

一年の時も同じクラスだったからよく知っているのだが、最初はみんなびっくりしていた。それはそうだろう、本当にひと言も喋らないし、教師が最初の授業でレインマンに無理やり答えさせようとしたら、いきなり奇声を発して飛び出して行ったのだから。去年の秋ぐらいだったか、一カ月学校にこなかったこともある。

伝わってきた話によると、どうやらサヴァン症候群の傾向があるそうだ。誰だ、サヴァン。食べられるのか。

いや、冗談では済まないだろう。サヴァン症候群というのは心の病の一種だそうだ。他人との距離感がきちんと取れないというのが、その症状のひとつらしい。

ただし、勉強については決して成績が悪いわけではなかった。というか、数学だけならうちの学校レベルを遥かに凌駕《りょうが》しているといってもいいだろう。

入試の時からそうだったという。国語と社会は白紙で出したにもかかわらず、英語数学理科の三教科だけで楽々入学したほどの実績を持っていたのだ。マルハシによれば英語は一桁台の点数だったというから、実質的には二科目だけで合格したことになる。いくら私立の工業高校とはいえ、これは驚くべきことだろう。サヴァン症候群はそういう傾向のある病気のようで、数学的能力というのはむしろひとつの症状と言った方がいいのかもしれない。

その後、学校とレインマンの両親が話し合った結果、レインマンは週の始めの月曜日だけは登校してくるようになった。調子が良ければ火曜日もいることもある。水曜になるとかなり怪しいし、木曜はめったなことではこない。金曜ともなると絶対にこない。つまり半分以上は休んでいる。場合によっては何週間も休むこともあった。

「わかるだろう。君は世の中にとって不要な人間だ。存在する意味も、価値もない。君はそういう人間なんだよ」

ダンナの粘っこい責めが続いていた。そばで聞いていると、それだけで気分が悪くなってくるほどの執拗さだった。

その辺がいかにもダンナのダンナたる所以《ゆえん》で、勉強やスポーツで優秀な成績を挙げるのは、結局は執念深い性格のなせる技だ。良く言えば根性のある男、ということになるだろう。逆に言えば諦めが悪いと言うか、限度のない男だった。他人への非難にしても、ストップラインがない。あまりのしつこさに不快感を覚えるのが常だ。

とはいえ、ダンナの名人芸的な悪口雑言も、レインマンには効果がないようだった。そもそも話を聞いているのかどうか。黙々と飯粒を口に運び、咀嚼《そしやく》しているだけだった。一度も顔を上げようとはしなかった。

反抗しているつもりではなく、おそらく奴にとってダンナの声は外のグラウンドで騒いでいるサッカー少年たちの叫びと同じく、どうでもいいことなのだろう。レインマンは他人の感情について ひどく鈍感だった。

何を言っても無反応なレインマンに業を煮やしたのか、突然ダンナが弁当箱を手で払った。これは珍しいことだった。ダンナとしてはイジメでやっているわけではなく、ひたすらに理想の学校経営を現実のものとするために頑張っているという建前があった。

だから暴力に訴えるような真似はしたことがなかったのだが、よほど腹が立ったのだろう。今時珍しいアルミの蓋が飛んでいき、半分ほど残っていた飯粒が床に散らばった。

「人が話しているのに聞かないというのは、失礼じゃないか」

レインマンが顔を上げた。ゆっくりと席を離れる。目の焦点が微妙にずれていた。そのまま落ちていた飯粒を弁当箱に戻して、また座った。驚いたことに、何事もなかったかのように再び箸を動かし始めた。

馬鹿じゃないのか、とつぶやいたダンナが腕を振り上げた時、教室の扉が開いて翔《しょう》さんが入ってきた。肩をすくめたダンナが、そのまま腕を下ろした。この学校内で苦手とする唯一の人物、それが翔さんなのだ。

愛川昭一郎《あいかわしょういちろう》さんは身長百九十センチ、体重九十キロ、体脂肪率四パーセント、新日本プロレス、ＮＯＡＨ、二子山部屋、ジュビロ磐田、その他各方面から何度もスカウトの声がかかっている逸材だった。一番最近ではＰＲＩＤＥ武士道への出場要請があったという噂だ。おれたちの誰もが逆らえない存在だった。

翔さんと言うのはもちろんあだ名で、有名なアニキ俳優と名字の音が一緒なので誰言うことなくそう呼ばれるようになった。見た目もかなりそれっぽい。今時キャッツアイのサングラスをかけて学校にくる高校生を、おれは他に知らない。

ただ翔さんには問題がある。なぜ〝さん〟付けかと言えば、もちろん強いからだが、それ以上に単純明快な理由があった。翔さんはおれたちよりひとつ年が上なのだ。つまりいわゆるダブリだった。

そして翔さんは、信じられないほど勉強ができなかった。大学入試などでスポーツ関係の受験者に、自分の名前が書ければ合格させてあげるみたいな話をよく聞くが、実は翔さんは自分の名前を漢字で書けない。足し算は二桁まで、引き算は一桁、掛け算と割り算は一切無視。

アルファベットは大文字のDまで、小文字はcが限界だという。よく考えると二年に上がれたのが不思議なくらいだった。いったいどうやって受験を突破したのか。

それだけではない。翔さんはおそろしいほどに寡黙だった。レインマンの無口とは種類が違う。翔さんは翔さんなりに、おれたちとコンタクトを取ろうとはするのだ。ただ残念なことに、まったくといっていいほど語彙《ごい》がなかった。翔さんが口にするのは、二つの言葉だけだ。

「ああ」

「おお」

それで意味を理解するおれたちも、それなりに立派なものだと思う。考えてみてほしいが、ああ、と言われただけでオレンジジュースなのかコーラなのかを判断するのは圧倒的に難しい。

基本的には〝何か買ってこい〟ということしか言わないから、それはそれでいいのだが、しかし買い物には弁当から煙草からマンガから、ありとあらゆるパターンが考えられる。選択肢は幅広い。それでもおれたちの誰もが間違うことはなかった。というか、何を買ってきても翔さんは〝おお〟としか言わないのだが。

誤解のないように言っておくと、別に翔さんはカツアゲしているわけではない。後払いだがちゃんと金もくれる。社会のルールはちゃんと守るのだ。ただ学校のルールはよくわからないらしい。いつ退学になってもいいと思ってるから、ダンナの命令にも従うことはなかった。

だから逆にダンナは翔さんを苦手としていた。論理の通じない人間はダンナみたいなタイプにとってやりにくい相手なのだろう。その意味ではレインマンも同じだった。

舌打ちしたダンナが立ち上がって、教室を出て行った。ほっとしたようにみんなが席に戻って行く。翔さんがおれを見た。

「ああ?」

どうした、という意味だった。この二カ月、翔さんは毎日のようにそう言う。これにはわけがあって、翔さんはおれに借りがあると思っているのだ。おれの方はそんなことカケラも感じていないのだが、思い込んだ翔さんの心を変えるのはアメリカ大統領でも困難だろう。

いや、ものすごくつまらないことなのだ。先々月、二月の試験休みの時の話だ。人と待ち合わせていたおれは、早く着き過ぎて地元の本屋で暇を潰していた。それでも時間が余ったので駅前をふらふら歩いていた。そこで翔さんとばったり出くわしたのだ。

翔さんは、初めて見るちょっと困った表情をしていた。思わず、どうしたんすか、と聞いてしまった。すると翔さんが手を差し出した。グローブほどもあるその手の中に、小さな雀の雛《ひな》がいた。おそらく巣から落ちたのだろう。雛は小さく体を震わせていた。

「ああ？」

翔さんがそう言った。どうすればいいんだ、という意味だ。仕方がないのでおれは待ち合わせを放ったらかして、ジジイの代から知り合いの獣医のところへその雛を運び込んだ。すったもんだ大騒ぎがあったが、とりあえずその雛は命を永らえた。今ごろはたぶん立派に育って空を羽ばたいていることだろう。翔さんはそれを借りと捉えていたのだ。

そんな大げさな話ではないし、困った時はお互い様だろう。何度もそう説明したが、ご本人は納得してくれなかった。それ以来、翔さんはおれに恩を返す機会を常に窺《うかが》っている。

「おお？」

もう一度繰り返した。いえ、とおれは首を振った。眉間に深い皺を刻んだまま、翔さんが自分の席に着いた。いやまったく、このクラスは変わった奴が多過ぎる。

10

放課後、例の目黒のパチスロ屋に寄ってから蒲田に帰った。今日は四千円勝った。ドラゴンは相変わらず派手に連チャンを続けていたが、奴とおれとでは属している世界が違うからしょうがない。ゴタンダはさすがにきていなかった。

おれの家は蒲田の駅から二十分ぐらい歩いた街道沿いにある。近所は工場と畑ばっかりだ。道路は夜中まで車の往来が絶えない。中学の時に遊びにきた友達が、よくこんなうるさいところで暮らせるな、と言ったが、住めば都とはよく言ったもので要は慣れだ。

家そのものは三十坪ほどだが、地続きになっている工場の敷地はあんがい広い。その五倍ぐらいはあるだろう。ジジイの代から自動車会社の下請けで部品を作っていて、景気のいい時には何だかんだで土地を買ったりしたからだ。もっとも、今では見る影もない。梶屋製作所、という薄汚れた看板がやけにでかいだけに、むなしさもひとしおの眺めだった。

親父が引きこもり、オフクロが出て行ってからは、さすがにジジイも反省したのか昔の知り合いに営業をかけたりして、梶屋製作所は一時期より少しは稼働するようになっていたが、どっちにしても仕事が潤沢にあるわけではないからあまり状況は変わっていない。ともあれ、おれが暮らしているのはそういう家だった。

こうやってつらつら考えてみると、おれもそれなりにハードな人生を送っているような気もするが、本人はあんがいそうでもない。飯は食えてるし学校にも行けてる。時々近所の印刷屋でバイトをすれば日銭も入る。不自由を感じたこともない。なるほど、世の中ニートやフリーターが増えるわけだ。

それに親父もオフクロもいないといっても、離婚したわけではない。オフクロは隣の駅ビルにあるスーパーでレジのパートをしているから、いつでも会える。だいたい、パートが終われば夕食を作りにくるのだ。だったら別に出て行かなくてもいいじゃないのかと思うが、これは女としての筋だから、と言う。オフクロはそういう女だった。

親父も生きているのはわかってるから心配もいらない。ジジイは最近ややボケ気味だから、この家はおれだけしかいないと言ってもいいだろう。つまりやりたい放題というわけだ。一日や二日帰らなくたって文句を言われることもないのだから、気楽といえば気楽なライフだった。

飯を作ったり、洗濯や掃除をしたりしなければならないので制約はあるが、かなり自由度の高い毎日だ。あと足りないものと言えば彼女ぐらいだろうか。ああ、女ほしいなあ。

自分の部屋にカバンを置いて工場を覗くと、ジジイが旋盤を回していた。若い時から手先が器用で、たいがいのことは教わらなくても大丈夫だった、というのがジジイの自慢だ。もっとも、コンピューターが導入されてからはどうもジジイの鼻息もおとなしくなってはいるのだが。

冷蔵庫の牛乳パックを口でくわえたまま、工場に回った。ジジイも嘘ばかりで人生を送っているわけではなく、壁にはやたらと〝ナントカコンクール〟〝ナントカ奨励賞〟みたいな表彰状が貼られていた。今ではカビの生えた賞状だが。

今年七十一になるジジイは、年末になれば養老保険が満期になるのだ、と年の初めからそれしか言わなくなっていた。三百万だかが入るそうで、十二月がくることだけをひたすら楽しみに待っている、ちょっと情けない年寄りだった。

「仕事?」

牛乳を飲みながら声をかけたおれに、いや、とジジイが顔を上げた。

「手入れだ」

時々動かさないと錆びつく、と言った。ご苦労なことだ。そういえば、おれが工業高校に入って喜んだのは唯一このジジイだけだった。オフクロは元文学少女で、大変悲しがっていたのを思い出した。

「メシは?」

食う、と元気のいい答えが返ってきた。この調子だと百まで生きるだろう。

「気力の出る食い物がいい。肉か、やっぱり」

ジジイは肉が大好物で、しかも一日二箱のハイライト、度数にかかわらず一リットルのアルコールを摂取する。それでも肝臓の数値は三十代男性並みだった。何なんだお前は。何か悪い宗教でもやってるのか。

「ちゃんとあいつは食ってるのかね」

工場の隅にあるプレハブ小屋を顎でしゃくった。親父はそこに引きこもっている。

正直、親父の食生活は謎だ。夜中にこっそり抜け出して、近所のコンビニに行っているようなのだが、家と工場は隣り合っているが別棟なので、その辺の事情がよくわからない。最初のうちは見張ったりしていたのだが、そういう時は絶対に出てこないのだ。

金は時々オフクロがドアの隙間から差し込んでいた。それを止めれば親父も出てくるのかもしれないが、オフクロにしてみると金を渡さないで親父が死んだら目覚めが悪いということなのだろう。人間、何もしなければひと月一万円で暮らしていけるのね、と感心していた。

おれが作った豚肉の生姜焼きと卵チャーハンを食ってから、ジジイはどっかりとテレビの前に座って韓国ドラマに見入り始めた。いい歳こいて、ジジイはチェ・ジウの熱狂的なファンなのだ。ジウはいい子だ、と言うのだが、お前会ったことあんのかよ、という話だ。保険が満期になったら三百万全額をジウのために使うそうで、既に韓国旅行の手筈まで整えているらしい。

「あのな」おれは無心にテレビを見つめるジジイの横顔に話しかけた。「学校から人工衛星の設計図を引けって言われてさ」

キューブサットと言っても通じないだろう。おれだって生まれて初めて聞いた単語なのだ。何だそれは、と気のない声でジジイが言った。事情を説明すると、最近の学校は無茶をするな、という答えが返ってきた。

「できるわけないだろう」

実はおれもそう思ってる。

「そりゃそうだ」

当たり前だ、とジジイが鼻をすすった。画面ではジウが泣いている。感情移入しているらしい。

「できるはずがなかろう。それとも昔を思い出したか」

昔って何だ。

「お前、小学校の時は高いところが好きだったじゃないか」盛大な音をたてて鼻をかんだ。「宇宙飛行士になりたいとか、ほら何て言ったかな、テレビ見て憧れたりしてただろうに」

どうも年寄りは話が見えない。いったい何を言いたいのか。

「まあ、どっちにしてもお前には向いていない。そこら辺は杏子《きょうこ》さん譲りだろう。父親に似ていれば、まだ可能性はあったと思うがな」

おれがやるわけじゃない、と言ってテーブルから離れた。奇数日はおれが皿洗いなのだ。

「設計は友達がやるんだ」

「ああ、それなら話は別だ」あっさりとジジイが前言を翻した。「最近はいいソフトもある。機械の性能も上がっている。賢い子ならできないこともないだろう。ある意味、私らよりよっぽど能力があるかもしれん」

その答えを聞いて、それ以上質問する気が失せた。確かにジジイはもう老兵だ。高校生風情でもう少しまともなことができるだろう。ふうん、とフライパンを水で流しながらおれは言った。

「専門家に聞いたら、何かいい知恵でもあるんじゃないかと思っただけだ」

ジジイは何も答えず、テレビを見ているだけだった。話しただけムダだ、と思った。

11

いたぞ、というメールが入ったのはその週の終わりだった。ゴタンダのクラスだという。手近なところで見つけたものだと思ったが、いるというのなら仕方がない。

「扱いにくい奴だからな。態度には気をつけろよ」

昼休みにD組に顔を出すと、出迎えたゴタンダが囁《ささや》いた。いったい誰なんだ、と尋ねたおれに、あいつだ、と窓際を指した。なるほど、なかなかいいところに目をつけたものだ。大先生か。

大先生こと成田政孝《なりたまさたか》は、人一倍小さな体にたいがいの奴より大きな頭を載せている。そして態度と性格は顔より太々《ふてぶて》しい。世界中で一番頭がいいのは自分だと信じているし、事実二年でもっとも成績がいいのも確かだった。

ただし、だからこそなのかもしれないが、とにかく協調性がなかった。ダンナに勧誘されて鳥人間部に入ったが、三日で先輩の一人と大ゲンカして辞めた。その件に関してダンナや先輩たちに非はない。何しろ大先生は誰に対してもタメ口なのだ。ケンカもするだろう。

その後もゴーイング・マイ・ウェイの姿勢を崩さず、クラスの連中からもうっすらとだが嫌われていた。友達がいないという意味ではおれよりひどい男だ。ただゴタンダはそんな大先生とも一応外交ルートを持っていた。こいつに感心するのはそういうところだけだ。

「大先生、昨日の話なんだけどな」

ゴタンダが声をかけた。機嫌が悪いと返事もしないが、今日はそうでもないらしい。くるりと振り向いて、クワント・ティエンボと言った。

「何だって?」

「スペイン語だよ」大先生が奇妙に甲高い声で答えた。「久しぶりって意味だ。今からでも遅くはないから、君たちもスペイン語ぐらい学んでおけよ。世界でもっとも普及しているのは英語じゃない。スペイン語だ」

そうなのか、初めて知った。しかしそれがどうしたというのか。おれは日本語だって怪しいのだから、スペイン語など習ったところでどうなるものでもないだろう。大先生が厭味な笑みを浮かべた。優越感からくる笑いだ。この男は常に他人の上に立ちたがる。だから嫌われるのだ。

ゴタンダがおれの脇を手刀で突いた。余計なことは言うな、という意味だ。長年のつきあいで、ゴタンダもおれが他人の発言の揚げ足取りばかりしていることはよくわかっている。そして大先生はそういう反応をもっとも嫌がるのだ。

「助けてくんないかな」

おもねるようにゴタンダが言った。こいつは他人との交渉事になるとカメレオンのように立場を変える。さぞやいい営業マンになるだろう。

「ぼくよりもっと向いてる奴がいるんじゃないのか」

大先生が氷のような微笑を浮かべた。かもしれない、などと言ったが最後、口も利かなくなるのが常だ。誰よりも注目されたいのに、声をかけられると嫌がるという、非常に面倒な性格の男なのだった。

「いや、そんな才能のある奴はいないだろう。正直、大先生のことしか考えてなかったな」

ゴタンダが如才なく言った。大先生を説得するには、才能があるとか天才だとか、そういうキーワードをたくさん使うに限る。

「B組の酒田もコンピューターには詳しいぞ」

酒田さんは三年の先輩だ。大先生にとっては関係ないのだが。

「いやいや」おれもゴタンダにならって追従《ついしょう》笑いを浮かべた。「あんなバカ、話すだけムダでしょ」

「神野もさすがに能力は高い」大先生が続けた。「それは認めざるを得ないだろうな。ぼくもよくは知らないが、他にもこの学校には人材がいるんじゃないのか」

ガタガタ言わずにやるのかやんないのかハッキリしろや、と言いかけたおれの足をゴタンダが踏みつけた。

「そんなことないだろう。大先生より能力のある奴がこんな学校にいると思うか？」

「いるわけないだろ」

ヘッドバンギングの要領で頭を振った。

「そうかもしれない」大先生に謙遜の美徳はない。「いないことはないが、比べられても困るしね」

神野のダンナのことだろう。三年連続学年一位は伊達ではない。比較の対象としてはあまりにも巨大過ぎる存在だ。

「手伝ってもいいが、命令には従ってもらうよ」その前に、と大先生が首を振った。「いくら払ってもらえるのか教えてほしい。ぼくはボランティアをするつもりはない」

大先生はまたの名を銭ゲバとも言う。インターネット証券で株の売買をしたり、ヤフーオークションでレアなレコード盤を売ったりして、ずいぶんと小金を貯めているらしい。金がこの小男の動力源なのだ。

「金か」

だよな、と力無くゴタンダがおれに顔を向けた。それなら問題はない、とおれは持っていたキューブサット設計コンテストのパンフレットを開いた。コンテストには素敵な特典が用意されているのだ。

「成功報酬になるけどよ」

最後のページに各賞の発表、という項目があった。キューブサット設計コンテストは独創性のあるユニークなアイデア、創意工夫、斬新なスタイル、その他もろもろが求められているのだが、寄せられたデザインを審査員が審査して、いくつか設けられている賞が与えられることになっていた。

「最優秀賞は賞金五十万、優秀賞だと四十万、デザイン大賞は三十万。他にもいくつかあるんだ」おれはもらった資料を見ながら説明した。「審査員奨励賞とか、そんな感じだ。取り分は半々、それでどうかな。なあに、大先生なら絶対楽勝だって」

なるほど、と大先生が表情を変えずに言った。おれとしてはどうでもいい。他校や審査する人たちが見てあまりにもいいかげんなデザインでなければ、賞なんか取れなくても構わないのだ。

「検討してみよう。過去の受賞作品とかデザインを見たいが手に入るか」

探してみる、と約束しておれは教室を出た。後ろからゴタンダが追いかけてきた。

「おい、いいのかよ。変に期待持たせると、あとが面倒だぜ」

それが大丈夫なのだ。キューブサット設計コンテストに参加するのは、高校生よりも大学生や院生が主だ。しかも国公立大だというから、おれたちレベルの私立高校がかなうはずもない。つまり大先生が入賞する見込みは万に一つもないのだ。

別におれも大先生を騙したつもりはない。賞金を獲得できるかどうかは大先生の能力の問題で、それ以外ではないだろう。

「賞を取ったら金は払うさ。それでいいんでないの。ゴタ、目的は入賞なんかじゃないんだ。マルハシの言う通り、誰かが設計図を引けばそれでいいんだよ。そうだろ」

「なるほど」

要するにおれたちは面倒な仕事を口先三寸で大先生に押し付け、一円も払うことなく結果のみを享受できるという、非常にうまい立場に立ったということなのだ。これで問題は片付いた。足取りも軽やかに、おれは自分の教室に戻った。

12

マルハシには顔を合わせるたびに催促された。どうなってるのか、やってるのか、そんな感じだ。しばらくお待ちください、とオウムのように繰り返すしかなかった。何しろおれとしては、全部大先生に丸投げしていたからだ。

ともあれ五月の連休明けの月曜日、おれの机に何だかよくわからない英語と数字と記号がごちゃまぜになった数十枚のプリントアウトと、ＭＯディスクが一枚入った紙袋が置かれていた。中を見てもさっぱりわからなかったので、そのままマルハシに提出した。あとはそっちで何とかしてくれ。

「お前がこのプログラミングをしたのか？」

疑惑の眼差しで見つめられたが、それ以上のことは何もなかった。とりあえずおれも友香先輩も退学の危機は免れたのだった。

そんなこんなでこの小さな事件は終わったとおれは思っていた。だが恐ろしいことに、これは始まりでしかなかったのだ。

一カ月後、忘れもしない六月十日、朝のホームルームが終わったところでマルハシが教室に入ってきた。非常に珍しいことで、クラス中に動揺が走ったが、驚いたことにマルハシが呼んだのはおれだった。とにかく一緒にこいというのでついて行くと、通されたのは理事長室だった。

「挨拶」

マルハシがおれの頭をぐっと押さえた。部屋の奥のソファに、校長と理事長が仲良く並んで座っていた。

「おめでとう、梶屋くん」

「よくやったね、梶屋くん」

いったい何事だろうか。神野理事長と川島校長の間に血縁関係はなく、年齢も理事長が六十をいくつか過ぎているのに対し、校長は今年五十歳と十以上離れているのだが、ダルマみたいな体格と血色のいい肌はそっくりだった。二卵性双生児ぐらいには十分見える。その二人が満面に笑みを浮かべて立ち上がったので、なんだかおれは怖くなった。

「いやそれにしても、梶屋くん」

「立派なものだよ、梶屋くん」

二人が同時に言った。忘年会の余興で漫才コンビでも組む気なのか。

まあ座って、とマルハシが取り仕切るように言った。命じられるまま向かいのソファに腰を下ろした。どうもこういうことに慣れていないせいか、お尻がもぞもぞして困った。

「いったい、何なんすか」

「この前のあれだよ」マルハシが口を開いた。「キューブサット設計コンテストにお前が提出した設計図が、賞を取ったんだ」

「はあ?」

「参加賞とかそんなんじゃないぞ」マルハシの唇の端から泡が飛んだ。「優秀賞だ。わかるか」

「はあ」

さっぱりわからない。マルハシがおれの背中を強くどやしつけた。

「しゃきっとしろよ、梶屋。これはすごいことなんだぞ」

目の前のテーブルに手紙を広げた。『キューブサット設計コンテスト事務局』と冒頭に記されている。目で追っていくと、今年のコンテストにおける各賞が決定したという連絡だった。最優秀賞は東工大の三谷研究室とあった。

「三谷研究室は宇宙工学を専門にしている。伝統もあるし、コンテストにはほぼ毎年参加だ。しかもほとんどは院生だから、比べられても困るだろう」マルハシが解説してくれた。「今回は東大や京大、九州大をはじめとして全部で四十五校が参加している。その中で二位、高校だけなら一位なんだから、これは快挙だ」

はあ、とおれはもう一度生返事をした。何が快挙かさっぱりわからない。

「本校としては、鳥人間部以来の大事件ですな」

校長の言葉に、理事長が力強くうなずいた。

「勝るとも劣らない、と言えるでしょう」

「来年の生徒募集パンフレットに載せてはいかがですかな、理事長」

「もちろんですよ、校長先生」

チビでデブの二人組が飽きることなくやり取りを続けていた。惜しむらくは、どちらがボケでどちらがツッコミかわからないところだ。

「ともあれ、梶屋くん」

理事長が自分のデスクの引き出しを開いた。用意しておいたのか、のし袋が出てきた。

「優秀賞、おめでとう。いや実質的には優勝だな」

唾が喉の奥へと流れ込んでいくのがわかった。

「何ですか」

「お祝いだよ、もちろん」

うなずいた理事長の隣で、校長も内ポケットから同じような袋を取り出した。

「わたしのは理事長より少ないよ、もちろん」

二人が顔を見合わせて爆笑した。いったい何がおかしいのか、おれにはさっぱりわからない。

「来月、七月一日に都庁の都民ホールで表彰式があるそうだ」手紙をふりかざしながらマルハシが言った。「どうなんだ、梶屋。ええ？　賞金八十万だとさ。いいんですかね、校長、こんな子供に」

おれの頭をマルハシが小突いた。だがそれどころではなかった。

「八十万？」

何だそれは。とまどうおれの前に、マルハシがもう一度手紙を差し出した。

「ちゃんと読めよ。このコンテストは最優秀賞賞金百万、優秀賞だと八十万もらえるんだとさ」

マジすか。八十万円。そんな大金、見たことないぞ、おれ。

「去年と賞金の額が違いますけど」

そう尋ねたおれに、金額が倍になったんだ、とマルハシがちょっと怖い顔で言った。今年から東京都が共催ではなく主催になったために、予算が倍増したのだという。景気のいいことだ。

「実際には表彰式の時にもらうのか、それとも振込みなのか、その辺は先生が聞いておいてやる。たぶん銀行口座とか聞かれるけど、お前貯金とかしてるのか」

「ご両親にも連絡しておいた方がよろしいでしょう。ねえ理事長」

校長の言葉に理事長とマルハシが揃ってうなずいた。大変だ、盆と正月が一挙にやってきた。

13

足元が定まらないまま、理事長室を出た。真っ先に飛び込んだのはトイレの個室だ。理事長がくれた封筒には十万、校長の封筒にも同じ額が入っていた。話が違うが、校長としては建前上、理事長より多い額を渡すわけにはいかなかったのだろう。そんなことはどうでもいい。大変だ大変だ大変だ。

トイレを飛び出して、ゴタンダの教室に駆け込んだ。おれは小心者なので、こんな大事件を自分の胸だけにしまっておくことなどできやしない。女の子といい調子で話し込んでいたゴタンダを引っ張り出して、何があったかを説明した。

「マジでか!」

反応はおれと一緒だ。本当におれたちは金に弱い。

「見ろ、これ」

またトイレの個室に戻って、おれはポケットから二枚の封筒を取り出した。現金、またの名をキャッシュ。おお、と中の札束を確かめていたゴタンダの手が震えた。

「よくやった!」

狭い個室でおれを抱きしめた。ひとつ間違えばホモだが、そんなことはどうでもいい。おれも渾身の力で抱きしめ返した。

「こんな大金、いいのか」

わからん、と首を振った。何がなんだか、もうおれには判断がつかなくなっていた。

「しかもこれだけじゃないんだ」キューブサット設計コンテストの賞金についても話した。「優秀賞を取ったんで、八十万もらえるんだとよ。どうする、ゴタ。全部で百万だぞ」

オレもな、と体を離したゴタンダがつぶやいた。

「正直、お前みたいな学校一の厄介者とつきあいたかったわけじゃねえんだ。だけど幼稚園からのツレだからな、放っておくわけにもいかねえと思って、つるんできたわけだけど」

えらい言われようだ。

「だけど、今日ほどお前を誇りに思ったことはない。カジシン、オレはお前が好きだ」

あんまり嬉しくない。

「残りの八十万ってのは、いつもらえるんだ」

さっきもらったばかりのパンフレットを開いた。主催者である東京都の挨拶文、歴代の優秀な衛星設計図、九月末に開催されるというキューブサットカムバック・コンテストの実施要綱と大会への出場義務、今回の各賞の発表と賞金金額。おれたちが探していた項目は一番最後にあった。

『本コンテストの賞金授与は、七月一日の授賞式にて行われる。なお、賞金に関しては団体・サークルの銀行口座、もしくは代表者口座に同日支払う』

「来月、おれたちはリッチになるってことだよ」

一万円札が八十枚、千円札なら八百枚、百円玉なら八千枚、と呪文のようにゴタンダが言葉を吐き出し続けている。どうすんだ、おい、と思いきり強く個室の壁を殴りつけた。

「何に使うよ、ええ?」

待て、とおれはゴタンダの腕を押さえた。

「とにかく、この二十万の件を大先生に報告しないとな」

何でだ、と怪訝な表情を浮べた。何でって、設計図を引いたのは大先生じゃないの。バッカだなあ、お前は、と心底軽蔑したようにゴタンダが言った。

「そんなね、バカ正直に何でも言うこたあねえんだよ。関係ねえだろ、大先生にはよ。いいか、この話を持ち込んだのはお前なんだから、この二十万は紹介料みたいなもんだ。別に大先生に渡す必要はねえよ」

そういうものか。そうかな。かもしれないな。

「だいたいよ、確かにお前は賞金をオレたちと大先生で半分ずっこにするって約束したけどよ、これは賞金じゃねえぞ。御祝儀だ。それまでやっちまうことはねえでしょう」

どうもいつもと違って論理的に喋るゴタンダが気になったが、それもそうかもしれない。賞金は賞金、御祝儀は御祝儀だ。

おれたちはトイレの個室で押し問答を続けた。結論が出るのは早かった。つまりゴタンダの論におれが賛同した形だ。

「だよな」

異議なし！　と力強くゴタンダが叫んだ。あとは何に使うかだな、というわけでようやくおれたちはトイレをあとにしたのだった。

14

もちろんおれたちは根っからのワルというわけではない。大先生への恩義も忘れてはいなかったので、コンテストの結果だけを報告した。準優勝だってよ、と言うおれたちに、非常に不機嫌な様子で大先生が眉間に皺を寄せた。

「なぜだ」

大いに不満なご様子だった。なぜ自分が一番ではないのか、ということなのだろう。なだめるのも大変だ。東大生やら大学院の院生やら研究生が参加するこのコンテストにおいては、そう簡単に最優秀賞を取れるものではない、ということを嚙んで含めるように説かなければならなかった。

「つまり、そこに情実があるってことか」

そうなのかもしれない。実際、審査員の中には東大の教授も名前を連ねていた。

「実質的には大先生の設計図がトップってことさ。だけど大人の事情ってものもある。その辺りはこっちも大人になって、理解してやろうじゃないの」

ゴタンダがうまいことを言った。とりあえず大先生は納得し、理事長や校長からもらった金の話も出なかった。すべてが丸く収まった。

そして金はおれたちのものになった。そうなった以上、使うのにやぶさかではない。おれとゴタンダは町へ繰り出した。

二人だけで使うには額が大き過ぎた。これがサラリーマンとかなら、キャバクラ行って酒飲んでメシ食って、あっと言う間に消えるかもしれない金だが、一応これでも高校生だ。何をするにも限度がある。

日頃の恩を返したい、と言うゴタンダのたっての願いを聞き入れて、おれたちはまずいつものパチスロ屋へ行った。ドラゴンを引っ張り出して、まずは腹ごしらえにと回転寿司屋へ突っ込んだ。

道々状況を説明すると、そういうことなら喜んでつきあわせてもらうよ、とドラゴンが言った。こういう時、遠慮したりする奴もいるものだが、ドラゴンは他人の気分を推し量る名人なので、そんな余計なことは言わなかった。

トロとイクラとウニという黄金のローテーションを四回ずつ繰り返して、お好みで五皿ずつお代わりすると腹具合もいい感じになったので、それからパチスロ屋に戻った。情けない話だが、金の使い方なんてそれぐらいしか思いつかなかった。

おれとゴタンダはあっと言う間に三万円負け、そしてドラゴンもまた同じ額をやられた。どうも気持ちが緩んでるみたいだ、とドラゴンは言ったが、人間なんてそんなものだろう。いつもだったら二度と立ち上がれないほどの負けだが、天から降ってきたような金なんて、勝とうが負けようがどっちでもよかった。

更にその間、おれは大江と連絡を取り、全額おれたちが持つからと言って女の子のセッティングをしてもらった。成り金みたいだな、とドラゴンが呆れたように言った。ああ、成り金さ。そんなことはどうでもいいじゃないの。

夜の九時、大江は見事な手際で女の子を集め、居酒屋〝笑民〟でパーティが始まった。おれたちは乾杯を繰り返し、メニューの値段も見ずに上から順番に注文していくという荒技に挑戦した。左ページの下段辺りで、みんな酔っ払ってどうでもよくなってしまったのだが。

男女七人さんざんに飲み食いをしたが、しょせん笑民は笑民で、会計は明朗だった。二万八千円、今のおれたちにとってははした金だ。

それからの二週間、そんなことを繰り返した。あの時、おれたちは確かに王様だった。

15

かつてフランス革命において、マリー・アントワネットは女王の座から一夜にして追われたのみならず、ギロチンで首をはねられた。歴史は繰り返す。おれたちの王様の時代もまた、あっと言う間に終わりを迎えた。

いや、それだけだったら良かったのだが、世の中そんなに甘くはない。とんでもないおまけがついてきたのだった。

もとはと言えば、ゴタンダが悪い。例の二十万円がきれいさっぱりなくなった時、女の子たちはあっさりとおれたちの周りから引いていった。それは仕方がない。金の切れ目が縁の切れ目というわけだ。おれにもゴタンダにも、カワイイ女の子たちをいつまでも引っ張っておくだけの器量などなかった。

だがしかし。人間、一度上げたランクは下げられない。なるほど、政治家が総理の椅子にこだわる理由がよくわかる。一度王様になってしまうと、もう臣下には戻れないのだ。

「カジシンよお、また合コンしたいよなあ」

まあな、とおれは答えた。

「でも、先立つものがないからな」

「なくはないんじゃないかなあ」

ないって、と二枚の空の封筒を引っ繰り返した。何も入ってはいないが、記念のために取っておいたのだ。

「今はないかもしんないけどさあ」気持ちの悪いくねくねした態度でゴタンダが続けた。「来週ぐらいには何とかなるんじゃないのかなあ」

ゴタンダが言っているのは、キューブサット設計コンテストの賞金のことだ。そりゃマズイだろ、とおれは首を振った。

額は八十万とでかいが、半分は大先生に渡さなければならない。おれたちの取り分は四十万しかないし、今度は飲み食いだけではなく服とか形になるものがほしかったのだ。

「四十じゃ足りないぐらいだ。おれもｉＰｏｄシャッフルがほしい」

そりゃそうだよ、と勢いこんだゴタンダがうなずいた。

「だけどよ、あいつには四十万って申告してるわけじゃん」

おれたちは去年の賞金額を大先生に伝えていた。実際、去年まで優秀賞の賞金は四十万円だったのだ。

「だから渡すのはその半分、つまり二十万でいいんじゃないのかなあ」

大先生にはわかんねえって、と相変わらずくねくねしたままゴタンダが言った。どうもそのくねくねがいけなかったらしい。

甘い言葉に騙されたのか、それともおれが悪いのか、わからなければそれでいいのだ、と天才バカボンのパパのようなセリフを言いながら、七月一日に都民ホールでの表彰式に出た。そこでもらったのは表彰状と賞金の目録だけだったが、翌日確認するとちゃんとおれの銀行口座に金が振込まれていた。さすがは東京都、約束は守る。

というわけで次の一週間、おれたちはまた酒池肉林のパーティを開催した。実際に受け取った八十万を四十万と伝え、その半分を大先生に渡した。今年のパンフレットは見せていなかったから、本人も素直に納得していた。

おれとゴタンダはドラゴンも巻き込んでけっこうな額を使った。ｉＰｏｄシャッフルも買ったし、ポーターのカバンも買った。ゴタンダは前からほしがっていたビンテージのジーンズを手に入れた。

金の魔力は恐ろしいもので、二十万円を使い切るには二週間ほどかかったが、六十万は一週間しかもたなかった。不思議なものだ。人間は環境に慣れやすい動物と言えるだろう。

そこまでは問題なかった。全然オッケーだったのだ。事件が発生したのは金がなくなった翌週のことだった。

その日の朝、マルハシの命令でおれは再び都庁まで行った。いや、おれだけではない。着いてみると、大会議室には全国各地から招集を受けた人間が集められていた。全員が胸に名前と学校名が入った名札を付けていたのでわかったのだが、彼らの半分ほどは国立大学の学生で、その他には私大や大学院の人たちもいた。高校生身分はおれともう一人、東京理科高等専門学校、略して理専という名札をつけた時政《ときまさ》という眼鏡の男だけだった。

壇上には〝キューブサットカムバック・コンテスト〟と書かれた大きな看板がかかっていた。今回からイベント名称が新しくなりまして、と事務方の男がマイクで説明していた。何だかものものしい雰囲気だった。

しばらく待っているうちに、スーツを着た男たちが五人入ってきた。やっぱり胸に名札がついていて、文部科学省、教育委員会、東大教授、航空宇宙研究所、民放テレビ局のディレクター、そんな肩書が並んでいた。文部科学省のオッサンは、よほどスーツを着慣れていないのか、だぶついた袖を三重に折り畳んでいた。

最後に入ってきたのは、都知事その人だった。作家で、有名な映画スターの兄でもあるその男が上機嫌で挨拶をした。今年から東京都がこのコンテストを主催するようになり、賞金の額も倍になった。それだけ諸君の可能性に期待しているということである、というのが挨拶の要旨だったが、おれにとっては何のことやらだ。

「君たちには今後も一層の努力をお願いしたい。ここに集まっているのは、キューブサット設計コンテストにおいて優秀な成績を収めた学生ばかりだ。募集要項にもあったように、君たちは九月に行われるカムバック・コンテストへの出場が義務づけられている。なお、我々からの企画を受けて、民放テレビ局がその模様を番組として製作することも予定されているので、総員奮起してもらいたい」

さすがに硬派で鳴らしただけのことはあり、都知事は軍の総司令官のような口調で命じた。今から出陣する学徒のように、会議室の全員がうなずいた。それはいいのだが、カムバック・コンテストって何だ。おれたちが参加したのは設計コンテストじゃなかったのか。

「何言ってるんだかわかんないっす」

囁いたおれに、マルハシが肩をすくめた。情けないことに、おれと同じレベルでしか事態を把握していないようだ。慌てて受付でもらったパンフレットを開くと、今都知事が話したのと同じような内容が記されていた。聞いてないって、そんなこと。

言うだけ言うと、都知事はさっさと会議室を出て行った。立ち上がった文部科学省のオッサンが、資料を配って説明を始めた。

「今回のカムバック・コンテストは、いわゆるキューブサットの宇宙空間への放出実験とは違うことをご理解ください」

オッサンがマイクに向かって言った。おれとマルハシ以外の全員が深く深くうなずいている。

「テレビ番組とのタイアップの関係上、今回は地上三百メートルに位置する気球からの放出となります。具体的には地上に設定した半径十五メートルの的にうまく誘導したキューブサットを優勝とします。賞金は」

オッサンが口を閉じた。大会議室の中が静まり返った。

「一千万円です」

一斉にため息が漏れ、すぐ盛大な拍手が沸き起こった。

16

その後、東大の教授やらテレビ局のディレクターやらが同じようなことを説明した。部門賞も設定され、内部デザインの独自性や無線誘導の操縦性などについても審査されるという。またキューブサットが飛行中に撮影した写真についても、別に賞が設定されているそうだ。

「何しろテレビなので」ディレクターが物慣れた調子で言った。「画面《えづら》が大事ですので」

おれの想像を遥かに越えたプロジェクトであることだけは事実のようだ。それがはっきりしたのは、説明会のあとの懇親会の席でだった。おれの周りにやたら人が集まってきたのだ。見も知らぬ連中が、何だかちょっと尊敬するような目でおれを見つめていた。

「あの設計はいったいどういう発想なのですか」

東工大・永山、という名札をつけた中年の男がおれの肩を摑んだ。あとで聞いた話だが、永山氏は東工大の教授だった。

「素晴らしいアイデアですよ。うちも今年は悪くても準優勝は狙えると思っていたのですが、あれなら仕方がありません」永山氏がマルハシの手を力一杯強く握りしめた。「丸橋先生、あなたが羨ましい。これほど優れた才能の生徒を持つというのは、非常に責任も重いと思いますが、将来の可能性は無限です。いっそ妬《ねた》ましいですよ」

永山氏が大声で笑った。どうしていいのかわからないのか、マルハシも追従笑いを浮かべた。

「梶屋くん、あなたには何か希望はあるのですか」

「希望?」

　進路ですよ、と永山氏がまたおれの肩を叩いた。

「ここだけの話、東大だけが大学ではありません」いきなり小声になった。「正直なところ、宇宙工学の分野で東大はかなり遅れています。研究室の設備や教える教授の質も含めて、国内でもっとも進んでいるのはうちと九州大学なのです」

　要するにおれはスカウトされているようだ。国公立の大学でスカウトといっても、センター試験もあるのだからうまくはいかないだろう。高校野球じゃないんだから。

　適当にあしらって、マルハシを会議室の隅に引っ張った。いったいどうなってるんだよ。

「聞いてないって。何すか、そのカムバックがどうのこうのって」

　うん、と自信なさげにうなずいたマルハシがパンフレットを開いた。

「さっきから読んでるんだけど、確かに書いてあるな」

　太い指で何枚目かのページを指した。コンテスト入賞者は九月のカムバック・コンテストへの出場が義務づけられる、とあった。誰が頼んだ、そんなこと。

「カンベンしてくださいよ、マジで」語尾上がりで叫んだ。「おれはねえ、そんなことしてるヒマはないのよ。普通に大学行って、キャンパスライフを謳歌《おうか》したいんだってば」

　一応おれにも目標はある。早慶とは言わないし、六大学も望んではいないが、フツーの大学に進学したいのだ。できれば経済とか法学部がいい。少なくとも工学部とかだけはもう絶対に嫌だ。

「だいたい、おれにできるわけないじゃないの、そんなこと」

　待て、梶屋、待て、と犬に命令する口調でマルハシが言った。だからお前は生徒に嫌われるんだ。

「落ち着け。これを見ろ」特記事項、という欄に爪で線を引いた。「いいか、『ただし参加者の側に事情がある場合、あるいは学業その他の関係上不参加の場合、これを認める』そうだ」

まったくよ、とおれは深いため息をついた。

「驚かせるんじゃないよ、ホントに」

これ以上こんなことにかかわりあってたまるか。おれだって夏休みの予定ぐらいあるのだ。

「どうかなさいましたか」

声がして、おれたちは同時に振り向いた。立っていたのは、さっき壇上にいた事務方の男だった。いえ別に、と笑ってごまかそうとしたマルハシを押しのけて、おれはカムバック・コンテストに出場の意志がないことをはっきりと告げた。これ以上マルハシに任せておくと、何が起きるかわからない。

おれの辞退声明を聞いていた事務方の顔が曇り始めた。ちょっと待っててほしい、と言って連れてきたのはテレビ局のディレクターだった。更に東大の教授やどこかの学校の先生など、とにかくたくさんの人が集まってきた。全員が口々になぜ出場しないのかと責め立ててくる。

「とにかく、あの、ぼくは出ません。出ないんです。すいません」

口走ったおれの体が、いきなり壁際に押し付けられた。横ではマルハシがさっきの永山氏に怒鳴りつけられていた。

「なぜです？　先生、あなたはそれでも教育者ですか？　前途ある有望な生徒の可能性を摘むような真似をして、いったいどういうつもりなんですか？　こんなことは許せない。誰が許しても、わたしは絶対に」

　おれはおれで大変だ。真青な顔のディレクターと事務方に説得された。だが応じるわけにはいかなかった。そのつもりがあったとしても、能力がない。丁重にお断りする旨を繰り返した。解放されたのは三十分後のことだった。

「残念です」

　事務方が暗い声で言った。ディレクターは不機嫌な顔のまま横を向いていた。いいビジュアルになると思ったんだけどな、と吐き捨てた。おれは何度目かわからないがとにかく頭を下げてやり過ごす作戦に出た。必要なら土下座だって何だってする。おれにはプライドなんてない。仕方がないですね、と事務方がマルハシに目をやった。

「それでは、失礼いたします」

　マルハシがうなずいた。誰も何も言わなかったが、何にしても退散した方が良さそうだった。おれとマルハシが歩き出した時、横から手が伸びて、おれが抱えていた表彰状の入った筒を抜き取った。教育委員会の人だった。

「申し訳ないね、こんなことになって」

　とんでもないです、とおれはまた頭を下げた。表彰状なんて持ってても邪魔だ。ありがたいぐらいだった。

「一応、形としては賞の返上ということになりますが、先生もそれでよろしいでしょうか」

　マルハシが固く唇を結んだまま、やむを得ないでしょう、とつぶやいた。それでは、と男が書類をおれに突き付けた。

「賞金も返上ということになります」

仕方がありませんね、と言ったマルハシを突き飛ばした。

「何だって？」

「週明けに連絡しますが、返金の手続きを取っていただけますか。実行委員会を通じて三位の学校に渡すか、他校に分配することになります」

何を言ってるんだ、お前はよ。あれはおれの金だ。おれのものはおれのもの、お前のものもおれのものだ。

「当然のことです」

勝手に話を進めているマルハシの前に出て、ちょっと待ってくれ、と吠えた。

「何なんだよ、いったい。どういうことよ、返金って」

しかし、と男が肩の骨を鳴らした。

「もともとこの賞金には、キューブサットカムバック・コンテストのための準備資金としての意味合いがあるわけですから。設計図を前提に、実際の材料費、製作費、その他について都も協力するということで提供しているんです」

こちらにその説明も書いてあります、とパンフレットを開いた。

『賞金については指導教師等と相談の上、キューブサット製作のために有効利用のこと』

その一文を読んで、嵌《は》められたと思った。嵌められたが言い過ぎなら、これはある意味詐欺だ。

それじゃ賞金じゃないじゃないの。

「今年から都の主催に変わりましたので、会計をガラス張りにする必要があったということもあります。またテレビ局との関係上、費用の使途は明瞭にしておかなければなりませんので」

くどくどと語る男に、何しろ都知事もきてましたからね、とマルハシがわかったようにうなずいた。そういうわけで、と言いながら銀行の振込み用紙を取り出した男の手をおれは押し止《とど》めた。

「つまり、そのキューブサットを、作ればいいわけっすか」

ついでに表彰状の筒も取り返した。

「そういうことです」

わかりましたよ、とおれは半分泣きながら答えた。

「やりますよ、やればいいんでしょ、わかりましたよ」

くそ、これは新手の詐欺だ。ＪＡＲＯに訴えてやる。

1

どうやらとんでもない事態になってしまったようだった。偉い先生たちや都の役人たちが、おれの参加表明を誉め称え、何もわからないままにマルハシもまたおれを激励するようなありさまだった。

しかし残念なことに、おれにはキューブサットの意味さえもよくわかっていなかった。カムバック・コンテストや気球がどうのと言われても、理解の範囲外だ。設計図こそおれの手の中にあるが、その通りに作ることが可能かどうかも怪しい。

そして最悪なのは資金だった。いただいた八十万について、二十万は大先生に渡しているし、残りの金に至ってはほぼ全額使い果たしていた。返済は計画的に。遅いって。

理専の時政とかいう眼鏡に聞いてみると、大学はもちろんだがこのコンテストに参加するような学校には、それなりの設備が整っているという。部活動の形を取っていれば部費もあるし、研究室なら研究予算が降りる。だがおれたちには何もない。

いったいどうすればいいのか。都民ホールをあとにしたおれは、マルハシをまいてからゴタンダに電話をした。

「いや、オレ関係ねえし」

いきなり逃げ腰の発言をするゴタンダを、ふざけんな、と怒鳴りつけた。てめえだけ逃げようたって、そうはいかねえぞ。

「マジでヤバイんだよ。非常で緊急で危機的な状況なんだ」

とにかくよお、とゴタンダがもの憂げな口調で言った。

「そのキューブなんたらについて、ちょっと調べてみるって。もしかしたら二万円で作れっかもしんねえし」

どこまでもこの男は楽観的だ。そんなわけないだろうが。だったら何のために八十万もくれたかという話だ。

「世の中そこまで甘くないと思うぞ」おれは声を殺して言った。「とにかく、金と人手が必要だ。それも今すぐに」

しばらく黙ったまま、相手の出方をお互いに量った。結局結論は一緒なのだが。

「とりあえず大先生に話して、二十万を返してもらうしかないだろうな」

「オレもそう思うよ」

唾を呑む音がした。あとはどっちが猫の首に鈴をつけるかだ。当事者であるおれか、それとも紹介したゴタンダか。そしてゴタンダが折れた。

「オレから言った話だからな。こっちから大先生に話すよ」

面倒な事態が予想された。大先生はガチガチの業突張《ごうつくば》り、有名な守銭奴で、金に対しては異常なまでの執着心がある。例えば割り勘で払った場合、五十銭単位までノートにつけて、あとでまとめて請求するような男なのだ。トラブルは必至だったが、今回ばかりはやむを得ない。

悪いな、と言ったおれに、これもまた友情だよ、とゴタンダが不機嫌な声で言った。

2

そして想定していたより事態は深刻だった。

ゴタンダの交渉は失敗に終わった。二十万を返してほしいという要請は無視され、それならせめて当面の間貸してくれないかという提案も却下された。

「話が違う。労働の対価をなぜ返却しなければならないのか。理由は何か」

そういうことじゃねえんだよ、とか何とかゴタンダが言い訳したが、おれは何も言わなかった。

理屈で大先生に勝てるはずがないのだ。

「そんなバカな話があるか？　君たちはぼくに設計図を書かせて、その代わり賞金を獲得した場合はぼくにくれると約束していたはずだ。そうだろう」

「だからさ、賞金じゃねえんだよ。なんつったっけな、助成金なんだ」パンフレットを開いたゴタンダが説明を始めた。「確かに、ちゃんと読んでなかったオレらも悪いんだけどさ、要するにあの金はコンテストに出すキューブサットを製作するための金なんだよ。だからさ」

待て、とパンフレットを覗き込んでいた大先生が手を挙げた。構わずにゴタンダが話を続けている。

「お前に分け前をやるつもりだったのは本当だぜ。ただささ、こんなことになっちまったんだから、

「そこは折れてくんねえかというか」

おれは踵を踏ん付けていたスニーカーをきちんと履き直した。大変ヤバイ事態になっていることに気づいたのだ。何もわかっちゃいないゴタンダだけが、唾を飛ばしながら説得を続けている。

待て、と大先生がもう一度言った。

「ぼくの設計図は、優秀作品になったと君たちは言ったな」

「そうだよ、もう一歩で最優秀賞だったんだ。惜しかったな」

ここに、と大先生が頁を指でさした。

「最優秀賞の賞金は百万円とある。そしてここだが」ずらした指が、80という数字の上に置かれた。「優秀賞は八十万円と書いてあるぞ。しかし君たちがぼくに渡した金は二十万円だ。いったいこれはどういうことか、説明してくれるのかな」

走り出そうとしたおれの足をゴタンダが引っかけた。頭が悪いくせにカンだけはいい。

「それは、つまり」

つまり、欺瞞《ぎまん》だな、と大先生がつぶやいた。みるみるうちに顔面が紅潮し、口が裂け、牙が剥《む》き出しになった。いや誇張ではなく、事実おれにはそう見えたのだ。

「君たちは報酬として賞金の半額をぼくに渡すと言ったはずだ。半分だ。そしてここには八十万円という金額が書いてある。どう見ても説明が必要と考えるが、君たちの意見はどうか」

ご丁寧なことにパンフレットには、昨年までの賞金に加え東京都の奨励金として同額を加えます、という注意書きが記されていた。まったく、官僚の仕事は丁寧なんだか余計なお世話なんだか。

さんざんなじられた上に、裁判だ損害賠償請求だ控訴だ最高裁だ、と物騒なセリフを並べ立てた大先生が、悪魔のような笑みを浮かべた。

「君たちには義務がある。残金の二十万円をぼくに返さなければならない。本来得られるべきだった利益について、その供与が」

「どうしろって言うんだよ」

頭を抱えたゴタンダの肩にそっと手をかけた。

「しかしぼくだって鬼じゃない」

優しい声だった。とはいえ、鬼の方がよっぽど人間味にあふれていた。この金は貸したことにしよう、と大先生は言ったのだ。

「二十万はあくまでも貸しだ。返してくれれば問題はない。あるとすれば利息だ」

「利息?」

当たり前だろ、と大先生が鼻から息を吐いた。

「金利だよ。借金には利子がつく。公民の授業でも習ったはずだ。利率についてだが、複利で二十九・二パーセントでどうかな。出資法の範囲内だから、嫌だと言われても困るが」

大先生が黒板にチョークで複雑な計算式を書いた。その計算によると、来年の今日返したとして元利合計で八十万を超えるという。暴力金融か。

「というわけで」大先生が手を払って汚れを落とした。「せいぜい頑張ってくれ。夏休みいっぱいバイトでもすれば、何とかなるんじゃないのかな。遊んでる暇はないよ」

「待て」その時、おれの中にアイデアが浮かんだ。「ちょっと待ってくれ。なあ大先生、それはそれとして、もっとでかい金を稼がないか」

でかい金、という単語に敏感に反応した大先生が口元を歪めて、君にそんな能力があるとは思えないな、とつぶやいた。そうでもないぞ。いや、確かに能力はないが、ドアを開ける鍵はおれが持っているのだ。

「つまり、今度のカムバック・コンテストに参加するんだよ」

新しくもらった資料を広げた。そこには馬鹿馬鹿しいほど大きな文字で〝優勝賞金1000万円〟とあった。

「今回、おれたちのキューブサットの設計図は優秀賞として表彰されている。つまり、おれたちにはコンテストに参加する権利があるってことだ」

「君が作ったわけではない。ぼくの設計だ」

大先生が怖い顔をした。その通りだが、書類上はおれの名前になっている。事務手続き上代表者の名前が必要で、マルハシが勝手におれの名を書き込んだのだ。そしてそれについては大先生も了解していた。

「確かに。だが、残念ながら代表者名はおれになってる。権利を持っているのはおれなんだよ」

初めて大先生が口をつぐんだ。

「キューブサット設計コンテストは優秀賞だった。つまりおれたちは暫定二位なんだぜ。しかも全国で。期待値としては五百万円ゲットまできてるってことだ」

「その計算は正確じゃない」弱々しい口調で大先生が言った。「期待値計算というのは、そんなに単純なものじゃないんだ」

構わずおれは話を続けた。

「優勝賞金は一千万円だが、それだけじゃない。準優勝は五百万、三位でも三百万、その他技能賞、デザイン賞、いろんな各賞がある。最低でも五十万、うまくすればいくつかの賞を重ねて取ることだってあり得るから、一千万どころじゃないかもしれない。何しろ大先生が作るんだからな」

うむ、と大先生が昔の武士のように唸った。

「だが残念ながらお前には出場権がない。どうだ、逆におれの権利を買わないか。高いことは言わない。おれたちはダチだ」そうだろ、と大先生の首に腕を回した。「二十万でいいぜ」

3

大先生の中でしばらく複雑な計算が続いているようだった。目の前の二十万を取るか、それともコンテストの賞金を狙うか。悩んでいる人間の顔を見ているのはそれなりに楽しかったが、結論が出るのは早かった。

それほど難しい選択ではなかっただろう。何しろ大先生のデザインは東大とか航空宇宙研究所とか、とにかくいろんな人のお墨付きだ。実際おれもこの耳で聞いたが、高校生レベルでなら世界的にもトップクラスだというし、大学や研究所の連中を含めたってコンテスト第二位なのだ。

コンテスト自体には企業や自治体なども参加するというが、それは別枠で、あくまでも順位対象は学生もしくはそれに準ずるもの、という決まりもある。大先生の優位さは否めない。優勝とまでは言わないが、何らかの賞を取ってもおかしくはない状況だ。最低ランクの部門賞でも賞金は五十万円なのだから、自信家の大先生がおれの提案に乗ってくるのは当然だった。

「いいだろう」ゆっくりと細い首を振った。「君の権利とやらを買おうじゃないか」

おれの横でゴタンダがガッツポーズを作った。ただし、と大先生が大きな声を上げた。

「条件がある。今度は設計図だけじゃなくて実際にそのキューブサットを作らなければならない。そうだね」

さすがに大先生もバカではない。そこに気づいたか。

「設計図通りに作ればいいと思ってるのかもしれないが、そんなに簡単な話ではない。人手もいる。君たちにも手伝ってもらうからな」まだあるぞ、と大先生の話が続いた。「当然だが製作にあたっては材料も必要になる。その金は三人で出し合うんだ」

「マジでか」

オレ金ないぞ、とゴタンダが喚いた。心配するな、と大先生が慰め顔で言った。

「カジシンの言う通りになれば、お釣りがくるほど金が入ってくる。ぼくだって一人占めにする気はない。とりあえずぼくの方で立て替えておいてもいい。仮に最低でも百万入ったとして、そこから必要経費を差し引いて、残りの金額を三人で分けようじゃないか」

獲得賞金が百万だとしたら、六十万円にはなるだろう、と大先生が言った。60÷3＝20。それぐらいの計算はおれにもできる。なるほど、悪くはない額だ。ゴタンダが真っ先に腕を伸ばした。おれたちの手が重なった。

「やってやろうじゃないの」

ゴタンダの言葉に大先生がうなずいた。しかしだ、とおれは首を曲げた。

「いったい何をすりゃいいんだ」

そのためにこのパンフレットをもらってきたんじゃないのか、と大先生がシニカルに笑った。どうもこいつの性格はわかりにくい。開いた資料を読み上げた。

「まず期日だ。『九月三十日午前十一時、茨城県美浦村、花と光の丘公園内の野球場でキューブサットカムバック・コンテストを行う』参加資格とかは飛ばすぞ。『書類審査後、与えられた条件をクリアしたキューブサットを高度三百メートルで浮遊する気球から放出する』」

放出ってどういうことだ、とゴタンダが質問した。パンフレットの写真を大先生が指でさした。

「どうやら気球に備えてある発射台から落とすみたいだな」

おれも指先を見つめた。気球から数メートルほど伸びた板の先に、箱型の装置がついていた。そこにキューブサットを載せて、外部から操作をすると外れて落ちていくよ仕組みになっているようだった。

「何でそんなことするんだ」

地面に激突してぶっこわれちまうじゃねえか、とゴタンダが言った。そうじゃない、と大先生が伸ばした指を振った。

「キューブサットにはパラシュートを内蔵しておくんだってさ。落下直後にそれを作動させれば、ただ落ちるというわけじゃないのはわかるだろ」

なるほど、とおれはうなずいた。そういうことだったのか。最初にマルハシから話を聞いた時から、パラシュートって何だ？　とうっすらではあるが疑問に思っていたのだ。でも、いったい何のために？

「更にこのキューブサットを外部から無線で決められた的まで誘導するんだそうだ。『最大半径十五メートル、二メートルごとに描かれた同心円内にキューブサットを誘導します。中央部に近ければ近いほど高得点となります』と書いてある」

「何だそりゃ」

まったく、ゴタンダじゃなくてもそう言うだろう。何でそんなことをしなきゃならんのか。

「テレビ中継のため、とあるな」大先生がパンフレットを閉じた。「今回のコンテストにおいて一番重要なのはテレビ中継が入るということだ。そうなってくると、ただデザインがいいとか性能が優れているというだけでは画《え》にならない。何らかの意味合いで競技性が必要になってくる。だからこんなことをしなくちゃならないんだ」

なるほど。何となくわかってきた。確かに、ただキューブサットが飛んでいるのを映したところで視聴率は取れないだろう。仮装大賞だって鳥人間コンテストだって、順位があるから盛り上がる。仮装大賞なら審査員の点数、鳥人間なら飛行距離。そしてキューブサットにおいては操作性が順位を決めるというわけだ。

「しかし、これは厄介だな」大先生がもぐもぐと口を動かした。「設計図はあるが、うまくいくかどうか」

おれとしては、あとは大先生に任せるしかなかった。どうせおれもゴタンダも、どういう部分においてもヘルプはできない。設計図を引き直すのも、機械を組み立てるのも、おれたちには無理だ。

「面倒なのか」

「面倒だね」にこりともせずに大先生が言った。「考えてみろよ。十センチ角の立方体の内部に、バッテリー、センサー、その他さまざまなメカを内蔵させなければならない。技術的に可能かどうか。それに機材を購入する金も必要だし、場所もいる」

待ってくれや、とゴタンダが喚いた。

「言ってることの半分もわかんねえよ。何だよセンサーってよ」

いくらするんだ、とおれは恐る恐る聞いた。

「コンピューターだろ？　百万ぐらいするんじゃないのか。それじゃ経費倒れになっちまう」

そんなに高くない、と大先生が鼻で笑った。

「安売りの量販店に行けば、下手すればひと山いくらの代物さ。もちろんピンからキリまでで、上はそれこそ数百万単位かもしれないが、下なら五千円を切るかもしれない」

「じゃ、バッテリーとかはどうよ」

尋ねたゴタンダに、正確なところはわからない、と大先生が首を振った。何でも知らないことはないと威張るこの男にしては珍しいことだ。

「とにかく、いろいろ調べてみよう。明日まで待っててほしい」

なんだか、大先生がとんでもなく頼もしく見えてきた。この調子だと、抱かれたい男ナンバーワンになる日も近いだろう。任せた、とおれとゴタンダは同時に叫んでいた。

4

翌日、もう一度招集があった。大先生が今後の予定と必要な機材をリストアップしてきたのだ。使い出のある男だ。

「撮影用のカメラ機材、バッテリー、筐体《きょうたい》を作るパンチアルミ、センサー、その他中心となるコンピューターも含め、必要なものはそんなところだ。もちろん設計も一からやり直しだが、幸いなことにパソコンはぼくの手持ちで十分だろう」

何が幸いなのかよくわからなかったが、それは良かった。で、おれたちは何をすればいいんだ。

「まず場所だ」

グラウンドのように広い場所が必要というわけではないが、機材や資材、コンピューターその他さまざまな物を置くだけでもそこそこ広さがいるという。それは任せとけ、とおれは答えた。

「どうすんだよ、お前よ」

ゴタンダが不安そうに言ったが、心当たりがあった。というか、要するにおれの家だ。どうせ工場はろくに稼働していない。少し片付ければ十分な広さになるだろう。おまけに工具や工作機械の類も揃っていた。

「それから人手」

大先生が退屈そうに顎を掻いた。ふつうの学校やサークルなら、数十人単位で取り組むプロジェクトで、しかも学内の精鋭陣を勢揃いさせてどうにかなるかならないか、という難易度の高い試みなのだ。

確かにそうなのだろう。それはダンナがやってる鳥人間部の様子を見ていてもよくわかる。彼らは一年がかりで、三十人以上の人材を投入して人力飛行機を製作していた。おそらくはそれと同等か、あるいはもしかしたらそれより更に難しいプロジェクトなのかもしれない。

「当てはあるのか」

「とりあえずドラゴンだな」

おれの答えに、もっともだ、とゴタンダがうなずいた。いつでも何でも、ドラゴンは頼りになる男なのだ。最大の問題点は、奴がとんでもない面倒くさがりであることで、だからこそあれほど成績優秀眉目秀麗豪放磊落な男が、鳥人間部はおろかサークル活動には一切参加していなかった。だが幼なじみの絆は深い。今回も何とかしてくれるだろう。

「説得するよ」おれは胸を張った。「どうにかなんだろ」

それに、お前のジイちゃんが手伝ってくれんじゃないか、とゴタンダが言った。なるほど、こいつにしてはナイスなアイデアだ。年を取ったとはいえ、ジジイは工作機械のオーソリティだ。コンピューターには弱いが、現場に出ればその辺のガテン兄ちゃんなど足元にも及ばないだろう。

「あいつなら大丈夫だ。毎日暇を持て余していて、養老保険の金の話しかしない。誘ってやれば喜んでついてくるだろう」

ジジイは無類の寂しがり屋なのだ。

「他には」

大先生の鋭い追及が続いた。しかし、おれもゴタンダも学内のバカ連中については詳しいが、使える奴となるとよく知らない。ましてや大先生に至っては人嫌いだから、まともなつきあいさえしていなかった。

くそ真面目に睨みつける視線を外して、翔さんかな、と言った。はあ？　とゴタンダが大声を上げた。

「翔さんって、お前、あの人は本物のバカだぞ」

バカにバカと言われたら立つ瀬がないだろう。しかしそう言う気持ちはわかる。わかり過ぎるほどだ。おれだってそれぐらい知っている。苦し紛れに言っただけだ。しかし、今なら翔さんはおれの頼みを聞いてくれるはずだった。

「それは誰だ」

大先生が尋ねた。この男は自分自身にしか興味がなく、関係のない人間についての知識を持とうとはしない。先輩だ、とおれは答えた。誰でもいい、と返事があった。

「人手は多いほどいいんだ。何かの役には立つだろう」

「だけど、お前、どうやって翔さんに頼むんだよ」

不安そうにゴタンダが首を傾けた。それは任せておけ、とうなずいた。時間がないんだぞ、と大先生が冷たく唇を尖らせた。

「それで、いったい何をすればいいんだ」

質問したおれに、大きく分けて二つだ、と宣言した。

「ひとつはキューブサット内部の設計と製作、もうひとつは筐体そのものの製作だ。両方をぼくが一人でやるのは時間的に無理がある。従って筐体については君たちに任せる。そのつもりで」

待て待て待て、とおれは演説を遮った。

「キョータイって何だ、キョータイってのは」

筐体だ、と大先生が字を書いた。書いてもわからん。

「つまり外枠だ。箱そのものだね」

「難しいことじゃなさそうだな」

口を挟んだゴタンダに、冗談じゃない、と大先生が目を剝いた。

「いいかい、コンテスト自体に制約があるんだ。全体の大きさは十センチ×十センチ×十センチの立方体、重量は二キロ以内、そしてその中にバッテリー、コンピューター、誘導装置、撮影機材を組み込まなければならないんだぞ。おまけに今回は着地用のパラシュートまで内蔵しなければならないし、誘導用のアンテナも必要だ。もちろん、パラシュート放出用の開閉パネルもいる。本当だったらぼくがやった方がいいのだが、時間がないから君たちにやらせるしかないのに、難しくはなさそうだとは何事だ」

凄まじい早口だった。よくそれだけのスピードで舌が動くもんだ。わかったわかった、とおれたちは必死でなだめた。

「おれらがやればいいんだな。それで、そっちはどうなってる」

もう始めている、と大先生が言い放った。おお、とおれたちは唱和した。

「素晴らしい。どこまでできてるんだ」

「こんな感じだ」

大先生が取り出したのはプリントアウトされた数十枚の紙だった。おれたちは目を強くこすった。紙に印刷されているのは果てしない数字と記号の羅列だった。よく見ると細かい数式になっている部分もある。書類なんかいくら見せてもらったってしょうがない。おれたちが見たいのは現物だ。

「センサーと磁気トルクの計算式だよ」

そんなこともわからないのか、とあからさまな侮蔑の色を大先生が浮かべた。そんなことどころか、今お前が言った単語がわからない。それは日本語として正しいのか。だんだん大先生の顔が異星人に見えてきた。

「まあ理解できるとも思っていないけど」大先生が冷笑を頬にはりつけた。「とにかく、ぼくはしばらく設計に専念する。君たちはその間に筐体の製作に取り掛かってくれ。とりあえずは慣れてもらう必要がある。これは一応ぼくの方で作った見本だ」

段ボールでできた十センチ角の箱を机の上に置いた。子供の工作のようなものだ。あまりの不細工さに笑ってしまったが、大先生はそれを見逃さなかった。

「何かあった方がいいと思って、さっき作っただけの話だ。そんな顔をされる覚えはないぞ」

「だってよ、あんまり変だからよ」

ゴタンダがこわごわその箱を持ち上げた。ちょっと乱暴に扱ったら、一瞬で壊れてしまいそうなほどひどい出来栄えだった。時間がなかったんだ、と大先生が言い訳をした。

「細かい作業は君たちがするんだな。何だったら君のおじいさんにでも聞けばいい。たぶん、この程度の模型ならすぐ作ってくれるだろう」

確かに、ジジイなら目をつぶってでもできそうだった。大先生が箱を持ち上げた。

「とにかく、これをパンチアルミで作るんだ。最初はとにかく形だけでいい。開閉装置なんかはあとだ。まずは枠を作らないと、大きさの見当もつかないからね」

言ってることはわかるが、どうしたらいいのかさっぱりわからない。だいたい、そのパンチアルミってのは何なんだ。

「薄いアルミの板だよ。重量を減らすため、板自体にたくさん穴が空いている。パンチングというんだけど、そういう加工がしてあるんだ。どっちにしたって、これからしょっちゅう秋葉原に行かなければならなくなるんだ、すぐわかるようになるよ」

さっさと買ってこい、と命令した。どうも完全に大先生が指導的立場にいる。

「いったいそんな特殊なパネル、いくらするんだ」おれの声は少し泣きそうだったかもしれない。

「そんな金はねえぞ」

「安いよ」

にべもなく大先生が言った。三十センチ平方で千円もしないそうだ。それなら何とかなる。大先生がコンテストへの出場権を買ってくれた形になっているから、一応金はあるのだ。

「他にもいろいろ必要なものは出てくるが、それはこれからのことだ。とにかく今は君たちが慣れる方が先だろう」

「いったいどれぐらいかかるんだ」

ゴタンダが口元を歪めた。どれぐらいというのは時間を意味していたのだが、金の亡者にはそう聞こえなかったらしい。作るだけだったら五万円でもいけるだろう、と重々しくうなずいた。

「しかし、作ればそれで終わりというものではない。今回、我々はどうしても優勝しなければならない。もちろん金のこともある。だがそれ以上に、ぼくは！　ぼくの！　能力を！　世の中に知らしめる必要がある！　そこにこそ今回の意義が！」

軍人のように叫びだした大先生を置き去りにして、おれたちはその場から逃げ出した。とにかく、ここからがスタートなのだ。

5

七月十八日、海の日におれとゴタンダは秋葉原へ向かった。正直、おれたちの文化圏は京浜東北線界隈と学校のある田町、そして渋谷辺りで、秋葉原などというオタクの聖地には足を踏み入れたこともない。土地勘もなにもあったものではなかったが、それでも行ってみないことには何も始まらないだろう。

駅前にはヤマギワ電気だったり石丸電気だったり、テレビでもコマーシャルをやっているような有名な家電店がいくつも並んでいた。建物の大きさといい雰囲気といい、世の中はおれの知らないところで勝手に変わっているようだ。何しろ、電気街なんて表示が当たり前にあるような町なのだから、ある意味SF的光景と言えた。

しかしパンチアルミを探しているおれたちは、家電量販店にとってあまりいい客ではなかったらしい。どこへ行ってもにこやかに〝こちらでは取り扱っておりませんので〟と言われて体よく追い出された。四軒目で、それは専門店でしか売ってません、という情報がやっと手に入った。どうも町の雰囲気といい、何だかドラゴンクエストでもやっているようだった。

しかしロールプレイングゲームの場合、結局すべてを解決するのは時間だ。どんなに才能がなくても、ただひたすらに続けていればそのうち宝物や呪文は手に入る。それと同じでおれたちはやたらとヒマだったから、いくらでも余裕はあった。時間だけは売るほどある。さんざん足を棒にして歩き回った末に、小さな店がいくつも軒《のき》を連ねている一角に出た。見るからにディープな光景だった。

「オレのカンだと、ここしかないね」

鼻をひくつかせながらゴタンダが言った。確かにその通りだ。いかにもな風情が漂っている。

〝サージェントペッパーズ〟というビートルズの曲名から取ったらしい名前の店の前に、いくつものラックが並んでいた。おれはそこに置かれていたチラシを一枚抜き取った。何が書いてあるのかよくわからない。製品名と型番だけが細かい文字で並んでいた。一切商品の写真やイラストの類は入っていなかった。わかる人だけがわかればいい、という潔い決意に満ち溢れたチラシだ。その中に探していた単語があった。パンチアルミ。

「入ってみようぜ」

おお、と少しびびった声が返ってきた。店の表にまでいろんな部品やら何やらが乱雑に置かれていて、何が何だかわからない。おれの部屋より汚いが、見る人が見ればそうでもないのだろう。おれの部屋もそうだ。ジジイやオフクロにはわからなくても、おれにはどこに何があるかすぐわかる。

一歩足を踏み入れると、そこはまさに魔窟だった。〝ドンキホーテ〟より陳列棚は未整理だ。恐るべし、秋葉原電気街。日本とは思えない。何しろ、製品の名前が既に日本語ではないのだ。

入ったところにあるアルファベットと数字の順列組み合わせで構成されたその棚には、ありとあらゆる種類の電球があった。例えばそのひとつはこうだ。〝ＦＬＲ４０Ｓ・ＥＸ－Ｎ／Ｍ－Ｘ３６〟。暗号としか思えないが、これは松下パルック３波長域発光形蛍光灯のことだそうで、何でも正式名称は厳《いかめ》めしいものだ。

「別に電球がほしいわけじゃねえぞ」

ゴタンダが低く唸った。とりあえずはそうだが、いずれは必要になるかもしれないじゃないか。世の中、何でも勉強だ。

うろうろ店内を歩き回ること五分、ようやくにしておれたちは目的のパンチアルミらしき物を発見した。どういうわけかその間、店員の姿は見えなかった。万引きし放題だなとゴタンダが言ったが、その通りだと思う。

「これか」

「たぶん。わかんねえけど」

囁きを交わしながら、板に触れた。パンチアルミは薄い金属製で、シート状になっていた。そして数限りない種類がそこにあった。厚み、色、さまざまなパターンが並んでいる。いったいどれを選べばいいのか。

途方に暮れていたおれたちの前に、まるで計っていたようなタイミングで太った男が現れた。夏真っ盛りだというのに、オーバーオールに茶色と白のネルシャツという暑苦しい格好だった。何というか、妙な迫力がある男だ。

「なに」

真っ白できれいな餅肌、たるんだ腹の肉、ミラーのサングラス、耳にはピアス。口ひげがうねっている。とにかく全体的に濃い男だった。何歳ぐらいなのか、見当もつかない。

「あの、パンチアルミ探してるんですけど」

蛮勇を奮っておれは言った。どの、と答えが返ってきた。次の言葉が出てこなくなった。いったいどこの世界に、客に向かって〝どの〟という言葉を投げつけてくる店員がいるだろうか。

「よくわかんないんすよね」

そういう対応には慣れているゴタンダが、独特のへらへらした口調で言った。大先生に渡されたメモを見せると、男が微妙に唇を曲げた。

「へえ」

馬鹿にしたような言い方だった。一歩近づいてくる。汗くさくて閉口した。何日ぐらいこの男は風呂に入っていないのだろうか。

ふんふんと鼻息荒くうなずいた男がはみ出していたネルシャツをオーバーオールの中に押し込んでから、その辺にあった脚立を引きずってきた。足をかけると鉄の段が大きくきしむ音がした。

「ほら」

差し出されたのは分厚いカタログだった。表紙に『商品見本』と書かれていた。開くと一頁に四枚、五センチ角のパンチアルミの見本が貼り付けられ、その下に細かく製品番号や認識番号、その他さまざまなデータが記されていた。次から次へとまったく同じように見えるカタログを渡され、おれたちは受け取るだけで必死だった。

脚立を降りてきた男が、こっち、と指を立てた。はじめてのおつかいに行く子供みたいなもので、言われた通りするしかない。あとについていくとレジのある少し片付いたスペースに出た。都合四冊ずつのカタログを持たされたおれたちは腕が抜けそうだったが、男が何も指示してくれないので、そのまま立っているしかなかった。

「どうなってんだよ」

ゴタンダが囁いた。知るか、と吐き捨てた時にレジの奥の事務所みたいなところに引っ込んでいた男が、もう二冊のカタログを小脇に現れた。

「置けば」

自分が持っていたカタログをレジ脇の台に載せてそう言った。何かつぶやきながら男が頁をめくっていく。どんどん見本を剝ぎ取っていき、あっと言う間に目の前にアルミパネルの山ができた。

「どう?」

渋い声で男が言った。触っていいんですかと尋ねると、黙ってうなずいた。とはいえ、触れてみたところでおれたちに物の善し悪しがわかるわけではない。それ以前に大先生のほしい商品かどうかがわからなかった。率直にそう伝えると、不思議そうに男が目を細めた。

「イジメ?」

はあ? とゴタンダが顎を突き出した。

「パシリ?」

なるほど、ある意味ではそうだ。しかし別にイジメでこんな買い物をしにきてるわけではない。事情を説明すると、ふん、と男が腕を組んだ。そのまま顔だけを曲げて、ねえ、と奥に声をかけた。

「なによ」

出てきたのはきれいな女の子で、まずそれにびっくりした。もうひとつ驚いたのは、明らかに知っている顔だったことだ。

「彩子《あやこ》さん、この子たちお客さん」いきなり男が流暢に話し出した。「それでねえ、ちょっとかわいそうなの。先輩かなんかにイジメられてるみたいなのね。今日もわけわかんないのにパシリに使われて、ウチにきたんだって」

この男がいわゆるオタクであることがわかった。さっきまでのこわもてはどこへやら、体まで思いきりしなを作っている。あとで判明したのだが、この男は店員ですらなかった。常連客という立場で、おれたちの相手をしていたのだった。

「彩子って、お前」

素っ頓狂に叫んだゴタンダを見て、女の子が悲鳴を上げた。

「ゴタンダじゃないの!」

「立花《たちばな》!」

それからおれに気づいた彼女は、猫が腹を踏まれたような意味不明の声を体のどこかから吐き出した。おれも声こそ出していないが、そんな感じだった。

「ちょっと、何してんの」男が横から割って入った。「気安く彩子さんに触んないでよ」

ゴタンダが彩子の肩を抱いていたのだ。他意はない。この男は妙なスキンシップの癖があって、男でも女でも誰でもすぐに肩を組むのだ。

「何なのよ、この子たち」

殺気だった表情で男が睨みつけた。飢えた狼でもここまで凶暴な顔にはならないだろう。違う違う、と彩子が手を振った。

「中学の同級生なのよ」

その通り、とおれとゴタンダはうなずいた。もうひとつ、おれにとって彼女はひどく重要な女だった。すなわち、ファーストキスの相手なのだ。

6

立花彩子は中学の同級生だった。うちの中学では、三年生の時の人気ランキングで第三位、スレンダーでスタイルの良さは群を抜いていただろう。ルックスだけなら文句なく輝く全校第一位は間違いなかったが、それがなぜ三位かと言うとちょっと変わったところがあったからだ。

いや別に、男のへその臭いが好きだとか、そういう妙な趣味があったわけではない。そうではなくて、たぶん頭が良過ぎたのだと思う。ものすごく好奇心が強く、悪く言えば移り気だった。どんどん興味の対象が変わっていくのだ。

例えばある一カ月で図書館の本を百冊読んだかと思うと、次の月は朝から学校にもこないで映画館をはしごし、それでも足りなくてレンタルビデオで昔の映画を徹夜して見たりする。また別の月には朝からジョギングで学校にきて、授業もほとんど無視するような勢いで筋トレに励み、ねえねえ、お腹が六つに割れたの、と嬉しそうに誰かれ構わず触らせたりした。

繰り返すがルックスだけなら有数の美少女なのだが、こんな子とつきあおうというガッツのある男子は少なかった。もちろん恋心を打ち明ける奴などめったにいるはずもなく、おれが彩子とつきあうようになったのは、ありったけの勇気を振り絞って正面から告白したためだと思う。正直、おれと彩子ではちょっと不釣り合いなぐらいだったし。

それでも、おれたちが親密な関係にあったことは確かだ。中二の十一月から翌年の二月までというきわめて限定されたはかない恋ではあったが、クリスマスもバレンタインも、ついでに彩子の誕生日も共にしていたから、これは立派なラブだろう。キスしたのはクリスマスの夜で、ついでに言っておくとおれが奪われたのだ。待て、考えてみるとそれも情けなくないか。

しかしだ。あっさりとおれたちの関係は終わりを告げた。中坊の恋愛なんて、そんなものだ。

理由も下らなかった。おれが同じクラスの女の子の恋愛相談に乗ったり、彩子が学校の先輩と遊びに行ったりとか、そういうことでつまらない誤解が重なった。その時はお互いが浮気したのだと信じ込んでいたが、あとで聞いた話だとまったくの勘違いだった。よくあるパターンだ。

でも結局、どこかでお互い意地になっていたのだろう。正直おれは未練たっぷりだったが別れることになってしまった。残念ながら彩子はそうでもなかったみたいで、何だかさばさばした表情だったが。

もっとも、クラスも同じだったし仲間もほぼかぶっている。いきなりひと言も口を利かなくなるほど険悪な関係になったわけではない。今では都立高校に行った妙珍《みょうちん》という変な名字の奴が、同じグループの中に彼女がいたことなどもあって、卒業までおれたちはほどほどの距離を保ったまま関係を続け、そして高校進学と同時に連絡は途切れたままになっていた。

「そういやあ、お前、高校行ってなかったっけか」

遠慮なくゴタンダが尋ねた。そうだよ、と彩子があっけらかんと答えた。成績はいいくせにとにかく勉強が嫌いで、中学時代から高校には行かないとはっきり宣言していた。今時珍しいタイプの女だ。

「おもちゃ屋じゃなかったっけ、お前ん家《ち》」

そうだ、思い出した。おれは何度か彩子の家に行ったことがある。場所も秋葉原なんかじゃなくて、中目黒だった。

「今さらおもちゃの時代じゃないでしょうに」彩子が明るく笑った。「とっくに閉めたよ、あんなの。これからはヲタクだって」

ヲタク、という単語を彩子が少し鼻にかかった声で発音した。例の大男が嫌そうな顔になった。

「彩子さん、それ止めてくれない？　ぼくたちはねえ」

気持ちいいほど大男を無視した彩子が、おれとゴタンダをレジの奥に引っ張りこんだ。ドアを開けると、そこはだだっ広い事務室だった。どうも不思議な造りの店で、入り口は狭いのだが中へ行けば行くほど大きくなっている。

「おやおや、これはこれは、カジヤシンスケくんではないですか」

部屋の奥でＸＢＯＸのコントローラーを操作していたアロハシャツのオッサンが、ちらりとおれに目をやってから言った。室内だというのに幅の広い麦藁帽子をかぶり、真っ黒なサングラスをかけている。ここは南国か。

おれは黙ったまま頭を下げた。たいへんご無沙汰しているが、彩子の父親だった。

「珍客、珍客。そっちはオオサキヨシオくん」

おれだって二回ぐらいしか会っていないし、ゴタンダと顔を合わせたことはあるのだろうか。にもかかわらず完璧にフルネームをそらんじていた。見かけと同様、変わったオッサンだ。

「どうしたの、ずいぶんこなかったじゃないの」

オッサンがテレビ画面に目を戻しながら言った。まあその、とおれはへどもどと口を動かした。

「あれでしょ、聞いたよ。彩子を振ったんだってね」

罪な男だね、キミは、と言った。違いますよ、とおれはぶんぶんと首を振った。

「おれが捨てられたんすよ」

「またまた。男の子はあれだね、すぐ照れる」

オッサンがなぜか嬉しそうに言った。ずいぶんと彩子も泣いてたよ。どうかな、今からでもやり直してみたら。

バカ言ってんじゃないよ。彩子が男と別れたぐらいで泣くわけないだろう。ましてや相手がおれなのに。そんなことあり得ない。いいかげんにして、と彩子が割って入った。

「止めてよ、もう。昔の話じゃない」

ずいぶんとさばけた物言いだった。何だかちょっとだけおれはさみしくなった。おれにとっては、それほど昔の話というわけでもないのだ。心の傷はまだ残っているんだぞ。

「ねえ、いいから部屋おいでよ。つもる話もあるってもんじゃないの」

いいでしょ、と彩子が言った。いいんじゃあないの、どうせヒマだし、と相変わらずゲーム機と格闘しながら父親がうなずいた。

7

おれたちは二階の彩子の部屋で、彩子お手製だという妙な緑色のジュースを飲みながら、なぜ秋葉原まで遠征してきたかについて説明した。ちなみにジュースはその異様な色彩にもかかわらず、意外とうまかった。

「つまり、その人工衛星をやんないと、あらゆる角度からおれたちは責められるってわけだ」

「キューブサットでしょ」

彩子が上に羽織っていた水色のサマーカーディガンを脱いだ。下は黒のニットのチューブトップ、肩も剥き出しで胸も半分ぐらい見えるし、いやはやどうしたらいいのか。しかも彩子は暑いよねえとか何とか言いながら、さらに露出度を高くするのだ。わざとだろ、お前。

「何でキューブサットって知ってんだよ」

勝手にお代わりをグラスに注ぎながら、おれは首を傾けた。フツーだよ、と彩子が言った。

「一年も働いてれば、顧客のニーズぐらいわかるって。うちにも結構くるのよ、東大とかの研究室から部品を買いに」

おお、それは話が早い。おれたちはぶっちゃけたところを打ち明けた。やらなければならないことはわかっているのだが、何が必要なのかがさっぱりわからない。つまりそれは、勉強で言えば〝わからないところがわからない〟状態で、その意味では最悪なのだ。

「それで、今日は何を買いにきたわけ？」

おれが渡したメモを見ながら、これじゃホントに子供の使いじゃないの、と彩子が笑った。ふうん、とうなずいてから、自分の携帯電話を取り出して、ひと言ふた言喋ってからすぐに切った。五秒も経たないうちにどたどたという足音と共に部屋の扉がノックされた。彩子が開けると、そこにはさっきの大男が息を切らしながら立っていた。

「オーチャンは入んないでよ、臭いが移るから」

いきなりひどいことを言う。しかしオーチャンこと大村と言うその男は、むしろ嬉しそうにうなずいて一歩下がった。彩子がおれのメモを渡した。

「しばらくしたら降りるから、その時までに揃えといて」

はい、とよく躾《しつけ》られた犬のような勢いでオーチャンが返事した。

「あの、しばらくって、どれぐらいなのかな、彩子さん」

「そんなのわからないわよ。しばらくって言ったらしばらくよ」

はい、と泣きそうな顔になった。その目の前で彩子がドアをぴしゃりと閉めた。凄まじい勢いで階段を降りて行く足音が聞こえた。

「あたしに命令されると悦《よろこ》ぶのよ」説明されても困る。「東工大の院生なんだって。でも最近はずっとうちの店にいるんだよ。バカみたい」

要するに彩子に一目ぼれして、そのまま店に居着いたのだそうだ。確かに彩子にはそれだけの魅力が備わっているし、あの大男の瞳にははっきりとマゾヒスティックな光が宿っていた。年下女に顎で使われるというシチュエーションは、その気のある人間にはたまらないものがあるのだろう。

「結構いっぱいいるのよ、ああゆうの。まあ、それがうちのお客さんなわけだから、悪くは言えないけど」

タイトスカートの裾を引っ張りながら、彩子が座り直した。キューブサットについても、そういう連中から聞いたそうだ。さすがに宇宙空間でも使えるような細かい機材や部品類になると、世界に名だたる秋葉原電気街でも扱っている店はそれほど多くないようで、〝サージェントペッパーズ〟はその中でもピカイチにマニアックな品揃えだという。

「そんなら、任せとけばいいや。なあ」

お気楽なゴタンダがそう言い、おれもそれに従った。懐かしい中学時代の話に花を咲かせ、卒業アルバムの閲覧会を終えてから下に降りると、お預けと言われてそのままにされた犬のような顔でオーチャンが待っていた。ホントに犬の風情がよく似合う男だ。

「こんな感じでどうかな、彩子さん」

太った体を支えるように片手をレジ台に置いたまま言った。おそらくはカッコイイつもりなのだろう。足元には巨大な部品の山があった。

「パンチアルミ、マイクロコンピューター」彩子がひとつずつメモと照らし合わせ始めた。「コイル、乾電池、太陽電池。ねえ、ＬＥＤは？」

あ、と半分だけ口を開いたオーチャンが慌てて走り出した。使えないわね、と追いかけるように彩子が怒鳴った。ごめんなさい、と繰り返した男が戻ってきた時、その手の中に小さなランプがあった。何だよＬＥＤって、たかが豆球じゃないか。

「低消費電力と高輝度タイプとふたつあるんだけど、彩子さんどっちがいいのかな」

「買うのはあたしじゃない」当たり前のことを彩子が言った。「でもキューブサットなのよ、バッテリーに負荷がかからないようにしないといけないの。低消費タイプに決まってるでしょ」

はい、と消え入りそうな声でオーチャンが返事した。かわいそうに、彼にはキューブサットのキの字も伝わってないはずだが。

「ブレッドボード、撮影用のカメラ、電線、スイッチ」

慣れた様子で彩子が次々に部品を確認していった。それはまるで築地の市場で働く魚屋が、的確に魚の質を見極めていくような感じだった。

「センサー、ROMライター」

まあいいでしょ、と彩子が言った。心底ほっとしたようにオーチャンがため息をついた。

「キューブサットだったら、最低これだけあれば十分よ。足りなかったり必要なものがあったら、言ってくれればそれなりに調達するから」

頼りになるねえ、ねえさんは、とゴタンダがつぶやいた。

「それはいいけど、いったいいくらするんだ」

ちょっと不安だった。おれにはさっぱりわからないが、これだけ複雑な機器類になると、相当金がかかるのではないか。うーん、と唸った彩子が、四万でいいかな、と言った。

「四万?」

これ全部でか? そりゃお前、まずいだろう。いくら昔の男が困ってるからといって、そんな激安価格で売ったら経営が破綻するのではないか。だが彩子は平然とした調子で三並びって感じかな、と値段をつけ直した。

「マジでか」

「マジで」

彩子によると、確かに昔は高かったという。それは例えば初めて製造された電卓が五万も六万もしたのと同じように。だが、大量生産と製造及び流通網の整備、新技術の導入、その他さまざまな要素があいまって、今や電子機器類の値段は爆発的に安くなっているそうだ。

「パンチアルミとかは、正価で買っても安いけど、これは特に布でいったらはぎれみたいなもんだし」

撮影用のカメラも三千円ぐらいのものが出回っているという。その他の機材類も同じようなレベルだった。ジャンクに近い品質のものも入ってはいるが、決して特別に安くしているわけではない、と彩子がレジ台を叩いた。持つべきものは友達と昔の彼女だ。

「今日中でよかったら、車で届けてあげるよ。でしょ、オーチャン」

はい、とまた大男が泣きそうな声で答えた。書いといて、と言われるままにおれは自分の工場の住所をメモにして渡した。拝むように受け取ったオーチャンが、彩子さんのためにするんだからな、と傲然《ごうぜん》と言い放った。

「余計なこと言わなくていいの」

彩子の言葉に、はい、とまた身を固くした。これでは奴隷以下だが、本人がいいのならそれもまたありだろう。恋の形はさまざまだ。

8

買い物を終えて、おれたち三人は秋葉原の駅前に向かった。お茶しようよと彩子が言うのでマックに入った。七月も半ばを過ぎ、歩いているだけでくらくらするほどの暑さだった。

「いいじゃん、キューブサット。カッコいいじゃない」

コーラの蓋にストローを突き刺した彩子が言った。キューブサットはカッコいいかもしれないが、別におれたちがカッコいいわけではない。

「そうかねえ」懐疑的な様子でゴタンダがフライドポテトを手にしたまま首をひねった。「おれはよくわかんねえけどな」

「右に同じ」

うなずいたおれに、そう？　とストローを嚙みつぶしながら彩子が目を上げた。つきあっていた頃もよくストローの端をこんなふうに嚙みつぶしていたが、癖というのはそんなに簡単に直るものではない。

「カジシン、昔から飛行機とか好きだったじゃん。パイロットとか」

「フツー、男はそうだろ」

そうじゃなくて、と唇を尖らせた。

「なんだっけ、小学校の時、ウルトラなんとかになるって思ってたんでしょ」

「ウルトラ？」

矢継ぎ早にポテトを口にほうり込みながらゴタンダが言った。

「そりゃお前、ガキの時の話でしょうに」

ウルトラなんとか、というのは正式には『ウルトラゲイザー』という子供向けのヒーロー戦隊テレビ番組のことだ。早い話が宇宙から攻めてくる怪獣だか怪人を、ウルトラゲイザーという身長四十メートルの五人組が迎え撃つというういかにもな設定の番組で、自分でも忘れていたが確かにおれはウルトラゲイザーになりたかった。

というか、身長四十メートルのヒーローになれないのはわかっていたし、どんなに修行しても指先からスペクトルフラッシュ光線を発射できないのは間違いなかったので、ウルトラゲイザーと共に戦う地球防衛軍、JSAの隊員になりたかったのだ。ちなみに、地球防衛軍という割にJSAはジャパン・セキュリティ・アソシエイションが正式名称で、日本のことしか考えていないようだったが。

「おお、あったなJSA」

ゴタンダが右の肘を曲げて脇腹に当てた。それがJSA式敬礼のポーズなのだ。

「オレもやったよ、JSA。二年までだけどな」

いかにもバカにしたような口調だった。バカにバカにされるほど、頭にくることはない。悪かったな、四年生までやってて。

「そういう子なのよ」微笑を浮かべたまま彩子がコーラを一気にすすった。「いつまでたっても子供ってゆうか」

失礼だな、君は。童心を忘れないとか、少年の心を持ち続けてるとか、もっと言い方はあるんじゃないのか。

「ま、大きく言えばＪＳＡもキューブサットも、空を飛ぶのが仕事だからな。良かったじゃないのカジシン、夢がかなってさ」

目の前で振られたポテトを奪って、口にほうり込んだ。

「うるせえよ、お前はよ。ゴタンダのくせに」

「そんなくだらねえことばっか考えてっから、試験落ちんだよ」

「落ちてねえ」おれはマックのテーブルを叩いた。「受けてないんだ、落ちてないぞ。お前と一緒にすんな」

「ケンカしないの」大人ぶった手つきで彩子がおれたちを分けた。「それで、その大先生って頼りになるの？」

たぶん、とおれたちはうなずいた。少なくとも、おれが十人いるよりはよほどましというものだろう。ゴタンダに至っては百人いたって太刀打ちできないはずだ。

「手伝ってあげよっか」

食べ終わったハンバーガーの包み紙を丸めた彩子が言った。何を、と言いかけたゴタンダが飲み込みかけていたポテトを吐き出した。

「奇特な方だ」

もちろん、おれたちにとって人手は一人でも多い方がいい。猫の手だろうがネズミの手だろうが、必要なら孫の手まで持ち出したいぐらいだ。彩子の申し出は大歓迎だが、本当にやる気があるのかどうか。

怪しいものだ、と正直なおれはそう思っていた。前にも言ったが、昔から彩子は飽きっぽく、何でも首を突っ込んではすぐ投げ出してしまうところがあった。たぶん高校に行かなかったのも、学校という存在そのものに飽きていたからではないのか。

とはいえ、ありがたいことだった。彩子の店が今後も部品調達を助けてくれることはもちろん、例の大村とかいうオタクが車を出してくれるなど、便宜を図ってもらうことになった。おれたちとしては上々のスタートだった。あとを任せて、おれは家に帰った。

9

「工場でも何でも使えばいい」

ジジイがそう言った。場所も工具も機械も、使えるんだったら使えばいい、と似合わないタンカを切った。

「ただし、怪我しても保障はできんがね」

さすがはジジイだ。だったら使えないじゃないか。

しかし問題はなかった。工作機械の使い方は実の孫であるおれがだいたいわかっている。技能コンテストに出るわけではないので、溶接とかまでする必要はなかった。ハンダで十分だし、メインはコンピューターによる設計なので、とにかく場所さえ確保できればそれで十分だった。

大先生に連絡すると、それならパソコンを運び入れないとね、と尊大な構えで言った。どうして、いつの間に、おれたちの間に身分階層が開いてしまったのか。ここはインドか。カースト制度なのか。しかし機嫌を損ねるわけにもいかない。おれもゴタンダも、コンピューターのことなど何もわかってはいないのだ。

一時間後、おれの家の前にワゴンタクシーが停まった。スタイリッシュなノートパソコンを小脇に抱えた大先生が降りてきて、迎えに出たおれに顎をしゃくった。

「後ろにあと四台積んであるから」

払っといてくれ、と言い捨ててさっさと中に入った。颯爽たる姿だった。窓を開けたタクシーの運転手が哀しそうな目でおれを見つめていた。

「二九四〇円になります」

ポケットの小銭をかき集めて料金を支払った。あとでゴタンダに半分払わせないとならないので、領収書ももらった。

開いた後部ドアの座席に据置き型のコンピューターが四台載っていた。安定した重量感。おれは車からコンピューターを降ろした。運転手は手伝ってくれなかった。ひとつひとつが嫌になるほど重かった。四台すべてを降ろした時、見計らっていたように大先生が姿を現した。

「きったない工場だねえ」

うるさいよ、バカ。大きなお世話だ。汗を拭いながらおれはコンピューターを軽く蹴った。

「これ、全部お前のなのか」

そうだよ、と鷹揚に大先生がうなずいた。何で四台も五台もパソコンが必要なのか。一台あれば十分じゃないのか。それとも、これがオタクの性《さが》なのか、はたまた親が金持ちだからなのか。大先生の母親は産婦人科の医院を経営しているし、父親は税理士だった。

汗だくになりながら一台ずつパソコンを工場に運び入れた。気楽な顔でその辺をうろついていた大先生が、それぞれの置き場所を指示する。おれはリンカーンを尊敬した。奴隷解放に力を尽くしたその業績は、もっと称えられてしかるべきではないか。

「わかりましたよ、はいはい」

力仕事はおれがすりゃいいんでしょ。言われるままに従うおれを、一張羅のスーツ姿で家から出てきたジジイが見つけて目を丸くした。

「これが、あれか。最近はやりの、イジメってやつか」

「下らないこと言ってないで、手伝ってくんないかな」

ゼッタイに嫌だ、とジジイが腰を降ろした。

「もうすぐ杏子さんがくる」杏子さんというのはジジイの息子の嫁で、つまりおれの母親だ。

「わざわざ汗を掻くようなことはしたくない」

ジジイはもともと自分の息子に何の興味もなく、あまり話したこともないそうだが、息子が連れてきた嫁に関してだけは、手放しで誉め称えるのが常だった。早くあいつは死ねばいいのだ、とまでおれに言った。そうすれば杏子さんときちんとした形でおつきあいできるのに、とわけのわからないことを言う。何だそのきちんとした形ってのは。

まあ、ジジイの言わんとすることもわからなくはない。親父が引きこもって早一年、おれの中でもだんだん記憶があやふやになってきているが、とにかくどこから見てもダメダメな男だった。いつでも俯いてるし、背中を曲げて歩く癖もあるし、だれにでもすぐに謝るという、いかにもなダメ人間だった。

それに引き換えオフクロは異常なまでに凜としていて、自分の母親にこんなことを言うのもなんだが、実際問題としてかなりきれいだ。ルックスもスタイルも、三十八とはとても思えない。二十代後半でも十分世の中的には通用するだろう。実の息子が死ぬようにジジイが切望するのも無理はなかった。

そのオフクロから家を出ると切り出されて、ジジイがどれだけ落胆したか。親父が引きこもった時、おれはジジイについて何の心配もしていなかったが、むしろその時の方がびびった。

あれ以来、ジジイはおれの顔を見るたびに、杏子さんがここを出て行ったのはお前のせいだ、と言う。おれじゃなくて親父の責任だと思うが、何しろ引きこもっている親父には直接文句を言えないので、おれがその分まで責められることになるのだ。親の因果は子に巡る。

というわけで、オフクロがくる時間になるとジジイは正装してそれを待つのが日課だった。どんな家なんだ、ここは。

「置いたら、次は配線だ」何事にもマイペースの大先生が命じた。「電源はどこにあるんだ」

「コンセントなら売るほどある」ジジイがにやにやと笑いながら口を開いた。「何といっても工場だからな、これでも」

おれは立ち上がって、大先生の持っていた延長コードを受け取った。何でもしますよ、ここまできたら。

配線をつないでいたら、スーパーの紙袋を抱えたオフクロが入ってきた。上品なブルーのセーターに茶色いパンツという決して派手な格好ではないのだが、ジジイのハートには強く訴えかけるものがあったようで、何か唸ったきりジジイが動かなくなった。

「何してんのよ」

オフクロが工場の長テーブルに紙袋を置きながら言った。息子がコードを抱えて薄汚い床を這いずり廻っているのを見れば、そう言わざるを得ないだろう。外見はおとなしく見えるが、結構口は悪い人だ。大先生を見て、あら、お友だち？　といきなりよそいきの顔で微笑んだ。

「あなた、ご飯は食べたの？」

オフクロは誰を見ても何か食べさせたがる。おれの友達だろうとジジイのツレだろうと関係ない。問われた大先生がわけがわからないという顔になった。

「杏子さん、いらっしゃい」

蘇ったジジイが二オクターブぐらい高い声で言った。

「お父さん、今日の晩ごはん何にします？」

ごゆっくり、とおれたちに言いながらオフクロが家の方に向かった。ジジイはマタタビを利かされた猫のように、そのあとについて行った。

10

翌日朝五時にインターフォンが鳴った。どうせジジイの囲碁友達だろう。放っておいたら、続けざまに百回ぐらいピンポンが鳴り続け、それでも無視してたら枕元の携帯が出ろ出ろ出ろと喚き始めた。着信表示を確かめると大先生の名前があった。どうやらそういうことらしい。おれはトランクスだけの姿で玄関のドアを開いた。元気満々の大先生、そして半分ゾンビになりかかったような顔で立っているゴタンダがいた。

「払っておいてくれ」

昨日と同じように大先生が背後を指した。タクシーが停まっていた。まさかこいつ、これから毎日タクシー通勤してくるつもりじゃないだろうな。

「当たり前だろ。ぼくがいなくて困るのは、君たちなんだぞ」

いやもうマジすか。そんなねえ、あんた、そんな金続かないっての。だが仕方がない。おれは部屋に戻って万が一のために取っておいた一万円札を引き出しの奥から引っ張り出し、それでタクシー料金を払った。ゴタンダの首を摑んだ大先生が勝手に工場へ入って行き、おれもそのあとに続いた。

「とにかく、時間がない」椅子にふんぞり返った大先生が、立ったままのおれたちに訓示を垂れ始めた。「正味あと一カ月ちょっと、少なくとも八月いっぱいで内部システムを完成させなければならないわけだ。その後、実際の筐体を使用しての飛行実験や撮影など、今度のコンテストに必要な条件を満たすように完璧な精度でキューブサットを作り上げなければならない。やることは山のようにある」

半分眠ったままのゴタンダがうなずいた。寄りかかってくるその体を押しのけながら、だからって五時から始めることはないんじゃないのかと文句を言った。だが大先生は首を振った。

「冗談じゃない。本当に時間がないんだ。まだ学校だってあるんだぞ。ということは、睡眠時間を削るしかないじゃないか」

スポ根マンガか、お前は。しかし時間がないのもどうやら事実らしく、勝手にパソコンの電源を入れ始めた大先生が何枚かの紙をおれに渡した。表紙には特太のゴシック文字で〝筐体設計図〟と記されていた。めくると、一ミリ単位の詳細な設計図がそこにあった。

「さっさとおじいさんを起こしてきた方がいい。どうせ君たちの手には負えないだろう」

幸いなことにうちのジジイも他の年寄り連中と同じで、夜は弱いが朝は強い。さっきから居間の方で何か音がしていたが、たぶん食い物でも探しているのだろう。

「わかったよ、やればいいんだろ」

ゴタンダを蹴飛ばしながら答えた。何だよ、痛《いて》えよ、とゴタンダが寝ぼけた声で言った。知ったことか。放っておいてジジイを呼びに行った。トーストをくわえたジジイが、椅子に座ってテレビのニュースを見ていた。事情は既にわかっているので話は早かったが、朝から疲れることはしたくない、という答えが返ってきた。

「教えるだけだぞ」念を押すような言い方だった。「実際に作るのはお前たちだ。いいな」

わかってる、とうなずいて、とにかく工場まで連れて行った。待っていた大先生が、おじいさんはアセンブラを読めるのか、と聞いてきた。

「アセン……何だって？」

だと思った、と大先生がアメリカ人のように肩をすくめた。

「コンピューター言語のことだ」

それなら無理だ、とおれは答えた。ジジイが事実上引退したのは、工場や業界をコンピューターが席巻した時からだという。きたるべき新時代に対応することができずに、ジジイは白旗を上げ、工場を親父に譲ったのだ。

「だったらシステム設計は無理だな」大先生が顎に手を当てたまま考え込んだ。「やはり筐体製作に手を貸してもらう方が効率的だろう」

そうか、とうなずいてジジイを見ると、さっさとゴタンダに蹴りを入れながら何か工具を出させていた。おれもそっちを手伝うことにした。どうもコンピューターみたいに辛気臭いものは性に合わない。

八時まで作業を続けてから、学校に行った。立ったまま眠っているゴタンダを駅まで連れて行くのが一番大変だったが、それでも何とか間に合った。

教室でドラゴンがおれたちを待っていた。昨日のあがりだ、と五千円くれた。持つべきものはやっぱり友達だ。これで大先生のタクシー代が払える。

「代返頼む」

ドラゴンが言い、わかってる、とおれは答えた。この金は一種の代返料なのだ。ドラゴンがパチスロで負けないのは、何も特殊な能力や強運に恵まれているからではない。技術でもない、と彼は断言する。

「努力だ」

それがドラゴンの座右の銘だった。パチスロはあくまでも確率論に則《のっと》ったギャンブルだと定義するこの男は、雨の日も風の日も毎日パチスロ屋に通ってデータを取る。そしてその集積が彼の不敗神話を成立させているのだ。

「ゴタンダも連れてってくれ」

おれはそう頼んだ。奴が製作の現場にいたところで、何ひとつ役に立たないことがはっきりしたからだ。低血圧だから朝はなあ、と間抜けな言い訳をしていたが、そういう問題ではない。何をしていても邪魔になるのは、あいつの背負っている宿命というものだ。わかった、とドラゴンが答えた。

「出る台はひとつじゃないからね」

過去二年間集めに集めまくったデータがものを言い、既にしてドラゴンは一流のスロッターだった。ゴタンダにその腕はないが、パチスロの台は誰がやったって出る時は出るし出ない時は何ひとつ出ない。座れば大当たりするような台を与えられれば、いくらゴタンダだってさすがに負けることはないだろう。

「代返は任せてくれ」

大先生がコンピューターについて該博であるように、ドラゴンがパチスロに関してプロフェッショナルであるように、翔さんがケンカ十段であるように、おれもまた代返については誰にもひけを取らないだけの能力がある。過去には最大七人の代わりをしたこともあった。問題はゴタンダが別のクラスだということだが、まあいいや、あいつのことは。二、三日いないからといって、誰が困るわけでもないだろう。

そしておれにはもうひとつ狙いがあった。とにかくドラゴンを工場に連れてこい、という命令をゴタンダに課していたのだ。ドラゴンは無類の面倒くさがり屋で、部活などには一切参加しないのだが、その場にいれば人づきあいがいい男なので、放っておけなくて手伝ってしまうところがあった。おれの狙いは、既成事実を積み上げて、とにかくドラゴンを仲間に引き入れることだった。

ドラゴンを送り出し、ホームルームから四限までおれは託された任務を完璧にこなし、午後の授業を終えて大先生と翔さんと一緒に学校を出た。翔さんについては昨日のうちに話をつけていた。正面からおれたちの窮状を話し、義俠心に訴えたのだ。おれに借りがあると信じている上に、古い東映任俠映画しか見ないという翔さんが断わるはずもなかった。おお、とひと言答えて、それで話はついたのだった。

だらだら歩いていると、駅へと続く道の途中で声をかけられた。彩子だった。真っ黒のブラウス、ひらひらした黒のスカート。すっかりゴス仕様で、いったい何の雑誌を読むとこうなるのか。マニキュアも黒、アイラインも黒、口紅も黒。誰も近づく者はいない。背後にオーバーオールを着た昨日の男が立っているのでなおさらだ。

「マジできたのか」

まあね、と彩子が答えた。店は暇だし、代わりに働いてくれるオタクたちには事欠かないそうだ。今日はオーチャンとは別のデブが忠実な番犬のようにレジ番をしているという。ファンが多いのは結構なことだ。

おれたちと一緒に歩き出した。用心棒のようにオーチャンがついてくる。誰なんだ、と大先生が囁いた。こいつは〝サージェントペッパーズ〟に行っていないから、彩子のことは知らない。

「おれの中学の同級生。この前行った店が、こいつの親父の店だったんだ」

「いったい何をしにきたんだ」

「手伝ってくれるんだとさ」

「無理だよ」

大先生が不快感を剝き出しにして言った。ちなみにこの男は有名なマザコンで、学校でも女子とは絶対に口を利かない。嫌いというのではなく、はっきり言えば怖いらしい。

「梶屋、だいたい女には無理なんだ。ゴタンダ以下だぞ。何ができるって言……」

言いかけた大先生の足が空中に浮いた。後ろから翔さんが襟首を摑まえて持ち上げていたのだ。

確かに差別意識丸出しのその発言は、聞く人によっては大問題になるだろう。

「さっきカジシンの工場に行ってきたのよ」

彩子が言った。大先生は手足をむやみに振り回しているが、まったく大勢に影響はない。

「あれって、あなたのパソコンでしょ。ずいぶん古いソフト使ってるのね」

「そんなことはない」空中でもなお威厳を保ちながら大先生が怒鳴った。「確かに最新バージョンではないかもしれないが、この世界は日進月歩だ。いちいち更新してたら金がいくらあっても足りない」

「買わなくたっていいじゃない。海賊版インストールしちゃえば？」

「それは違法行為だ」更に手を大きく振り回しながら大先生が喚いた。「ぼくはそんなのは認めないぞ。ぼくは断固として」

翔さんが軽く大先生の首を絞めた。いきなりスイッチを切ったように声が止まった。

「何なの、この子。バカなの？」

彩子が首を傾げた。バカではないが、バカのように融通が利かないことは確かだ。

「じゃあ悪かったかしら」肩に下げていたバッグから彩子が何枚かのＣＤ－ＲＯＭを取り出した。

「全機システムアップしておいたんだけど、余計なお世話だった？」

彩子によると、大先生のパソコンに入っているソフトはそれぞれ新旧ごっちゃで、かえって能率が悪いそうだ。というわけですべての台の能力をフル稼働させるため、ワード、エクセル、表計算、イラストレーション、フォトショップなどのソフトはもちろん、その他ありとあらゆる機能をグレードアップさせてきたの、と言った。

「どうやってプロテクトを外したんだ」

おれは尋ねた。大先生は自分のパソコンについて、何重にもプロテクトをかけておれたちにも勝手に開けないようにしていたのだ。ふん、と彩子が鼻を鳴らした。

「くっだらない。こっちは専門家なのよ、あれぐらいどうにでもなるわ。初歩の初歩じゃないの」

名探偵ホームズか、お前は。しかし、どうやらおれたちは思ってもみなかった強い味方を得たようだった。

11

家に着くと、既にドラゴンとゴタンダが外のベンチに腰掛けていた。仕方がないよ、とドラゴンが盛んに慰めている。

「『北斗EX』はまだわかっていないことが多いんだ。二箱一気に呑み込まれるなんて、ぼくも知らなかったし」

オレのせいだ、とゴタンダが号泣し始めた。話を聞くと、開店と同時に店に飛び込んだ二人は、先週入ったばかりの新台『北斗の拳ＥＸ』に座ることができたのだという。そして例によってドラゴンのデータがものを言い、揃ってビッグボーナスはもちろんのこと、ミラクルチャンスというハイレベルのボーナスを引き当てた。ミラクルチャンスは要するにリールを回転させればそれだけでコインがだだ漏れになるという、めったに出ない大技だ。

ところがゴタンダの台はいわゆる回収台だったらしい。四千円で八回のビッグを引き当てながら、その後はうんともすんとも言わなくなり、気がつけばただ札を呑み込むために作られたマシンと化してしまったそうだ。ゴタンダは千円札を二十枚投入し、しまいには泣きながら打っていたという。場に朽ち果てるからバクチというそうだが、ホントにギャンブルは恐ろしい。

「パチスロは止め時なんだよ」

ドラゴンが目をつぶったまま言った。自分は一万円ほど勝ったところで嫌な予感がして別の台で遊んでいたという。この辺がドラゴンの勘の鋭いところで、その後同じ台に座ったサラリーマンはゴタンダとまったく同じ運命をたどったそうだ。

つまり二人合わせると一万四千円の負けで、ゴタンダがからむと勝てる勝負も負けに終わる。今世紀最大の負け犬、という異名は伊達ではない。

がっくりと肩を落としたままむせび泣きを続けるゴタンダを放っておいて、おれたちはそれぞれパソコンの前に向かった。大先生が用意し、彩子がチューンナップを施したパソコンだ。おれには何だかよくわからないが、大先生が彩子とオーチャンに何か教えている。何をするべきか、二人が理解しているのは顔を見ているだけでわかった。逆に彩子の質問に、大先生がとまどっていたぐらいだ。

「お前、わかんのか」

あとからやってきたドラゴンに尋ねた。まあ、だいたいはね、という答が返ってきた。アセンブラぐらいはわかるさ、これでも工業高校生なんだぞ、と言う。じゃあおれはどうなるんだ。

三人が席に座り、おれにはさっぱりわからない計算を始めた。大先生がその前で手を後ろに組んだまま盛んに指示を飛ばしている。単なる町工場だったおれの家は、いつの間にか最新式のシステムを備えてしまったらしい。

そしておれはジジイの命令に従って、翔さんと共にパンチアルミを表に運び出した。大先生が引いた設計図を元に、キューブサットの本体を作らなければならない。

単純に言えばキューブサットは単なる箱だ。十センチ角の立方体に過ぎない。内部に複雑怪奇な最先端コンピューターが内蔵されていることを除けばだが。

おれたちが任されたのはその箱を作る作業で、それ自体は決して難しいことではなかった。あとやることといえばパラシュートの開閉部分の製作だが、話はまだそこまで進んでいない。とりあえず切り取ったアルミパネルを組み立てて、箱を作ればそれでいいのだ。

おれと翔さんは二人してパンチアルミの切断に取り掛かった。ところが、簡単に見えたこの作業が、実は案外と奥が深いものであると気づくのに時間はいらなかった。何しろ厚さ約一ミリとはいえ、相手は金属だ。カッターナイフで紙を切るのとはわけが違う。

「真面目にやれよ」工場の外に出てきた大先生が声をかけてきた。「キューブサットはすべての部品をサイズ内に入れ込まなければならないんだ。君たちが作る筐体そのもののサイズが狂っていたら、入るものも入らなくなるんだぞ」

ああそうですか。うるさいよ、お前は。だいたい何とかなるだろう。要は十センチずつ切り取って、それを組み立てるだけの話だろうが。

「だいたいでは何ともならん」おれたちの作業を横目で見ながらジジイが楽しそうに言った。「やってみればわかる。ミリ単位以下の数値は測ろうとして測れるものではない。難しいぞ」

考えても無駄だ、感じるんだ、とブルース・リーみたいなことを言い出した。ふざけんな年寄り、こんなの楽勝だ。

だがジジイの言う通りで、素人が手を出していい分野でないことはすぐにわかった。別におれや翔さんが不器用というわけではなく、手作業でやるにはあまりに微妙な仕事なのだ。一センチどころか一ミリでさえない。一ミクロンの単位までの精度が必要になる。おれにできるはずないじゃないの。

悪戦苦闘するおれたちを見かねたのか、仕方がない、とジジイが手を貸してくれた。人間の経験はおそろしいもので、あっと言う間に十センチ×十センチの正方形を六枚並べた。こんなものはいつでもできる、と大真面目な顔になった。ついでに、とおれはその板をネジ止めしてくれるように頼んだ。ネジ止めでいいのか、と言って、どこからかネジ穴を開けるドリルを取り出してきた。こういうのは本来お前の父親が得意なんだがな、とジジイが言った。

「もう年だからな。細かいところは手がついていかない」

「そんなことないって」

慰めるわけではなく、おれはそう言った。実際、おれの見るところまさにそれは匠《たくみ》の技だった。しかしジジイにとっては満足のいく出来ではないらしい。

「若い頃はもっと手が速く動いた。昭和四十六年に技能オリンピックがあったんだが、その時は」

ジジイの話が長引きそうだったので、おれはその場をあとにした。任せておいた方がうまくいくこともある。得意な奴がやればいいのだ。

工場の横でゴタンダが煙草をすっていた。一本もらっておれも火をつけた。

「良かったな、ジイチャンがいてくれて」

「まあな」

おれたちはそのまましばらく並んで煙を吐き続けた。できたぞ、という怒鳴り声が聞こえてきた。どちらからともなく煙草を消して、歩き出した。なあ、とゴタンダがぼそりとつぶやいた。

「おれたち、別にいなくてもいいんじゃねえのか」

それは言わない約束だろう。

「おれらにできることなんて、何もないしよ。いたって邪魔になるだけじゃねえの」

そういうことを言うな、とおれはゴタンダの尻を蹴飛ばした。哀しくなってくるじゃないか、マジで。

表に出ると、手伝うのはここまでだ、とジジイがネジ止めしたパンチアルミの箱を目の前に置いた。

完璧な正六面体がそこにあった。十分も経っていないはずだったが、どこにも歪みやたわみはない。ジジイが凄腕なのは知っていたが、これほどとは思っていなかった。やるなあ、年寄りも。

「杏子さんがくるまでに、シャワーを浴びておかんと」

さっさと道具を片付け終えたジジイが家に戻って行った。ジジイの作った正六面体に魂を抜かれたおれたちの前で、翔さんが重さ十キロはある鉄棒を三本まとめて、バトントワリングのように振り回し始めた。びっくり人間大集合のスタジオか、ここは。

12

一学期の終業式を目前にして、おれはちょっとユウウツになっていた。うちの工場は何だかとんでもないことになっていた。至るところに大先生お手製のスケジュール表やスローガンの書かれたポスターが貼られ、まるで春闘の無期限ストライキに入った労働組合のようだった。

そのスケジュール表によると、七月はもちろん八月いっぱいはおろか、問題の九月三十日まで一日も休みはなかった。どういうことなのかと問いただすと、これでもまだ足りないのだという不機嫌な答えが返ってきた。

筐体製作が意外と簡単に終わったこともあって、おれは安易に考えていたのだが、内部機器の設計と組み立ては果てしなく続くのだという。

「だいたい、理専みたいな専門の学校だって、何年もかけて取り組むようなプロジェクトなんだぞ」聞いてもいないのに大先生が滔々《とうとう》と述べたてた。「だが今回はぶっつけ本番だ。ぼくはともかく、君たちにそんな高い能力はないから、事前の実験には周到な準備が必要だ」

だからとにかく十七歳の夏をすべて犠牲にしなければならないのだという。その代償はあるのか、とおれは尋ねた。大変悲しいお知らせだが、十七歳の夏は二度とこない。それはつまり、十七歳の海も山も恋も賞味期限は今年だけということだ。それなのにこんなことをしていてもいいのだろうか。

「一千万円は、そうでもしなければ手に入らない」

血走った目で大先生が答えた。世の中、金よりもっと大事なものがあると思う、というおれの意見は〇・二秒で却下された。それが嫌なら今すぐ一千万揃えろ、と言われればぐうの音も出なかった。

そして日ごとに貼られるポスターの数は増え続けた。ものすごく口うるさい幼稚園の壁か、それともガリガリの進学予備校かと思うぐらいだ。

「勝ち取れ！　一千万円」

「めざせ、優勝！」

「栄光は努力の下に輝く」

「ぼくたちの正月は十月だ」

「喋るな、手を動かせ。寝るな、働け。休むな、戦え」

「振り向くな、君は美しい」

ああ野麦峠。これでは女工哀史じゃないか。おまけに高校サッカーまでいつの間にか入ってるし。

そして調子に乗ったゴタンダが毎日のように新しいスローガンを提唱し、事態はますますわけがわからなくなっていった。

「何に使おう一千万」

「行くぞキャバクラ、帰りはソープ」

見た感じで言うとゴタンダはセンター街にいそうな今時のBボーイなのだが、その実体はオヤジなので、こういうわかりやすい標語が生まれる。そして常に楽観的なので、負けっぱなしの人生の割に勝つことしか考えていない。

ついには彩子やオーチャンまでもそれに追随し始め、韓国に行ってヨン様に会うとか、エヴァンゲリオンとガンダムのフィギュアを全部買うとか、非常に馬鹿馬鹿しい願い事をし出した。ここまでくると七夕と変わらない。ジジイまでもが心の俳句をとか言い出したので、おれは毎日躍起になってそういう下らないポスターを剥がさなければならなかった。

終業式当日、学校に行くと朝イチでいきなりマルハシの呼び出しを食らった。また校長室だ。入ると、双子のような校長と理事長が前歯どころか奥歯まで丸見えになるほど上機嫌で笑いながらおれを迎えた。理事長に至っては戦争から帰ってきた夫を迎える妻のように、おれの体を抱きしめた。

「うまくいってるそうだね、梶屋くん」

「非常に順調な進行と聞いてますよ、梶屋くん」

校長がおれの手を摑んでぶんぶんと振った。誰がそんなことを言ってるのか。昨日だって電子回路のハンダづけがうまくいかず、大先生がヒステリーの発作を起こしたばかりだというのに。

「九月三十日、楽しみにしていますよ、梶屋くん」

座りながら理事長が言った。どうしてこの二人は言葉の終わりに必ずおれの名前を言うのだろうか。言わないと死ぬ魔法でもかけられているのか。

「今日の終業式で全校に発表するつもりです」

うなずいた校長が、座りなさい、と向かいのソファを指さした。何の話だ、それは。

「本校としても、非常に大きなイベントです」マルハシが補足した。「その上タイミングがいい。当日は本校の文化祭当日でもありますし、番組の中継も夜七時からということです」

頼むから何の話をしているのか教えてほしい。目で訴えるとマルハシが説明を始めた。

例の東京都が主催するカムバック・コンテストについて、テレビ局も後援に名を連ねていたわけだが、いよいよ放送日と時間帯が本決まりになったのだそうだ。コンテスト自体は朝からやっているので、完全な生中継ではないが、ディレイといって当日撮影したものをその場で編集して放送するという。

「これで我が校はふたつの名物クラブを得ることになったわけですね、理事長」

そう言った校長に理事長がうなずいた。

「今までは鳥人間部だけだったのですが、キューブサット部と合わせて目玉商品が出揃ったということになります、校長先生」

おれたちが目玉商品？　かつてそんなことがあっただろうか。いや、ない。反語。だいたい、いつからおれたちはキューブサット部になったのか。

「というわけで、王電祭はキューブサットのお披露目も兼ねるということで」

「いいね、梶屋くん。全校生徒の前で発表だ。晴れ舞台だよ」

そうそう、と二人の老人がおれの体を撫でまわし始めた。マジで気持ち悪いんで、止めてくんないですか、それ。

「わたしたちも、梶屋くんを放っておいたわけではないのですが、いろいろ忙しくてね」

手を止めた理事長が言い訳がましく言った。

「ただね、我々もテレビの件が決まるまでは、あんまりうかつに動けなかったので」

おれの手の甲をさすりながら校長が言った。さっさと説明してください、とおれは立ち上がった。わかってますよ、と二人がまたにやけた笑みを浮かべた。

「話すと長いのですがね」

前置きをしてから二人の老人が交互に話し出した。あのワンマン都知事がテレビ局にプレゼンテーションしたところ、基本的な企画案が全面的に通ったそうだ。テレビ局としても、例の鳥人間コンテストが未だに高視聴率を取っている以上、この企画は渡りに舟というところだったということ。そして一番の懸案事項だったスポンサー問題が片付き、番組はいわゆる改編期の特別番組としてオンエアされることになった。

「優勝賞金が一挙に倍額になったそうです。二千万円ですよ」

景気のいい話だ。バブル崩壊後、これほど明るい話は聞いたことがない。

「さっきも言いましたが、わたしたちとしても君たちを放っておいたのではなく、事態の推移を見守っていたと考えてください。今後は積極的に関与していくつもりですよ。ともあれ、正式にクラブとしての認可をしますから、部員名簿を作成してください。顧問は丸橋先生にお願いします。同時に部費も予算化します」

校長が胸を張った。負けじと理事長が前に出た。

「梶屋くんに直接言うのもあれですけど、わたしたちとしても非常に期待しているのですよ。視聴率二十パーセントが見込める番組ですから、大きな宣伝になる。受験者数が増える。優秀な生徒が集まる。進学率が上がる。ますます有名になる、というわけです」

悪徳弁護士と地上げ屋のように二人が顔を見合わせて笑った。つまりおれたちのキューブサットは客寄せパンダなのだ。今までも王島工業高校は鳥人間部が有名で、そのために希望して受験する中学生も多かったが、キューブサットがうまくいけばその種の受験者が二倍に増えるということになるのだろう。捕らぬ狸の皮算用だが、狙いはわかりやすかった。

大人って汚い、という話かもしれないが、学校だって商売だ。経営している彼らにとってそれは絶対の正義だし、言ってる理屈もよくわかる。おれは何しろ商売人の息子だから、金勘定にはけっこう聡《さと》い。よろしくお願いします、とあっさり頭を下げた。

これはおれたちにとってもメリットのある話だ。クラブとして認可されれば部費も出る。機材費や大先生のタクシー代ぐらいはまかなえるだろう。それに学校の設備も使える。名前だけとはいえマルハシが顧問ということになれば、車とかも使えることになるはずだ。現実とうまく折り合っていくのはおれの長所で、しかもテレビや賞金までついてくるというのだから、話に乗らない手はなかった。

「今日の終業式でこの件の発表をしますから、そのつもりでいてください。入部希望者がきたら、それも入れてあげるように。人手も必要でしょう」

人手どころか犬手や猫手も借りたいところだったが、さすがにそれは難しいだろう。明日から夏休みという今日、いかにテレビに映るとか賞金が高額とかおいしそうに見える餌があったところで、劣悪以下の労働条件を誇る我がキューブサット製作チームに入りたがる奴がいるとは思えない。だけどそれは言わなかった。せっかく初孫が生まれたように喜んでいる二人の気分に水をさす必要はないだろう。

「話はわかったな。お前も講堂に行け」マルハシがおれの肩に手を置いた。「アナウンスが入ったら、お前も前に出て挨拶するんだからな。何を言うのか、考えておけよ」

いいな、と言いかけたマルハシは、おれがあからさまに不機嫌な顔をしているのを見て、いいですね、と言い換えた。いやはや、こんな大人にはなりたくないものだ。

13

夏休みだ。

海だ山だ渋谷だ池袋ウエストゲートパークだサーフィンだクラブだナンパだ愛だ恋だハワイだソウルだグアムだ。

予定としてはそうなるはずだった。家の隣にある印刷所のオヤジは、いつでも待っているからな、と強くうなずいておれの肩を抱いた。中学の仲間たちとは八月の終わりに湘南から軽井沢への七泊八日の旅のプランが既に練られていた。つまりおれの中では、お盆ぐらいまでアルバイトをして金を貯め、その金を握って楽しいパラダイスに出かけるつもりだったのだ。

中学で同じクラスだった織田の家は金持ちで、湘南に別荘を持っている。海から歩いて五分、百五十坪の大邸宅だ。人材も揃っている。ルックスだけなら学年でもトップクラスだった須藤、サーフィンにかけては天下一品の小坂井、バイク屋の息子、新木。お調子者のゴタンダも含め、オールスターキャストと言っていい。このメンバーでナンパしまくるというのがおれたちの計画だった。海だぜ、海。そりゃあ女の子たちだって、開放的になるってもんじゃないの。

もし海でダメでも山がある。湘南に三泊したあと、超リッチマンの倉本と合流することになっていた。織田の家も相当なものだが、金融業を営んでいる倉本の親はあり得ないほどに金持ちだった。名目は社員の厚生施設だが、実態は家族のためにしか使っていない軽井沢の二億円のコテージを、おれたちだけのために使わせてくれるというのだ。

ひと夏の恋に破れた傷心の女子大生とかOLとか、ちょっとしたロマンスを求めて軽井沢を訪れる女子高生とかが大量発生しているはずだ。そんな彼女たちに、ホームシアターつきバーカウンターつきフランス人シェフの出張料理つきコテージを見せれば、おそらくは腰も砕けることだろう。そしていよいよおれはそこで念願の童貞卒業を果たすはずだったのだ。

「カジシン、ここ押さえてくんねえか」

おれの夢想をぶち破る無粋な声がした。くわえていた煙草を捨てて、工場へと戻った。電動ノコギリを抱えたゴタンダが立っていた。太い針金というよりは細い鉄骨と呼ぶべき鋼材がその足元に転がっていた。

一メートルのこの棒を今から正確に十分割しなければならない。何に使うのか、そんなことは知らなかった。上からの命令は絶対なのだ。にやにや笑いながらジジイが見ている。

「ケガすんじゃねえぞ」

それだけ言ってキセルを手のひらに叩きつけた。お前は江戸時代の大工か。

ゴタンダが電動ノコギリのスイッチを入れた。うるさいよ、と大先生が無慈悲な声で言った。

「外でやってくれないか」

「重いんだぞ、これ」

反抗したゴタンダを見もせずに、外でやってくれないか、と繰り返した。おれはずっしりと重い鉄骨を五本まとめてかついだ。肩に食い込んでくる。重量二十キロの電動工具セットを軽々と小脇に抱えた翔さんも一緒にきた。

「何でこんなことになっちまったんだ」

同じく五本の鉄骨を両手で抱えたゴタンダが囁いた。知るか、と吐き捨てて表に出た。まったく、面倒くさいったらありゃしない。

終業式で理事長と校長は新設されたキューブサット部についての発表をした。予想以上の反響があった。テレビ中継が決まっており、その様子を王電高文化祭、略して王電祭で実況するというニュースがみんなの心を刺激したようだ。

更に賞金の額が発表されるに及んで、興奮は最高潮に達した。講堂はかつての全日本プロレス三冠戦のように盛り上がり、床を踏み鳴らす足音が轟いた。二千万円という金額は高校生としてはあり得ない数字だから、反応はわからないでもない。ある意味当然だ。また理事長と校長がそれをあおることとあおること。偉くなる人は違う、と思った。扇動者としても超一流なのだ。

唯一、苦々しい目でそれを見ていたのは神野のダンナだった。終業式の議事進行を務めるために壇上にいたダンナの顔が歪んでいくのは、見ていてなかなか楽しい光景だった。

今まで王電高には鳥人間部の敵になり得るような存在はなかった。ダンナは学校の王として支配力を意のままにしていた。だが高校三年目にして初めて、自分のポジションを脅かす団体が現れたのだ。支配力が衰えると考えるのも無理はない。

ただおれとしては、むしろダンナみたいな反応の方がありがたかったのだが。何しろ今度のコンテストには全国の高校、専門学校、大学、大学院、企業の研究室など精鋭が勢揃いしてくる。そいつらに勝てるかどうかは怪しい。限りなく疑わしい。あんまり期待されても困る。

だが勢いは恐ろしい。人間の力でどうこうなるものではない。それまでクラスの、いや学校中の鼻つまみものだったおれやゴタンダの周りに人垣ができるような状況の中で、正気を保ってなどいられるものではなかった。男子生徒だけならともかく、女子生徒からもアイドルのように応援されたら、冷静でなどいられるはずもないだろう。

もちろん、彼ら彼女らがおこぼれにあずかろうという腹なのはよくわかっていたのだが、おれだって人のことはとやかく言えない。人間誰しも金には弱い。その上ゴールデンタイムの番組に素人が出るチャンスはそうそうあるものではなかった。お追従を言ってくる奴の方が正常だ。おれ自身も大先生やドラゴンに、おんぶに抱っこに肩車状態なのだから、彼らを非難はできなかった。

異常な興奮は終業式が終わっても続き、夏休みが始まって一週間というもの、うちの工場を訪れる客足が絶えたことはなかった。さし入れやら手土産やら、熱烈な応援声援が工場内を飛び交った。三日我慢していた翔さんは、それからしばらく顔を見せなくなった。翔さんは騒がしいのが大嫌いなのだ。

おれに言わせれば、騒がしいのはまだいいのだが、邪魔になるのが参った。彼らはずかずかと工場に入ってきて、パソコンや電動工具、各種機器類、そしてキューブサットの部品などに触れては、ぜひお手伝いしたい、と申し出てきた。そういう奴に限って、やらせてみるとろくでもないことしかしないのが常だった。作業は中断し、進行は大幅に遅れた。

そして昨日、大先生が何度目かのヒステリーの大発作を起こして、部外者一切立入厳禁、と大書きしたＡ３サイズの紙を工場の外壁という外壁に貼り巡らせた。そんなことをしなくても、週が明けたら誰もこなくなったのだが、ここは本人の気が済むように放っておくしかなかった。

今やキューブサット部は学校の正式なクラブとして認可され、部費も下りるようになっていた。結果を出さなければ責任を問われる。そしてそのすべてが大先生の肩にかかっていた。

「だいたい君たちがいけないんだ。あんな連中を甘やかすから、こんなことになったんだぞ」

調子に乗るな、とおれとゴタンダは身長百五十五センチの小男に二時間説教された。反抗したいところだったが、さすがにドラゴンや彩子にまで白い目で見られると、とりあえずはうなだれるしかなかった。

「前から言ってるように、ぼくたちに夏休みはない。聞くところによると、君たちは八月の終わりにどこだか知らないが出かける予定だそうだが、そんなことはこのぼくが許さない。わかったな」

説教の最後に大先生が怒鳴った。誰が言ったんだ。後ろを見るとジジイが心底楽しそうに笑っていた。歴史上においても、裏切り者は身内と相場が決まっている。マジで早く死んでほしい。

「カンベンしてくれよ」

おれの抗議はあっさり却下された。

「いや、大先生の言う通りだと思うね」

突然ゴタンダが殊勝なセリフを言った。何があったのか。確かにお前はいないとマズイだろうよ、とおれの方を向いた。

「ここはお前の家の工場なんだし、部の責任者でもあるわけだし」売国奴だ、こいつは。「だけどさあ、オレはいてもいなくてもいいわけじゃん。何ができるってわけでもねえんだし」

「いてもいなくても同じなら」怒った鶏のように大先生の体が膨れ上がった。「いればいいだろう」

そういうわけで、おれたちはガレー船を漕ぐ奴隷のような勢いで働かされていた。すべての権力を握った大先生に抵抗する術《すべ》はなかった。このようにして十七歳の夏は始まったのだ。

14

しかし今思い返してみても腹が立つのだが、ひたすらに暑い夏だった。

大変哀しい話で申し訳ないが、倒産寸前のうちの工場にはエアコンがない。いや、まったくないわけではなくて、申し訳程度に一台だけあるのだが、広さだけは一人前にある工場では、何の役にも立っていなかった。

大先生がおれの工場に来てまず命令したのは、エアコンの周りにパソコンを集めて、そこを板で囲ってくれ、というものだった。いったい何のためにそんなことをしなきゃならんのか、というおれの質問に、そんなこともわからないのか、と半ば呆れたように目を剝いた。

「コンピューターは精密機器なんだぞ。安定した湿度と温度を保っていなければどこかに不都合が発生する。君たちと違ってすごく繊細な機械なんだ」

　というわけで工場の右奥、エアコンの真下の三畳ほどのスペースに四台の据え置きパソコンを設置して、それを取り囲む形で部屋を作った。幸か不幸か、ジジイの採寸で板を切り出したためにサイズは完璧で、完全な密閉空間になってしまった。天井まで作ったので、中に入ると寒いぐらいだ。翔さんは意外に器用で、あっと言う間にその作業を終えた。

　ドラゴン、彩子、そしてオーチャンたちの内部機器設計チームは常にその中で快適な環境の下、作業を進めることができるようになったわけだが、おれとゴタンダ、翔さんは入室自体を禁止された。君たちが入ると湿度が上がる、と大先生は言った。そんなことあるわけないだろうが。とはいえ。命令は命令だ。そしておれたち肉体労働者の仕事は、基本的に広い空間が必要だった。工場のあちこちに配置されている工作用機械は、そう簡単に持ち運びできるような代物ではなかったのだ。必然的に機械のある場所で作業をしなければならず、何だかサウナ風呂に閉じ込められているような感じだった。

　それ以外にも大先生の酷使は続いた。飲み物を買ってこい、食べ物が足りない。果汁百パーセント、有機農法のジュース以外は飲まないぞ。なければ探してこい。そんな生活周りの雑事も重要なおれたちの仕事だった。

　大先生は有名な偏食で、その注文は細かく多岐に及んだ。しまいには弁当の銘柄まで指定された。それがまた駅の反対側のコンビニにしかない弁当で、チャリンコで十分の距離を炎天下毎日走らされた。

　翔さんが苦手だった大先生としては、なるべく翔さんを工場から離しておきたいという狙いもあったのだろう。だったら翔さんをメンバーから外せばいいのではないかという意見も出たが、翔さんがいないと困ることがあった。おれも初めて知ったのだが、翔さんは運転免許の保持者であり、ついでに車も所有していたのだ。さすがは十八歳、伊達でダブっているわけではない。

オーチャンも免許はあったが、車がなかった。彩子の店の営業車を使うこともできたのだが、八月九月と二カ月間も趣味のために使い倒すことは、現実的に考えても無理だった。

そういうわけで重い荷物を運ぶ時などに、翔さんと彼の中古のスカイラインGTRはフル稼働することとなった。だがいくら何でも、コンビニ行くから翔さん車を出して下さいよ、などと言う勇気はない。詳しいことは知らないが、翔さんがこのスカGを手に入れるまでには、涙もののストーリーがあったらしい。

翔さんは一般的に思われているような恐ろしい人ではなく、むしろ優しい男なのだが、スカGに誰かの手垢でもついていようものなら、その辺の電話ボックスぐらいは一発で破壊した。命より大事にしている、という噂は事実のようだった。

そんなこんなでおれとゴタンダはやたらといろんなところに行かされる羽目になっていた。その中でも一番きつかったのは秋葉原への買い出しだった。どういうわけか、大先生は設計図に則った部品を探すカンが致命的に悪かった。

前日までにわかっていれば、オーチャンが彩子の店から調達してきてくれるのだが、もうこの頃になると大先生は分裂病患者のように言うことがメチャクチャで、昨日要ると言っていた部品や機材を今日は必要ないと言い、今買ってこいといった品番をあっさり変えたり、とにかく思いつくままに発注するのが常だった。

そのたびに翔さんの車を出してもらうわけにもいかず、重い機材を買う時はともかくとして、LEDライトや充電用バッテリーみたいな軽いものを購入する場合は、おれかゴタンダ、あるいはその両方が秋葉原まで走らされた。

一度や二度ならともかく、毎回のように続く要領を得ない大先生の注文にはマジでむかついた。現物を見ないとわからないことがあるんだ、と大先生は言ったが、もうちょっと何とかしてくれよ、頼むからよ。

小さなトラブルは他にもあった。外で作業をするおれたちは暑くて死にそうだったが、冷房の利いた部屋にいる四人は全員冷房病になった。特に彩子はひどく、夏だというのにウールのセーターを着た上で、腰には毛布を巻いて仕事をしていた。

更に問題だったのは人間関係で、狭い部屋で毎日顔をつきあわせているためにささいなことで怒り出したり、どうでもいいようなことに妙にこだわったり、そんなことがしょっちゅうだった。みんなストレスが溜まっていたのだ。

もともと、最初のシステムを大先生が作っていたために、他の三人はそのヘルプという役回りになっていたことも関係あるだろう。それぞれのスキルに差があったためか、大先生の指示もバラバラになる傾向があり、無理やりそれをまとめようとするため余計に時間がかかったりもしていた。

彩子の話によると、大先生の設計図そのものはさすが全国二位だけのことはあって精緻なものだったが、実際に製作してみるといろいろ実情に合わなくなるところもあり、それをコントロールするだけの経験が大先生にはないのではないか、ということだった。確かに大先生は理屈が先に立つ男で、現実に自分を合わせるつもりはさらさらなさそうだった。

それを彩子やオーチャンに指摘されると、そのたびに大先生はヒステリーを起こし、ひどい時には物を壊したり、作業を中断してどこかに消えてしまうことさえあった。おれやゴタンダはやたらとスチール製の定規で殴られたりした。

「まあね、すっごい甘やかされて育ったんだと思うわ、あれ」

何度目かに大先生がぷいと席を離れて出て行った時、中は寒いわあ、と手をこすり合わせながら出てきた彩子が呆れたように言った。カンベンしてやってくれ、と両手で拝んだが、なぜおれがこんな役回りをしなければならないのだろう。

まあしかし、思えばメンバーに恵まれていた。ドラゴンは性格の良さ選手権があれば全国でも一、二位を目指せるほどの男で、たいがいのことは笑って済ませる奴だ。オーチャンは何でも彩子の言いなりだった。恋の力は偉大だ。彩子は見かけと違って意外と母性本能が強いところがあるから、怒るより先にかわいそうと思ってくれた。

そして大先生もさすがにそういう自分を反省しているのか、怒りに任せて出て行ってしまったあとは、戻ってくると謝りこそしないものの冷静かつ的確な指示を出し、作業は滞りなく再開するのだった。

さまざまな問題をはらみながら、試行錯誤を繰り返しつつ、おれたちはじりじりとではあるが何となく前に進んで行った。三歩進んで二歩下がるような、カタツムリのごとく遅々とした歩みではあったが、それでもどうにか改良版のシステムは完成し、部品の組み立ても目処《めど》がついた。

お盆は過ぎ、八月も終わりに近づいていた。

15

初号機が完成したのは、八月二十日のことだった。緑の耐水塗料を塗った筐体を見て、大先生がエメラルド一号と名付けた。いい名前だ、とおれたちはうなずいたが、陰ではカエル一号と呼んでいた。十センチ角の立方体は、両手足をついて座っているアマガエルを連想させるところがあった。

その中に大先生が部品をひとつずつ詰めていった。本当のキューブサットには、例えば姿勢制御のためのジャイロが必要だったが、今度のコンテストではその類いのものはいらない。その点では楽だった。とはいえ、代わりにパラシュートを内蔵させなければならないとか、条件はいろいろ難しかったのだが。

カエル一号の中では、全体の管理をするコンピューターを中心に、それを囲むようにして何十本ものコードが複雑にからみあっていた。伸び切ったラーメンみたいと彩子は言ったが、それを言うなら五色ソーメンだろう。赤、青、黄、緑、黒とコードの色が五色に分かれていたからだ。

赤のコードは全体の主動力であるバッテリーにつながっている。電源がなければ機械は動かない。青のコードはカメラ機材との接続用だった。

その他アンテナなどの付属物との接続を受け持つ黄色いコード、パソコンからの指令を受ける受信用のセンサーにつながる緑のコード、パラシュート用の黒のコードがあった。それ以外にも剝き出しになった銅線やワイヤーの類が死ぬほどある。組み立てた本人も何が何だかわからなくなっているようで、大先生は自分のノートパソコンと首っぴきで確認しながら作業を続けていた。

「ぼくは設計者で、実作業には向いていないんだ」

言い訳するようにそう言った。最終的にはオーチャンが手助けをして、ようやく初号機に機器類のすべてが収まった。ぼくの言う通りにしていればちゃんとできるんだ、と大先生が汗を手で拭いながら呻いた。どうも言葉と行動が違うようだが、できたのだから文句は言うまい。

「何か、あっさりしたもんだな」

蓋になるパンチアルミの最後の一枚を渡しながらドラゴンが言った。あとはこれをネジ止めすればとりあえず終わりだ。形はね、と彩子が唇を尖らせた。

「形とは何だ」怒気もあらわに大先生が喚いた。「エメラルド一号は完璧だ。ぼくの設計なんだぞ。どこがおかしい」

ぼくの設計は完璧なんだ、ともう一回嚙み付くように言ったが、実際に作動するかどうかが問題でしょ、と彩子がにべもなく撥ねつけた。

「ちゃんと電源も入る」

大先生がスイッチをオンにした。通電した証拠に、要所に備え付けられていたLEDライトが光った。電源が入ったぐらいで威張られても困るが。

「見たまえ。君だって電気屋の娘だ、それぐらいのことはわかるだろう」

「悪かったわね、電気屋の娘で」

彩子をかばうようにオーチャンが前に出た。暴力反対、と大先生が口の中でつぶやいた。

「そうじゃなくて、このコンピューターがちゃんと機能するかどうかってこと」彩子が足先で筐体を押した。「コンテストの目的は模型作りじゃないわ。ちゃんと指令に応じてこのカエルが動くのかって言ってんのよ」

カエルじゃない、と大先生が反抗的な目付きになった。しずかちゃんに怒られた時のスネ夫の目だ。

「これはエメラルド・グリーン一世号だ」

いつの間にそんな大層な名前になったのか。エメラルドでもサツマイモでもいいけど、とオーチャンがまったく合っていない語呂を無理やりに合わせた。

「どっちにしても、実験はしないとマズイでしょ。通信もそうだし、撮影だってうまくできるかどうかわかんないんだし」

「わかってるよ！」

大先生が怒鳴った。ヒステリーの発作だ。走り出した大先生を羽交い絞めにしたおれは、人の気配を感じて振り向いた。

死ぬほど驚いた。工場の入口脇に、ダンナが立っていたのだ。

「いいタイミングできたようだね」

整った薄い唇から柔らかい声がした。頬に嘲笑が浮かんでいる。きれいなブラウンに日焼けした肌は、おれたちのただ黒くなっただけの焼け具合とは違っていた。きちんとした管理の下、手入れを怠らなかった者の色だった。

「鳥人間部の合宿でね。ハワイに行っていたんだ。昨日帰ってきたばっかりなんだよ」

厭味な笑顔が広がった。何しろ鳥人間部は学校中の期待の星で、しかも理事長の実の息子が部長を務めているのだから金には不自由していない。理事長はじゃぶじゃぶ音がしそうな勢いで金をつぎ込んでいるのだろう。

ダンナ自身も金持ちで、ハワイ合宿というのも、全額ダンナが出しているのではないか、という噂だった。

「それが君たちのキューブサットか」

誰も答えなかった。塗り立てのペンキは毒々しい緑だし、コードはあちこちからはみ出しているし、不格好なことこの上ない。もうちょっと日が経ってからくれば、少しはまともな形のものを見せることもできたのだが。

ダンナがおれたちの間を摺り抜けて前に出た。キューブサットの筐体を持ち上げる。ダンナの手の中で、おれたちのカエル一号が頼りなく揺れていた。

「ずいぶんと乱暴な造りだ」重量二キロのカエル一号を目の高さまで上げた。「まさか、これが完成形だなんて言わないでくれよ」

「初号機です」

つまり試作機です、と辛うじてそれだけ答えた。鼻で笑ったダンナが、試作機がこの程度なら完成機もたかが知れてるな、とキューブサットを放った。慌ててドラゴンが胸で受け止めた。

「試作機って言ってるじゃないか」

オーチャンの手を振り払った大先生の髪の毛が、怒りで逆立っていた。身長百八十センチのダンナと比べると、百五十五センチしかない大先生はまるで子供だった。

「これから更に改良して、期日までには完璧な形で仕上げるさ」

「間に合うのかい」

疑いの眼差しでダンナが大先生を見た。できるさ、と虚勢を張った喚き声が天井に響いた。

「時間がないぞ」からかうようにダンナが続けた。「もうすぐ夏休みも終わる。二学期ともなれば、一日中これに取り掛かっているわけにもいかないだろう」

そんなことは言われなくてもわかっている。大先生が立てた九月からのスケジュールは、PL学園野球部より厳しいものになっていた。朝五時集合、八時まで作業、彩子とオーチャンは残って仕事を続ける。高校生であるおれたちは一応学校へ行くが、誰かに代返を任せてまたすぐ戻る。そして終電ぎりぎりまで粘ってから家に帰る。無理だろうというスケジュールだったが、そうするしかないことも確かだった。

「それは結構な話だ。人間、努力が必要だからね。流した汗は嘘をつかないとも言う」

ダンナがおれたち一人一人の顔を見つめた。もちろん、それこそが嘘だ、と小さくうなずいた。

「そろそろ君たちもわかってきたはずだ。努力などたかが知れている。今君たちの目の前にある試作機、それが現実であり限界なのだ。いいかい、キューブサットは簡単に作れるものではない。少なくともそこら辺の高校生レベルがどうこうできるものではないのだ。君たちのようなね。もっとも、僕ほどの能力があれば別だが」

ちくしょう、とおれは唇を噛んだ。悔しかったからではない。ダンナの言っていることが正しかったからだ。

「今なら間に合う。今日は忠告をしにきたんだ、と優しい声でダンナが言った。

コンテストへの出場辞退を申し出たまえ。それ自体は恥ではない。一番みっともないのは、直前になってのドタキャンだ。テレビの関係もあるし、関係者も困るだろう。学校にとっても不名誉極まりない。君たちにその責任が取れるのか」

間に合わせるさ、とおれの半開きになった口からガス漏れのような音がした。

「機材も古いな」工場内を歩き回りながらダンナが言った。「マキタの電ノコか。今ではレーザーカッターだってあるんだ。それにこの臭い」

顔の前で手を振った。うるさいよ、ハンダは慣れればそれなりにいい香りがするんだよ。

ダンナの考えは手に取るようにわかった。おれたちキューブサット部の地位が上がれば、相対的に鳥人間部の価値は下がる。恐れているのは自分の影響力、支配力が落ちることだった。危険な芽は早めに摘むのがダンナのやり方だ。

鳥人間部と同じでテレビ番組がバックについている。いやそれだけではない。東京都もだ。その上、賞金のケタも違う。丸が一個違うのだから、注目度も高い。更に、文化祭と日程が重なっているため学校内で生中継まで入っているのだ。過剰反応を示すのも無理はなかった。

ただ、その指摘にも一理あった。逆に言えば失敗は許されなかった。当日になって〝やっぱりできませんでした〟では、東京都もテレビ局も学校も激怒することだろう。注目され期待が高ければ高いほど、責任も重くなる。

「これだけは言っておくが、君たちに敵対意識を持っているわけではない」言葉とは裏腹に顔は怖かった。「仮にコンテストで優勝でもしてくれれば、学校の名前は全国区になるだろう。好成績を修めればそれなりに優秀な人材が入ってもくる。父にもそう伝えてある。協力はできないが、うまくいくようならそれはそれで学校のためになると。だが、何かひとつでも間違って、学校の歴史に汚点を残すようなことでもあれば」

ダンナが微笑んだ。イ・ビョンホンの微笑みは殺人の微笑みだそうだが、ダンナの笑みは人殺しのそれだった。その笑みを浮かべたまま、悠然とした足取りで工場から立ち去って行った。

「何だ、アイツは」ダンナが見えなくなったのを何度も確認してからゴタンダが毒づいた。「いったい何しにきたんだ。ケチつけようってのか、チキショウ、勝負すんぞ勝負」

それは無謀というものだ。ダンナは学校の成績も優秀だが、中学時代にはボクシング部で無敗を誇り、それ以外に空手と合気道の有段者でもある。おれたち全員でかかっていっても返り討ちにあうのがオチだ。翔さんは別だが。

「とにかく」立ち上がった彩子がおれの肩を叩いた。「試してみようって。そうしなきゃ始まらないでしょ」

男がこれだけ揃っているというのに、方向を決めてくれるのは女の子だった。情けないことこの上ない。まあ、それがおれたちの生き方なのかもしれないのだが。

16

突然のダンナの出現に度肝を抜かれていたおれたちだったが、唯一正気を保っていた彩子が尻を叩く形で、予定していた実験の場へと向かった。家の近所にあるお化けマンションだ。

バブルが弾けて以来日本全国どこでも同じだと思うが、着工して完成までいったにもかかわらず、施工主が倒産したりさまざまな事情でそのままになってしまった建物がある。お化けマンションもそのひとつだ。おれの知っている限り、十年近く前からほぼ廃墟と化していた。

近所のガキが出入りしたり、時代遅れの暴走族の一大拠点となっていた時期もあったが、四年ほど前から幽霊が出るという噂が流れ始め、しかもそれが結構マジな話なので、最近は誰も敷地内に入ることはなくなっていた。何でも、このマンションの建設にかかわっていた建設会社の女社長が、借金苦でここの十九階の部屋から飛び降りて自殺したそうだ。

この前もテレビ局が新しい心霊スポットとして紹介しようとしたが、撮影直後にプロデューサーだかカメラマンだかが不可解な形で事故死したとかで、その番組は結局放送されなかった。そういういわくのある二十階建てのマンションだ。

ただ、おれたちにとって必要なのは何よりも高さで、加えて誰もいない方が望ましい。ここはその条件にぴったりの物件だった。キューブサットにパラシュートをつけて飛ばす放出実験のためには、最低でも五十メートルぐらいの高さが要る。

その点ここなら目測でも八十メートルは優にあるので、迷わず実験場として選んでいたのだ。他にいい場所もなかったし、確かに、幽霊が出るのは夜だ。昼間ならだいじょうぶだろう。

今度のカムバック・コンテストでは、三つのポイントが審査の対象になる。まずは通信だ。空中に浮かんでいるキューブサットに指示を送り、備えつけられている四つのライトを決められた順番で点滅させるというのが、今回の規定だった。

次に方向の誘導だ。コンテストの舞台となる野球場のグラウンドにはダーツの的のような模様が描かれ、その中心点にうまくランディングできれば点数は高くなる。無線誘導でうまく狙い通りに着地させなければならない。

最後は撮影だった。地上のコンピューターから指令を送り、周囲に設けられたいくつかの目標物を撮影しなければならない。もちろんピントがボケていたりしたら点数は低くなる。おそらく一番難しいのはこれだろう。キューブサット本体から地上のパソコンに画像が送られてくるのだが、どこでシャッターを切るかは操縦者の判断次第なのだ。

この三つのポイントを総合して審査がくだされる。技術だけではなく、芸術性も要求される。そこが鳥人間コンテストとの違いだった。どれだけ距離を出せるか、ということだけではないのだ。

すべての指示は地上のコンピューターから無線機を通じて送信される。おれたちの場合は大先生が指令を出す。大先生が一番よくわかっているのだから当然だ。キューブサットが指示にちゃんと従うかどうかは、大先生の操縦にかかっていたが、運動神経に欠けているこの男のコントローラーを扱う手つきは、見ていても危なっかしいことこの上なかった。

だからこの実験は重要だった。カエル一号の性能の確認はもちろん、大先生の操縦技術を向上させるためにも、今後何度でも繰り返し行なわれなければならないだろう。

翔さんの運転するスカGでお化けマンションに着いたおれたちは、機材の配置を終えてからしばらく揉めた。考えていなかったのだが、この建物には電気が通っていない。エレベーターはあるのだが、電気がなければただの箱だ。誰が二十階まで登って、そこからカエル一号を放り投げるのか。

しかし結論は最初から決まっていた。おれかゴタンダしかいないのだ。おれがカエル一号を背負い、ゴタンダがインターネット通販で買ったパラシュートを詰めたリュックサックを担いで上まで行くことになった。

キューブサットもパラシュートも重量は二キログらいだからたいしたことはないが、何しろ二十階は遠かった。夏は始まったばかり、アメリカ人なら中指を立てて怒鳴りまくるような暑さだ。三階まで上がったところで息は切れ、背中が汗だくになった。

「カンベンしてくれよ」

トランシーバー代わりの携帯電話で文句を言ったが、聞いてくれる者は誰もいなかった。五階の窓から見下ろすと、ペットボトルのコーラを飲みながら大先生が何か訓示を垂れているのがわかった。そんなことはあとにしろ、あとに。

「今、何階?」

携帯から彩子の声が聞こえた。君だけだよ、優しいのは。ああっ、女神さま。

「六階」

そう答えたおれに、早く屋上まで上がって、と言って乱暴に電話が切れた。前言撤回。鬼か、お前は。

乳酸が溜まった太ももを叩きながら二十階に出た。非常扉を開けるとだだっ広い屋上だった。打ちっぱなしのコンクリートが、何年分もの雨風によってめったやたらと汚れていた。足を踏み入れたくはなかったが、行かないと話にならない。迷わず行けよ、行けばわかるさ。

「着いたぞ」

携帯を顎に挟んだまま、用意していたビニールシートを広げた。ゴタンダのシャツは汗で色が変わっていた。おれも同じなのだろう。

「ご苦労。パラシュートをキューブサットに結びつけてくれ」

大先生の命令が下った。わかってる、と答えておれたちはカエル一号の四隅についている穴にパラシュートの紐を通し始めた。

コンテストにおいてこんなことはできないが、まだパラシュートを内蔵するところまで作業は進んでいない。開閉装置もまだだ。どっちにしてもこの段階では必要なかった。別にパラシュートが中から飛び出さなくても、今日の実験では、無線誘導ができればそれでいいのだ。

「できたぜ」

難しいことではなかった。立ち上がって、手摺りを摑んだ。冷たい鉄の感触。建ってから十年ぐらい経過しているはずだが、腐って崩れ落ちたりする心配はないようだった。

「見えるか」

下に向かって手を振った。見えるぞ、という声が携帯から聞こえた。

「カジシン、聞こえるか。いいか、キューブサットを、パラシュートごと、なるべく、遠くに、放り、投げるんだ。わかるな。遠くへ」

「聞こえてる」

いちいち区切らなくても大丈夫だ。今時の携帯電話の感度は、下手なトランシーバーよりよっぽどましになっている。

「途中で、パラシュートが、マンションの、窓とかに、からまったり、すると、面倒だ」

人の話を聞く耳を持たない大先生が言った。

「わかってるよ、いちいちうるせえな」

簡単にそう言うが、こっちの身にもなってほしい。カエル一号とパラシュートは合計重量四キロ、ペットボトル二本分の重さだ。放り投げるにも腕力がいる。翔さんなら軽いものだろうが、あいにくあの人にも弱点はあった。高所恐怖症なのだ。
「オッケーだ」

どうにか準備が整ったのは五分後だった。いつでもいい、という大先生の返事が聞こえたので、携帯をしまった。ゴタンダと目を見交わした。おれたちはそれぞれにカエル一号の端を摑んで大きく振った。

「行くぞー!」

「一、二、三」

「ダー!」

アントニオ猪木のような雄叫びと共に、キューブサットを斜め上に向かって放り投げた。ゆるい放物線を描いて落ちていく。万有引力の法則の下、落下軌道に乗った時、黄色のパラシュートがきれいに開いた。

風に押されて左へ左へと流れていく。見下ろすと、大先生は無線機を相手に奮闘していた。真下にいたオーチャンとドラゴンがカエル一号のあとを追って走り出した。どこまで行くのか、答えは風の中にある。

一分も経たないうちにカエル一号が地面に落ちた。ソフトランディングと言っていいだろう。案外うまくいくものだ。

「いい調子だ。問題なさそうだな」

胸ポケットの携帯からドラゴンの声が遠く響いた。みんな携帯を置きっぱなしにして、落ちたキューブサットの回収に向かっているのだ。おれたちはいいのか。ほったらかしか。

「オッケーだ、カジシン、オーケー、もう一回やるぞ戻ってこい」

大先生が指示した。まだやんのかよ。もういいじゃないの。だが実験が一度や二度で済むはずがなかった。そして回収したキューブサットを二十階まで届けてくれる心優しい仲間は一人もいなかった。肉体労働はおれたちの役目なのだ。

「行くのか」

ゴタンダが不安そうに言った。そうだ、こいつは意外とビビリで、幽霊話とかには極端に弱い。

「気をつけろよ、ゴタ。おれ、さっき見ちまったんだ」少し脅かしてやることにした。「何かよ、白い霧みたいなのが、スーッて流れてよ」

やめてくれ、とこのクソ暑いのに顔を青くしたゴタンダがうずくまった。ざまみろ、バカ。少し気が晴れた。

足取りも軽く一階まで下りたが、出迎えてくれる者は誰もいなかった。機材のチェックに余念がないのはわかるが、少しは優しくしてくれてもいいのではなかろうか。

「カメラ、動いてるか」

大先生の緊張した声が聞こえた。ドラゴンがパソコンのモニターを確認している。キューブサットに備え付けてあるカメラで撮影した画像の再生が始まっていた。技術的な問題は起きていないようだ。

「ゴタくん、聞こえる?」

彩子がさっきと同じ調子で聞いた。うう、という情けない返事が聞こえた。

「すぐカジシンが行く、と伝えてくれ」

パソコンに接続されたコントローラーに手をやりながら大先生が命じた。緊張した表情だ。了解、と彩子が指で丸を作った。すぐって。カンベンしてくださいよ。

「さっさと行け」

大先生が機械より無機質な声で言った。そうだな、と全員がうなずいている。何だお前らは。自分でやってみろ。

「頼むよ」

ドラゴンがすっかりぬるくなったドクターペッパーのペットボトルを渡してくれた。ちっとも嬉しくないぞ。

「待てって。どんな感じなのよ」

おれはモニターの前に回った。空中から撮影された画像が映っていた。

「いいじゃないの」

少しぶれた写真が何枚かあった。大成功とはいえないが、とにかく最初にしては上出来だろう。そうかな、とまんざらでもなさそうな顔で大先生が説明を始めた。これで少しは時間が稼げるというものだ。

ボタンを押すたびにモニターの写真がアップになった。マンションの壁。空。松の木。

「方向性の操作と撮影を同時にやるためにはやっぱり慣れが必要だ。さ、もう一度やるぞ」

翔さんがカエル一号を差し出した。はいはい、わかりましたよ。行けばいいんでしょ、行けば。

マンションの入口に向かった。また二十階まで登るのか。ため息。その時、背中で声がした。

「ねえ、これ」彩子がモニターを指でさしていた。「見てよ」

四分割された画面に、キューブサットから送られてきた写真が写っていた。空に白い雲。ピントのずれた木の幹。アスファルト。マンションのグレーの壁。その右隅を彩子が押さえた。

「何？　これ。気持ち悪くない？」

壁にいくつかの窓が映っていた。その一番左の端。何かがいた。白い服、長い髪の毛。女だろうか。いや、そんなはずはない。このマンションは無人なのだ。全員の視線が窓に向いた。

「これって、十九階？」

横から覗き込んだオーチャンが言った。屋上まで映っているので、数えれば何階なのかはすぐわかった。

「あの部屋だ。一番左」

そこに窓があった。上に目をずらすと、ゴタンダが屋上で手を振っていた。これって、と彩子が半開きの口に手を当てた。

「自殺したっていう女社長じゃないの？」

そういえば聞いたことがある。死んだ女社長は、いつも白い服を着ていたという。ロングヘアが自慢で、手入れを怠らなかったそうだ。つまり、この写真は。

もう一度、窓。誰もいない。だいたい、曇った窓から中は見えなかった。おい、とおれは靴を履き直した。逃げるぞ。

悲鳴を上げた彩子が真っ先に駆け出した。待て、待ってくれ、機材を、と大先生が叫んだが、それどころではなかった。おれたちは一斉に走り出した。

「いいのか、カジシン」おれより前を走っていたドラゴンが、思い出したように振り向いた。

「ゴタンダ、置いてきちゃったけど」

「大丈夫だ。たぶん」

世にも無責任な答えを返しながら、おれは後ろも見ずにマンションの駐車場を目指して足に力を込めた。

17

まあそんなこともあったが、無事ゴタンダは生還した。もちろんカエル一号もだ。ついでに大先生も帰ってきた。

そしておれたちはその後も毎日作業を続けた。夏休みが終わろうと台風がこようと、同じようにキューブサット製作のために集まった。絶対的にやらなければならない装置の開発があとふたつあったのだ。

ひとつは気球から放出する際にキューブサットの中に内蔵してあるパラシュートを開くための開閉装置、もうひとつ、機の性能を更に向上させるためになるべく長いアンテナをつける必要があったのだが、その開発だった。

ひとつずつ説明しよう。まずパラシュートについてだが、コンテストのルールで発射するまではキューブサットに内蔵しておかなければならない、と決まっていた。空中に止まっている気球に備え付け、発射台から切り離された段階で、中のパラシュートが開くような装置を備える必要があった。これは参加する各サークル、団体に共通しているルールだった。

　簡単に言えば空中に飛ばした時点でキューブサットについている蓋が開いて、パラシュートが出てくるような装置を作ればいいのだが、これが意外と難しかった。重量規制があるから、あまり複雑な機構は組み込めない。

　かといって開き放しにしておくとパラシュートが勝手に飛び出してしまう危険性があったし、あまり蓋を頑丈に閉じておくと今度は開かなくなる可能性が出てくる。いったいどうしたものかと悩んでいたが、結局蓋にバネをしかけ、釣り用のテグスで縛っておくことにした。キューブサットに地上からの指示を送る時、同時にテグスにも熱が流れるように通信ソフトを書き換えたのだ。

　テグスはナイロン製の極細のものを使った。熱が流れさえすればすぐに溶けてしまう。テグスが切れれば蓋が開くというわけだ。原始的だが効果は抜群だった。

　もうひとつ、アンテナ問題は更に難しかった。前提として、キューブサット自体の構造にアンテナは仕込んである。キューブサットとの通信は無線で双方向受信が可能だったが、できればアンテナが長ければ長いほど受信性能はクリアになる。

　だが、十センチ角と決められているキューブサットの中に、十センチ以上の長さのアンテナを組み込めるわけもない。いや、おれたちだってバカじゃない。いろいろ考えた。折り畳み式にしてはどうか、あるいは釣竿みたいに伸び縮みできるようにしてはどうだろうか。

　もちろんそういう形を作ることはできる。試しにジジイに言って作らせてみたら、ものの二十分で三メートルという長さの伸縮式アンテナを持ってきた。マジでジジイの腕はたいしたものだと思う。問題はどうやってそれを伸ばすのか、ということだ。

キューブサットは空中にいる。手でアンテナを伸ばすことはできない。通信による指示を与えることはできるが、そもそも通信のためにアンテナが必要なのだから、これは本末転倒だろう。

まあ数百メートルの距離ならそれほど長いアンテナはいらないし、大丈夫ではないかという意見も出たが、凝り性の大先生はそれを許さなかった。完璧でなきゃダメなんだ、と言う。

結局最後に、アンテナは何もまっすぐでなくてもいいのだ、ということに彩子が気づいた。電波を受信しやすくするためには長くなければいけないのだが、直線である必要はない。さすが電気屋の娘。

いろいろ試してみたが、一番うまくいったのはメジャーだった。メジャーというのは、つまり長さを測ったりするときに使うあれのことだ。おれも知らなかったのだがセンチメートルが記されているメジャーの表面を剥くと、実は中身はスチール製なのだ。薄いしよく曲がるから場所も取らない。

それをパラシュートの開閉装置に装着して、同じようにテグスで結んだ。電波が通ると熱がテグスを溶かしてくれる。奇妙な金属音と共に三メートルのスチールがあっと言う間に伸びた。何度もテストを繰り返したがどうやら問題はなさそうだった。

その間に発生した他の問題点も何とか克服することができた。いろいろな意味で条件が良くなっていたためもある。キューブサットの研究を進めていた大学や企業関係の研究室などが少しずつではあるが増えていたために、その研究結果をたどっていけば機材の見当もついていたし、やるべきことが何なのかもわかった。

ホームページで進捗《しんちょく》状況をレポートしている理専のような学校や、あるいは個人のブログで日記を公開している研究者もいた。どこでつまずくのか、何が問題になるのか理解することもわりと楽だった。何でもあとから行く者は有利なのだ。

そして大先生言うところのエメラルド・グリーン二世号が完成した。最終型になるはずの三世号のひとつ手前の段階だ。ただしそのボディには小さく〝カエルⅡ〟と書いてあったのだが。大先生は気づいていなかった。

18

カエルⅡの通信能力はそれまでと比較しても抜群だった。さすがに長いアンテナはムダではなかった。その後何十回も例のマンションで放出実験を繰り返したが、推進、通信、姿勢制御、撮影など、何ら問題はなかった。パラシュートの開閉装置についても完璧だったと言っていい。指令を送れば確実にパラシュートは大輪の花を開かせた。

最後に残った難問は、大先生の操縦者としての能力だった。だがそれは練習につぐ練習に明け暮れてもらうしかないだろう。

「ぼくは一人しかいないんだ。設計から操縦までなんて、できるわけないじゃないか」

口ではそう言ったものの、設計について指導者の立場を譲ることはなかったし、誰にもコントローラーを触らせようとはしなかった。あいつは相当根性曲がってるな、とゴタンダが言ったが、どうもおれの見るところでは、それだけではないようだった。

大先生は嬉しかったのだ。みんなに頼りにされ、教えを請われる立場が心地良かったのだろう。たぶん、大先生は今までそんなふうに他人から扱ってもらったことがなかったはずだ。偏屈で、わがままで、頭はいいかもしれないけど嫌な奴、変人。そんな感じだ。

だがこのキューブサット部では、誰もが大先生に頼らざるを得なかった。彩子にしてもオーチャンにしても、知識だけならもしかしたら大先生よりあったかもしれないが、それを実践に応用するという意味では大先生の方が上だった。これは二人とも認めている。

つまり、大先生の熱意の方が上だったということなのだろう。実際、大先生は夜遅く家に帰ってからも、翌日のために勉強しているようだった。〝teach for learning〟という言葉があって、それは学ぶために教えるという意味だそうだが、教えることで自分のスキルを上げていく大先生はそれなりにカッコ良かった。嫌な奴だとは思うが。

でも、それはみんな同じだったかもしれない。キューブサットに取り組んだ最初の理由はそれぞれ違った。おれやゴタンダは金のためという情けない理由だったし、翔さんはおれへの借りを返すためにここにいた。彩子は暇だからというだけだし、オーチャンは彩子のそばにいるというただそれだけだった。

だけど、ちょっと状況は変わっていた。少なくともおれはそうだ。カッコいいことは言いたくないが、ちょっとこういうのもいいんじゃないか、と思うようになっていたのだ。それは昔からの夢を思い出したからで、おれは小さい頃パイロットかJSAの隊員になりたかった。

無理だとわかって諦めたが、よく考えてみると別に職業に憧れていたわけではない。誰でもそういうところがあると思うが、最初の一歩は〝空が飛べたら面白いだろうな〟ということだった。

もちろんガキの夢というか夢想だが、このキューブサットなら少しはそんな雰囲気が味わえるということがわかったのだ。

いや、本当のことを言おう。おれは居場所を見つけたような気がしていた。いろいろあって、おれは学校ではちょっと辛いポジションにいた。悔やんでいるわけではないが、違う場所にいたらと思うことはあった。違う環境。ここではないどこか。

だけど現実はシビアで、おれはここにいる。学校は学校だし、家は家だ。彼女はいないし、いいことはないし、どっちにしたって何も変わらない。そう思っていた。でも、そうでもなかった。おれがいるのは同じ場所だけど、スタンスを変えたらちょっぴり違う風景が見えた。そういうことなのかもしれない。

つまりそういうことなんだよと話したら、わからなくもねえな、とちょっと真面目な顔でゴタンダが言った。

「オレはよ、そういうんじゃねえけどさ、まああんまり役に立つわけじゃないけどよ、それでもいないよりいた方がマシって感じがするのよ、ここにいるとな」

微妙なところで、おれでさえもこいつがいた方がいいのか、いなくても同じなのかと思うことがある。結論としては六対四ぐらいでいなくてもいいような気もするが、それは言わないのが友達というものだろう。

ドラゴンにも聞いてみたことがある。八月の終わり、どうしようもなく徹夜が続いていたある日、おれの家に泊まっていたドラゴンに、お前は何でこんなバカなことを手伝ってくれているのかと尋ねたのだ。

おれのベッドで寝転がっていたドラゴンが、そっちが助けてくれと言ったからじゃないか、と答えた。今ごろ何を言ってるんだ、カジシン。

いや、それはそうだろうけど、ホントにそれだけか。らしくないじゃないの、と言ったおれの前でタオルケットを頭からかぶった。

「ぼくはずっと傍観者だったからね」つぶやくような声が聞こえてきた。「その方が楽だし、カッコいい。そうだろ？　だけど、どこかで一度ぐらい当事者になってみたいって思ってたんだな。自分でもわかんなかったけど」

「ずいぶんセンチメンタルな発言じゃないの」

おれはそう言った。何事にも醒めていて、冷静沈着、スタイリッシュ。それがドラゴンという男だ。だからこいつは孤高を守っていた。ガキの頃からそうだった。おれは何かに熱くなったドラゴンを見たことがない。それがこんなことを言うなんて、ずいぶんと油断した発言だった。夏の夜には時々そんなことがある。

「ぼくだってそう考えることぐらいあるさ」苦笑したドラゴンがタオルケットの上から頭を掻いた。「こんなはずじゃなかったんだけどな。でも、これはこれでいいと思ってるよ」

少し照れたように笑って、枕の位置を直した。サンキュー、とかすかな声が聞こえた。

人間は奥が深い。こいつはずっと嫌々手伝ってくれてるのかと思ってた。むしろおれは、性格の良さに甘えてここまで引っ張って申し訳ない、とまで考えていた。あまりに済まないと思ってベッドを譲ってさえいたのだ。だったら返してくれ。

「お前にサンキューなんて言われる筋合いはない。それはおれのセリフだ」

我ながら臭い言葉を言った。明確にしておくが、おれだってそんなキャラじゃないぞ。むっくりと起き上がったドラゴンが、タオルケットを外して鼻の汗を拭った。

「そんなのなあ、イモ臭いって思ってたしなあ。今でも思ってるんだよ。だけどな、まあ素直に言うと、誘ってくれてありがとうってことになるんだ」

いや寒い。寒過ぎる。そんなのは十七歳の夏だから許される会話だ。いやいや、十七歳でもどうかな。あんまり好みではない。だが、その時おれとドラゴンはそんな話を確かにしたのだ。

そうやって、おれたちは少しずつ自分の居場所を見つけたような気になっていた。

いろんなことが加速していった。東京都によるコンテストの説明会に二度行った。文化祭の当日、中継が入るということでテレビ局から呼び出された。学校からは文化祭の目玉になるイベントとして再び紹介された。目まぐるしい毎日だった。

その辺の交渉事は一手におれが引き受けた。文科系の意地を見せるのはここしかないのだ。大先生は折衝能力ゼロだし、ドラゴンは何でも他人の言うがままだ。

おそらく、これは他のキューブサットクラブも同じだったのではないか。どちらかといえば人間より機械を相手にしていた方が楽だ、という考え方の連中が多いだろう。交渉事は苦手な分野のはずだった。

おれはその間隙《かんげき》を縫って、王電高が有利になるように話を進めた。例えば順番がそうだ。テレビスタッフは活動歴が浅い順番でというように決めていたらしいが、猛然と抗議した。

活動歴が浅くても、おれたちは設計コンテスト準優勝校なのだ。前座扱いは困ると主張すると、他校からはそんなことは言われていないが、と教育的指導が入ったものの、結局はそれが通って順番は七番目になった。

　おれが嫌だったのは一番最初と最後で、両方ともプレッシャーがきついからそれだけは避けたかった。何しろ初めて開催されるイベントだから、特に一番手はどんなトラブルがあるかわからない。そこをうまく摺り抜けることができたので結果はオーライだった。

　本番が近づくにつれ、神野のダンナがやたらと警戒心を丸出しにした顔でおれたちの進行具合を監視しにきたり、調子に乗った理事長や校長が激励会を開きたがるなど、面倒なことがないわけではなかったが、それでもどうにか九月二十九日の段階で、更に最終的な調整を終え性能をヴァージョンアップさせたエメラルド・グリーン三世号、本名カエル三号が完成した。やればできる。だったら最初からやれ、という話だ、これは。いやはや、情けない。

　そんなふうにして、とうとうその日がやってきた。おれたちが待っていた、その日が。

what's a reason?

1

文化祭が始まった。

年に一度のお祭りだが、王島工業高校の場合それほど盛り上がりがあるわけではない。何事についても、だいたいまあそんなところで、とおざなりに始めてなんとなく終わるのがうちの校風だ。

ただ、鳥人間部だけは違う。我が校は文化祭の日取りが毎年微妙に違うのだが、これは鳥人間コンテストの日程がテレビ局や関係者の都合次第なので、それに合わせて決められるためだった。

番組はゴールデンタイム、つまり夜七時からの放送だが、当然のことながら実際のコンテストは昼から始まっている。日本一このコンテストに力を入れている王島工業高校は、恐ろしいことに番組の中継を学校中にあるテレビを通じて流すのが伝統だった。つまり滋賀県の琵琶湖と学校をインターネットで結んで、勝手に生中継をするのだ。

そのために学校は昭和三十年代に戻り、街頭テレビのように受像機がそこかしこに立ち並んでいた。メイン会場となるのは大講堂だ。我が校自慢のスクリーンプロジェクトシステムによって、リアルタイムで現場の様子が流されることになっていた。

これはこれで結構感動的なものがあり、去年見ていた時も最初はちょっと斜に構えて見ていたのだが、いざ人力飛行機が飛び立つと思わず拍手してしまった。人間何でも本気になれば、それなりの迫力が生まれるものだ。

そして今日、九月二十九日。二日前から現地入りしているダンナを団長とした鳥人間部総勢三十四人は、既に人力飛行機の組み立てを終え、待機していた。それはどういうことかというと、テレビを見ている限りそんなことは考えないものだが、人力飛行機はいくつものパーツに分解してトラックやその他の交通手段を使って現地に運び入れられている。大ざっぱに言ってしまえば主翼と胴体部分、そして補助翼ということになるが、実際にはもっと細かい部品もあるわけで、それらを現地で限られた時間内に組み立て直さなければならない。

言葉で言うのは簡単だが、F1カーほどではないにしてもかなり微妙なセッティングが要求されるのはわかるだろう。時間は刻々と迫り、その中で決断を下していかなければならない。

正直神野のダンナはいけ好かない男だが、古典的とはいえ整った顔立ちなのでテレビ映りはなかなかいい。順番を待つ今の段階だと、更に表情が引き締まっているので腹が立つがなかなかカッコ良かった。

このコンテストは東京だけではなく、全国津々浦々からさまざまな学校が参加しているのだが、画面は王島工業高校ばかりがアップになっていた。テレビ中継のための画面ではなく、我が校の放送部が独自に派遣したカメラマンが撮っているのだから当然だ。

もともとラジオドラマや昼休みの校内放送、DJショーなどのために学校創立以来放送部はあったのだが、鳥人間コンテストに参加するようになってしばらく経った頃から、いっそテレビ部と名前を変えた方がいいのではないかと思えるほど撮影しかしないクラブとなっていた。もちろんメインの活動は鳥人間コンテストの中継にある。

そういうわけで伝統的にカメラワークは決まってるし、理事長が腐るほど金を出しているので機材は最新鋭だし、プロ顔負けの画面がスクリーンいっぱいに映し出されていた。アナウンサー志望の男子生徒がところどころで質問を挟んだりしながら、鳥人間部とは何か、鳥人間コンテストの概要、過去の記録、そんなことを説明していく。構成台本もプロに依頼しているというから本格的だ。

『さて、エントリーナンバー六十四、東京都私立王島工業高校、鳥人間部の登場です』

実況の音声だけはテレビ局から直接つながっている。テレビジャパンのアナウンサーが声を張り上げていた。こうやって聞いてみると、さすがにプロというのはうまいものだと思う。

『このコンテストでは常連と呼んでも差し支えない王島工業高校ですが、まさに王者の風格と申しましょうか、堂々たる雰囲気が漂っていますね』

『非常に安定した実力と伝統を持った高校ですね』解説者が言った。『今年で連続出場十回目、過去の成績は優勝一回、準優勝二回、それ以外でも平均飛行距離が二千七百五十メートル強と、棄権や整備不良などによる失敗がかつてないという意味では、今年も期待できるものがあります』

『ただ、部長を務める三年生の神野くんに質問をしたところ、逆にそれがプレッシャーとなっている、ということでした』アナウンサーが話をまとめにかかった。『さて、そろそろスタンバイの時間です』

円陣を組んだ鳥人間部の部員たちが、早口言葉のように掛け声をかけている。最後にダンナが気合いを入れて、全員が散らばって行った。ボディを押す者、無線の確認をする者、応援席に戻る者。そしてパイロットを務める二年生の田丸が乗り込み、スタートを待った。

画面を見ているおれたちにわからないところで合図が出たのだろう。田丸がペダルを踏む足に力を込めた。連動しているチェーンが回り始め、ゆっくりと真っ白なペイントのボディが前進を始めた。

最後まで横にいて機体を支えていた男が何か叫びながら強く手で押した。カメラはその光景を後ろから撮影している。そしてそのままプラットフォームから機体が発進した。

これがテレビジャパンの撮影クルーなら、そのまま真横やあるいは前からも映し続けるのだろうが、王島工業高校のカメラはあくまでも陸側からしか撮影ができない。それでも、ゆっくりとしたスピードではあるが着実に飛んでいるのがわかった。ペースとしてかなりいいのは間違いなかった。

『安定しています。非常に安定しています』興奮したアナウンサーの声が聞こえてきた。『高度も十分です。パイロットの田丸くん、ペダルをこぐ足に疲れはまったくない模様です。これは好記録が期待できそうですね』

『コンディションもよろしいですしね。風も安定しておりますし、去年のようなことはないでしょう』

去年は季節外れの台風が日本列島を直撃していたために、その影響で機体損傷あるいはリタイアが続出していた。王島工業高校もそうだったが、他の優勝候補の学校やサークルも軒並み記録を落とした。

結局風雨は止むことなくますます激しくなっていき、大会そのものが中止となった。だが今年は風力、温度、湿度、風向き、その他すべての状況が揃っていた。ダンナとしては捲《けん》土《ど》重《ちょう》来《らい》、やる気満々というところだろう。

『現在三千メートル地点を越えたところです。まったく問題はありません。翼の角度もいいようです。機は順調に飛び続けています』

これまでのコンテストで、王島工業高校としては四年前に五千九百メートルという記録がある。大会としては六千三百九十二メートルという最長不倒距離が出ていたが、それを越えてもおかしくない勢いがあった。

講堂でスクリーンを見ている全校生徒の前で人力飛行機は飛び続け、五千メートルを越えたところで生徒たちが総立ちになった。そして六千三百七十メートルの時点でスタンディングオベーションが自然発生的に起こった。今までの記録を更新するのは間違いなかったからだ。

実際、機は六千四百を遥かに越えて飛び続け、結局九千五百六十メートル地点で湖に落ちた。ダンナが掲げていた目標である一万メートルには及ばなかったものの、学校としては最高記録であり、今年のコンテストにおいてもダントツの記録だった。その後大阪府立大のワイルド・バードマンというサークルが一万四千メートルというとんでもない数字をたたき出したために結果として二位になったのだが、ダンナはその面目を保ち、鳥人間部の一年は終わったのだった。

2

学校中が興奮に包まれている中、おれの携帯電話が鳴り出した。

「行くぞ」

かけてきたのはゴタンダだった。裏門で待っているという。おれは喝采に沸き立つ講堂を離れ、裏門に向かった。途中喜びのあまり出征軍人を見送るように万歳を繰り返している校長と出くわした。

「おお、梶屋くん。梶屋くんではありませんか」

そのまま抱きついてきた。あんたはいったい何なんだ。オペラに出演してる人なのか、それとも宝塚か。

「キューブサットはいよいよ明日ですね。鳥人間部はついに前人未踏の飛行距離を記録したのですが、これを追い風としてですね、ぜひ諸君にも全力を尽くしていただき、我が校の名を一層」

校長はそのうち市長選に出馬するという噂があったが、それは噂ではなく真実だ、とその時確信した。もう話し言葉が演説調じゃないか。

しかしそれどころではない。頑張りますからとだけ答えて、おれは裏門へと走った。そこに一台の軽トラが停まっていた。運転席から翔さんが顔を覗かせていた。今からおれたちは明日のキューブサット打ち上げコンテストのために、茨城県美浦村の花と光の丘公園に行くのだ。

コンテストはそこの野球場を借り切って行われることになっていた。東京都主催の割に茨城県の施設を借りるというのもいかがなものかと思うのだが、そこはいろんな大人の事情があったのだろう。そういうわけでおれたちは茨城まで行かなければならなくなったのだ。

　鳥人間部の人力飛行機とは違い、おれたちのキューブサットは縦横奥行十センチ角の立方体、重量も二キログラムと、これ自体は運ぶのに人手もかからない。ただ問題は周辺機器で、通信指令用や撮影画像の取り込みなど、さまざまな用途のために四台のパソコンが必要だった。しかも全部ノートではなく据え置きタイプのデスクトップパソコンで、取り扱いも厳重注意だから宅配便で送るというわけにもいかない。だいたい、誰が受け取るんだ。

　この辺が新興クラブの哀しいところで、鳥人間部の場合、歴史と伝統があるからきちんと段取りも組まれているし学校側のヘルプも期待できた。だがおれたちに関しては学校もそこまでフォローしてくれるつもりはないようだった。実績がほしい、と心の底から思った。

　それ以外にも無線機や機材は数知れなかった。そのためにおれは隣の印刷工場の軽トラックを貸してもらっていた。マニュアル車は運転したことがないからと尻込みするオーチャンは当てにならないので、翔さんに運転を頼んだ。キチンと正しい不良がみんなそうであるように、翔さんもまたドライビングテクニックにかけては、その辺の教習所の教官など足元にも及ばないほどだったから問題はなかった。

　既に荷物はすべて荷台に積んであった。現場でパソコンのセッティングと操作を担当する大先生が助手席でシートベルトを強く締めている。他のメンバーは明日早朝、電車で茨城まで行くことになっていた。とはいえ、この二人だけでは心もとない。何しろ二人とも、他人と折衝する能力はまったくと言っていいほどないのだ。

翔さんは基本的に知らない人と話をしないし、大先生は誰と話をしても必ず怒らせるという特技の持ち主だから、おれも一緒に行かなければならなかった。どこに車を停めるかから始まって、どこでセッティングをするのか、メシの手配、寝所の準備、実行委員会やテレビ局との交渉、あらゆる問題が山積みだった。

「どこに乗るんだ」

尋ねたおれにゴタンダが荷台を指した。いや正直そうじゃないかとは思っていた。思ってはいたが、やっぱりねえ。

「別に悪路を行くわけじゃないし。たかが六時間ぐらい我慢しろよ」

助手席から大先生が口を出した。こういうところがこの男の欠点だと思う。

「オレらは明日行きますから」ゴタンダが運転席の翔さんに言った。「駅着いたら連絡しますんで、よろしくお願いします」

わかってる、と翔さんがうなずいた。乗れ、と促されるままにおれは荷台に乗り込んだ。

「カバーかぶってくれ」ゴタンダが青のビニールシートを指さした。「一応、交通法規上まずいんだよ、荷台に人が乗るっつうのは」

「ションベンしたくなったらどうすんだ」

ゴタンダが荷台に顎を振った。そこには空のペットボトルが三本並んでいた。マジでか。カンベンしてくださいよ。

3

ひと晩中走り続けて、夜明け前に県境を越えた。途中ファミレスで食事を取ったが、休憩はそれだけだった。

それほど遠いとはいえない距離だったが、何でそんなに時間がかかったかというと、翔さんが高速道路を走るのを断固拒否したせいだ。運転技術に問題はないのだが、やったことがないことを嫌がるのは翔さんの性格だった。そして世界中の誰も翔さんに強制はできない。

花と光の丘公園のそこかしこには立て看板が掲げられ、大きな文字で野球場への順路が出ていたので迷うことはなかった。臨時駐車場に車を停めると、すぐに係員がやってきた。やたらと馴れ馴れしい口調で、どこからきたのとか、遠いのに大変だったねえとか言われたが、翔さんが車を降りると急に黙り込んだ。人間的圧力というものだろう。

台車を借りて四台のパソコンと周辺機器を野球場に運び込んだ時、夜が明けた。見事な青空で、これはもしかしたらテレビ局のやらせなのではないかと思うほど気持ち良く晴れていた。

「いい感じじゃないの」

大先生が言った。確かにそうだが、太陽は差別をしない。おれたちだけではなく、参加するすべての人間に陽光は惜しみなく降り注ぐだろう。

さっさとセッティングをしてくれ、と頼んでおれはしばらく休憩することにした。翔さんはとっくに腕を組んだまま運転席で目をつぶっていた。

道中、大先生はよくお休みのようだったが、おれと翔さんはまったく寝ていないのだ。さすがに人間らしいところも幾分かはあるようで、わかったと素直に大先生がうなずいた。

しばらく眠るつもりだったが、結局そうはいかなかった。エントリーしている学校やサークルなどの確認をしにくる実行委員会との応対、カメラ位置を決めるためにテレビ局との折衝があり、事前打ち合わせということで他校の連中と共にレクチャーを受けた。

何だかよくわからないうちに、決められていた通り七番目ですから、とテレビ局の係員に言われてゼッケンを渡された。どうするのか、と聞いたが答えは返ってこなかった。おれがつけるのか、大先生がつけるのか、それともカエル三号に巻けとでもいうのか。

そうこうしてるうちにゴタンダ、ドラゴン、彩子、それにオーチャンまでやってきた。全員元気いっぱいなところが腹が立つ。前から決めていた通り、ゴタンダ以外の三人と大先生とで最終確認が始まった。

まず通信のテストだ。地上のおれたちからキューブサットに信号を出し、それに従って決められた順序でライトを点滅させなければならない。

次に撮影だが、組み込まれているカメラ機材を使用して、なるべく多くの写真を撮るというのが今回の規定だった。少なくとも東西南北四方向を撮らなければならず、そのために球場の外野フェンスには十六カ所に巨大なボードが設置されていた。

事前のテストでは、三百メートル地点に停まっている気球からキューブサットが地面に落下するまで、平均して百五十秒と予想されている。その短い時間内にそれだけ多くの方向に向けなければならないというのは、簡単に聞こえるかもしれないが風向きや風力との兼ね合いがあって、なかなか難しいのだ。

そして最後に操縦だが、野球場のグラウンドには通常ならセカンドベースがある地点に半径一メートルの白い円が描かれている。ダーツでいうところの中心点だ。そこから二メートルおきに同心円が描かれ、最終的には七つの円がある。そのどこかに着地させれば一応点数が入るが、言うまでもなく真ん中に近ければ近いほど点数は高い。

この三つの条件を高水準で満たしたキューブサットが優勝ということになる。もちろん形状や特性についても評価はされるし、そのためにデザイン賞やその他各賞もあるが、目指すところは総合優勝、つまり二千万円の賞金であることは言うまでもない。

「一応、電気系統はチェックした」ドラゴンが報告した。「ライト類は問題ない。バッテリーは充電済みだし、カメラテストも終わったよ」

さっさと機材を運ぼうぜ、とゴタンダが言った。まだだ、と大先生が怖い顔になった。

「今パラシュートの開閉装置の点検をしてる」

カエル三号には小型のパラシュートが内蔵されていた。気球から放出された段階で地上から信号を送り、パラシュートを開かなければならない。キューブサット自体は二キロの金属の塊だから、それがなければ数秒で地面に激突してしまうだろう。

「それにアンテナの最終チェックがまだだ」

地上からの電波信号をキューブサットが受信すること自体は決して難しくない。筐体そのものが金属だから、信号のキャッチは何とでもなるのだが、問題はその精度だ。細かい命令にキューブサットの装置類が応答するかどうかは、アンテナにかかっていた。

だからおれたちは新開発したメジャー製のスチールアンテナを装備させていたのだが、その最終的な確認をしているところだ、と大先生が怒鳴った。

「じゃあすぐやってくれ」おれも言葉が荒くなっていた。「ボーっとしてんじゃねえよ、ったくよ」

わかってるよ、と吐き捨てた大先生が近くにあった机を蹴り飛ばした。どうしようもなくみんなの気分がささくれだっていた。だがおれにはそれを解決する術がなかった。

4

何とか大丈夫そうだ、という報告が入った。パラシュートもアンテナも十分に稼働するという。そこでおれたちはようやくほっとひと息ついた。

「ったくよ、だったら最初っからやれっつうのよ。なあ」

ゴタンダが思いきり顔をしかめたが、まあそんなにうまくはいかないだろう。とにかく、おれたちの準備は万全となった。

その時点で、既に番組の収録は始まっていた。顔だけならその辺のアイドルも真っ青のテレビジャパンの女子アナウンサーが、大会のルールや進行について説明をしている。その横のコントロールポイントと呼ばれる特設セットには、最初にキューブサットを飛ばす南九州工業大学の学生が陣取っていた。ファールグラウンド、コーチャーズボックスの辺りだ。

そのコントロールポイントに自分たちの通信機材を置いて、そこからキューブサットを操縦するのが規定だった。ルールは厳密で、決められた範囲から出てしまうとそれだけで失格になる。

そしてグラウンドの中央では気球がスタンバイしていた。操作するのは日本気球連盟だかのベテラン操縦士だそうで、事故の危険はほとんどないそうだが、それでもみんな保険には強制的に加入させられた。本当に安全なのだろうか。

もちろん、無風状態で飛ぶのが望ましい。今日は比較的天候は穏やかで、あまり風はなかったが、それでも外だから微風はある。

風速四メートルまでなら、時間になれば気球は上がり、規定時間内にキューブサットを放出しなければならない。これはいってみればオリンピックのジャンプ競技と一緒で、運によって左右されるところがたぶんにある。おれたちの順番の時、風はいったいどうなっているのだろう。

「あ、すいません」

おれの後ろで声がした。うちの学校の放送部の一年生がカメラをかついだまま青い顔をしていた。経験のある二年生や三年生の放送部員は全員鳥人間コンテストの撮影のため滋賀県に派遣されていたので、おれたちの中継のためにやってきたのは右も左もわからない一年生のカメラマンと、やはり一年生のアナウンサー志望の女の子だけだった。新興クラブの哀しさだ。

「さあ、それではいよいよキューブサット・カムバック・コンテスト、本番です!」

テレビジャパンの女子アナウンサーが満面に笑みを浮かべた。ディレクターがオッケー、と指で丸を作った。外野グラウンドに仕掛けられていた打ち上げ花火が威勢のいい音と共に鳴り始め、内外野のスタンド席をぎっしりと埋めていた各チームの応援席から大きな拍手が聞こえてきた。

おい、うちの学校は誰もきてないぞ。いいのか、それで。

5

番組として初めての割に、収録は順調に進んでいった。

撮影の効率を上げるために、気球は三機準備されていた。最初の一機が上がっている間、もう一機は人を乗せたまま空中でスタンバイし、そして最初の放出が終わり次第、地上のもう一機が空中に上がっていく。

要するに入れ替わり立ち代わり三機の気球が上がったり下がったりしているわけで、現場で見ているおれたちにとってはせわしないが、テレビで見る分にはわかりやすく編集されることになるのだろう。収録時間の短縮にも効果がある。これはテレビ局サイドの都合というより、天候がいつどんなふうに変わるかわからないので、むしろおれたちコンテスト参加者のためだった。

幸いなことに天気はすこぶる良く、おれたちがここにきてからもう四時間ほど経つが、体で感じる風もほとんどない。季節は秋だが小春日和という言葉がよく似合いそうな日で、このまま好天は一日中続きそうだった。よほどみんなの行いがいいらしい。

最初に飛んだ南九州工業大学のキューブサットが、高度三百メートル地点で合図と共に気球の前に備えつけられた発射台からスイッチで切り離され、地面を目指して落下していった。数メートルも落ちないうちに、上部の蓋が開いてそこからパラシュートがいきなり飛び出した。見ていた参加者、観客の口から大きなどよめきが漏れた。

どういうやり方かはチームによって違うから一概には言えないが、外部からの電波によって蓋を開く仕組になっているはずで、これがうまくいくかどうかで他の操作性についても判断できる。他校ではあるが、おれもちょっと嬉しくなった。最初からいきなり失敗では、続くおれたちの気持ちも萎《な》えるというものだ。

そのままほとんど無風状態の空を、ゆっくりとキューブサットが漂った。オレンジ色にブルーでＭＫＵと文字が染めぬかれているのがわかった。南九州工業大学の略だろう。

コントロールポイントでは、何年生なのかわからないが南九州工業大学の学生が命懸けの形相でパソコンのマウスを動かしていた。うちは大先生がその役回りということになっている。

時々キューブサットが向きを変えるのが、下から見ていてもわかった。続けざまに何度かライトがまたたいた。操縦性は優れているね、と大先生がつぶやいた。方向を制御しているのも、下からの無線誘導による。

バックスクリーン側に設けられた巨大なオーロラビジョンに、パソコンと連動しているキューブサットからの写真が映し出されていた。次々に映像が変わっていく。何枚かはピントがずれているものもあったが、おおむねきれいなものだった。

「やるなあ」

観客席のどこかで声が上がった。確かに相当技術が高くないと、ここまでうまくはいかないだろう。このイベントは鳥人間コンテストと同じくすべてが一発本番で、リハーサルも何もないのだ。

そしてゆっくりとキューブサットが地上に降りた。同心円のど真ん中ではなかったが、サードベース辺りだった。もちろんこれは突然の横風がないとかそういう運に左右される面もあるのだが、それにしても総合的に見てかなりいい点数であることは間違いなかった。

「どうなの」

オーチャンが尋ねた。勝てるだろうか。性能だけで言えば、決しておれたちのキューブサットも負けてはいない。事前の実験でも操縦性や撮影技術に関しては、かなり精度の高い機を作ったはずだ。問題は運だな、とおれは首を振った。

実際、鳥人間コンテストもそうだしスポーツでもよくあることだが、天候は純然たる運の問題だろう。例えばだがオリンピックの百メートル走で向かい風が吹いていれば、とりあえず世界新記録は更新されないはずだ。スキーのジャンプ競技なども、風の状況によっては金メダル候補選手でも大失敗するかもしれない。運というのはそういう意味だ。

「オレらの運はどうよ」

ゴタンダが横を向いて口を尖らせた。わかってる。おれたちは決して運がいいわけではない。だがこういう時のために用意した人材がいた。

「頼んだぜ、おれたちの番になったら、必死で祈ってくれよ」

わかってる、とドラゴンが静かにうなずいた。こいつの強運には定評があった。今さらながらの話だが、神頼みしかない局面が人生にはあるのだ。

6

つつがなく南九州工業大学の試技が終わり、操縦点、映像点、着陸点の三つの部門で点数がついた。それぞれ十点満点だが、八点、九点、八点という高い点数だった。最終的にこれと合わせて芸術点が与えられる。こちらも十点満点中八点で、総合点数は三十三点という結果だった。

観客席から大きな拍手が起こった。オリンピックの体操競技なら、これが基準点ということになるのだろう。ずいぶん高い基準になってしまったものだ。

フラッグが振られ、空中で待機していた二番手の仙台工業高等専門学校がスタンバイに入った。風力が四メートル以内であれば、旗が振られてから三十秒以内にキューブサットを切り離さなければならないのがこのコンテストのルールだ。

下から見上げていると何だかよくわからなかったが、手間取っているなと思っていたらいきなり落下が始まった。すぐにパラシュートは開いたものの、どんどんレフト方向に流されていった。

あとで聞いた話によると、上空では急に横風が吹き始めたのだそうだ。スタートの合図は地上からだから、高度三百メートルの風まではわからない。それでも合図が出た以上切り離しをしなければならず、やむなくそうしたところ突風に流されたのだという。女心と秋の空、とはよく言ったものだ。

そして無線によるコントロールは不可能になり、撮影も何もあったものではなく、結局キューブサット本体がレフトスタンドを越えていくのを、彼らは指をくわえて見守っているしかなかった。撮られた写真はほとんど心霊写真のようにひとつもピントが合わず、何を撮っているかさえわからなかった。

点数は最低の一点が並んだが、どうしてもこうなってしまう可能性は避けられない。十分にあり得る事態なのだ。

「祈れ」おれは隣に立っていたドラゴンの肩を叩いた。「直前じゃないぞ。今から祈れ」

ひざまずいたドラゴンが一心不乱に祈りを捧げ始めた。パチスロでは神様に頼ったことのない男だが、事ここまで至ればもうそれぐらいしかやることはない。彩子もオーチャンも並んで祈り始めた。バチカン市国か、ここは。

しかし彼らの祈りが天に通じたらしく、三番目にエントリーされた沖縄の社会人サークル〝めんそーれ〟から、五番目の兵庫県立姫路第一工業学校に至るまで、風は静かなものだった。それぞれのキューブサットの性能や、操作する者のテクニック的な問題はあるにしても、それなりにうまく進んでいた。微妙な方向の修正や、微風とはいえ風向きに対応していくのは難しく、標的のど真ん中に着地させたキューブサットこそなかったが、とにかくいわゆるダイヤモンドの中には入っていた。

そして六番目の北海道からはるばるやってきた大学院生たちが中心の宇宙科学サークル〝レインボウ〟が飛び立って行ったすぐあとに、いよいよおれの名前が呼ばれた。何を隠そう、隠してはいないが、気球に乗って切り離すためのスイッチを押すのはおれなのだった。

「急いでください」

茶色のジャンパーを着た中年の係員が言った。既に大先生は操縦用の機材をコントロールポイントにセットし終え、妙に堂々と座っていた。

「頑張って」

オーチャンが唇を震わせながら言った。ドラゴンはヘビメタバンドのオーディエンスのように頭を振りながら、知っているすべての神様の名前を叫んでいた。この男のことを少しでも知っている者が見たら、間違いなく頭がおかしくなったと思うだろう。

ゴタンダは相変わらず我関せずという顔でぼんやりこっちを見ているだけだ。翔さんは、とぐるりと周りを見渡したがどこにもいなかった。たぶんまだ車の中で寝ているのだろう。

「マジで」

最後に彩子がおれの手を取ってつぶやいた。何かおれ、ちょっとカッコ良くないか。

しかしみんなが熱烈に応援する気持ちは骨身にしみてよくわかった。おれたちがこの夏、どれだけの苦労をしてきたか。休みもろくに取らず、ただひたすらキューブサットのために努力し続けてきた。

そりゃ確かにおれはそんなでもなかったけど、でも場所の提供とか飲み物の買い出しとか炊き出しとか交渉事とか、そういうことは真面目にやってきたつもりだ。だからみんなの想いはよく理解できた。

「今だから言うけどよ」おれは全員に宣言した。「最初は成り行きだったけど、やって良かったよ、これ」

わかってる、と彩子がうなずいて、おれの手を強く握った。急いでください、と係員がもう一度言った。バカ野郎、少しは雰囲気を察してくれよ。

「これ、学校には生で画像いってますから」

おれたちをビデオカメラで撮影していた放送部の一年生カメラマンが言った。昨日鳥人間部がそうだったように、おれたちの一挙手一投足はリアルタイムで学校に流れている。学園祭の一大イベントとして講堂のスクリーンに映っているのだ。そういえば昨日、校長が期待してるからとか何とか言ってたっけ。

ヤバイ。プレッシャーで体が震えてきた。ふん、と鼻から息を吐き出した。

「見とけ」グラウンドのど真ん中を指さした。「絶対あそこに着地させてやる」

「急いでください！」

見栄を切る暇もなく、係員に誘導されるままおれはキューブサットを抱えて気球に乗り込んだ。

最後に振り向くと、泣きそうな目で彩子がおれをじっと見つめていた。

7

とはいえ、おれがいくら気合いを入れたところで、実はあまり意味はない。本当に頑張らなければならないのは、無線でキューブサット本体を操縦する大先生なのだ。

おれがやるのは気球にカエル三号をセットするだけだし、あとは切り離すためのスイッチを押すだけだ。別に難しいことではない。誰でもできるだろう。おれがこの役をやらされることになったのは、単に高いところが得意だからだった。バカと煙は高いところが好きなのだ。

おれが乗り込むのとほぼ同時に気球が浮かび上がった。ちょっと腰にくる変な感じがあった。

おお、浮かんでる浮かんでる。長生きはするものだ。こんな経験ができるとは思っていなかった。

「どうよ」

ヘッドセットで確認した。少し割れた声で、順調、という大先生の声が聞こえた。地上と空中では無線によるやり取りが可能になっている。気球もまたどんどん高度を上げていた。

「コンピューターに支障なし。計器はすべてブルー」

そして気球が予定していた高度に到達した。どう操作しているのかわからないが、空中で停止した。

「風は」

「北東一メートル。微風」

左側に目をやると、四、五十メートルほど横で待機している〝レインボウ〟のメンバーが緊張した顔で指示を待っていた。遥かな下界を見下ろすと、人間が豆粒のようだった。考えてみると、とんでもない高さなのだなあ、と思った。

見る間に旗が振られた。テレビ局の人だろう、指示する声がおれのヘッドセットからも聞こえた。〝レインボウ〟のメンバーが何かのボタンを押すのが見えた。そのままゆっくりと台座が外れ、キューブサットが小さな音と共に落下していった。

数秒もしないうちに上部のバネが外れて、黒い布の一部が見えた。すぐにそれが広がり、パラシュートになった。風がおれの頬を軽く撫でていく。その方向にキューブサットが流れた。四方についている排気口からガス噴射が始まり、方向を修正した。

「やるなあ」ヘッドセットから大先生の声が聞こえた。「慣れたもんだ」

おっしゃる通りで、微かとはいえ吹いている風をかわすようにしながら、ゆっくりとキューブサットが降下していく。下から見ているのとはまた違った光景で、それはそれで美しいものだった。

「おまえはどうなんだよ、あれぐらいできんだろうな」

そう言ったおれに、当たり前じゃないか、と大先生の威張り声が聞こえた。おそらく小さい体をふんぞり返らせていることだろう。

「レベルが違うよ、レベルが」

ふわりとパラシュートが地面に広がっていった。着地地点はこれまでの中で最も標的の中心に近い、セカンドベースとファーストベースのちょうど中間辺りだった。

「王島工業高校、スタンバイお願いします」

ヘッドセットから別の声が聞こえた。同時に、気球を操縦していた人が何度かバーナーをふかした。二十メートルほど上昇して行くのがわかった。おれの隣で遥かな下界を双眼鏡で覗いていたカメラマン兼ディレクターともいうべきテレビ局の男が、そろそろだから、とつぶやいた。

おれは用意していたカエル三号を台に載せた。そのまま蛇腹のようになっているバーがするすると伸びていき、気球の横五メートルほどのところで止まった。

「いつでもいいっす」

そう言ったおれに、テレビ局の男が小さくうなずいた。見下ろすと、セカンドベースが針先のようだった。さすがベテラン操縦士の腕は確かなもので、今おれたちが乗っている気球は、セカンドベースと完全に一直線上にある。

「風は」

チャンスだ、カジシン、と大先生が叫んだ。

「風力ゼロ。今ならいつでもオーケーだぞ」

おれは隣にいたテレビ局の男を見た。双眼鏡を覗きながら合図を待っている。さっさとしろよ、今しかねえんだよ、と怒鳴りたかったが、そうもいかない。心なしか肌が風を感じたような気がしたが、錯覚かもしれなかった。大先生は沈黙を守っている。状況に変化はない。

「まだすか」

我慢できなくなっておれは気球から身を乗り出した。目立ちやすい蛍光ピンクの服を着た男が腕をあげたまま動きを止めていた。まだか。気まぐれな風が吹く前に、旗を振ってくれないか。

その時、蛍光ピンクの腕が動いた。大きく二度、体の前で旗が振られたように見えた。

「カウント」隣に乗っていた男がいきなり叫んだ。「三十秒前」

そう言っておれを見た。いつでもいいという意味だ。いきなり目の前の小さな電光掲示板に数字が映った。二十九、二十八、二十七。見る間に数字が変わっていく。二十五秒前、と声がした。

「いくぞ大先生」

「万事オーケー」

短い答えがあった。おれは手元のスイッチに指をかけた。電光掲示板に二十というデジタル数字がカウントされた時、力を込めてスイッチを押した。

鈍い音と共に、台座の下が外れてそのままカエル三号がバーを離れた。一秒もかかっていない瞬間の出来事のはずだが、なぜかすべてがスローモーションのように見えた。

「押したぞ！」

おれの口から勝手に叫び声が漏れていた。すぐにパラシュートが開き、キューブサットが空中を浮遊し、大先生ご自慢のコンピューターソフトの指令によって方向を維持し、更に向きを変えて撮影を開始し、そして最終的に目指している標的、つまりセカンドベースのあたりに着地する、はずだった。

いや、事実その通りになったのだ。カエル三号は目標を目指して落下していき、円の中心に落ちた。ただひとつだけ問題があった。パラシュートが開かなかったのだ。

重量二キロのキューブサットは等加速度運動によって、時速二百七十七キロの勢いで落下していった。無風状態のため、真上にいた気球から放出したカエル三号は、そのまままっすぐにセカンドベースに激突したのだった。

「カジシン」君の言った通りだ、という大先生の声が聞こえた。「本当にセカンドベースの上に落ちたぞ」

バカ。

8

わずか数秒間の出来事だった。観客席から失笑が漏れ、それは爆笑の渦に変わっていった。

無理もない話で、見ている側からすれば何が起きたのかさえ最初はわからなかっただろう。いきなり上空三百メートルから重量二キロの鉄の塊が落ちてきたわけだから、何があったのかと驚きの声も上がっていた。しかしよく考えてみれば、単なる整備不良というかパラシュートの不備の結果だと誰にでも分かる。そういうわけで笑いが起きたのだ。

「いったいどうなってんだ」

おれはマイクに向かってがなり立てた。いい恥さらしじゃねえか。これではピエロもいいところだ。可能性はあったんだ、というもぞもぞした声が聞こえた。

「パラシュートの蓋についていては、前も言った通り落下の際に熱が伝わらないとテグスが溶けない設計になっている。万が一ではなく、千回に一回ぐらいは起こり得る事態だ」

「バカヤロウ、千にひとつがこんな時に起きなくてもいいじゃねえか。どうなってんだよ。このキューブサットの設計自体はお前がやったんだぞ」

いきなり交信が途絶えた。まったく、最近の若い奴はみんなこれだ。都合が悪くなるとすぐ逃げ出す。

残念だったね、とテレビ局の男が慰め顔で言った。残念じゃ済まないが、それしか言う言葉は思い浮かばないだろう。こんなもんですよ、とおれは肩をすくめた。

おれの人生なんてこんなもんだ。いつだって大事なところで必ず大きな失敗をする。受験もそうだし、恋愛だってそうだった。全部そうだ。

ゆっくりと気球が降下していった。できればこのまま降りないでいただきたかったが、そうもいかない。次に乗るどこかの学校かサークルの人間が順番を待っているのだ。そして静かに気球は地面に着き、おれは籠から降りた。誰も待っていなかった。

「回収を忘れないように」

おれの背中に男が言った。武士の情けはないのか。セカンドベースまで行ってキューブサットの残骸を拾い上げた。頑丈に作ったつもりだったが、地面に激突した際の衝撃のために、筐体のそこかしこが見事に割れていた。内蔵されていた機器類が隙間から見えた。

(大変なことになっちまったなあ)

つぶやきながら、空を見上げた。きれいに晴れた青空に、ぽつりと気球が浮かんでいる。そこからまたキューブサットが切り離された。見事にパラシュートが開き、ゆっくりと空を漂い始めた。羨ましい、と心の底から思った。

うまくパラシュートさえ開けば、そして大先生の操縦さえ問題なければ、今ごろおれたちのカエル三号は完璧な形で着地していただろう。そして観客席からは万雷の拍手が沸き起こっていたはずなのだ。

それが現実はこうだ。いや確かに拍手は聞こえた。だがそれは冷やかしの意味での拍手に過ぎない。せいぜい、一生懸命頑張ったのに残念だったね、という意味合いだ。そんな拍手なんかいらない。うちの学校の連中がいなくて良かった。いやマジで。

右手にキューブサットの残骸をぶら下げたまま仮設テントに戻ると、沈んだ顔がいくつも並んでいた。大先生の言い訳をする声だけがむなしく響いていた。

「うるせえよ」

振り向いた大先生が、うるさいのはそっちだ、と怒鳴り返した。

「いいか、この事故はぼくの責任ではないことを明言しておくぞ。今回、コンピューターは完璧だった。問題はパラシュートで、それはぼくの管轄外のことなんだからな」

「管轄?　お前はお巡りかよ」ホントにこいつは他人をむかつかせることについては天才だ。

「パラシュートの開閉機構を作ったのは確かにおれたちだ。だけどその設計はお前じゃねえか。しかも最終的なチェックを入れたのもお前なんだぞ。なのに管轄外ってのはどういう意味だよ」

「ぼくに責任はない。ぼくのせいじゃない」

大先生がテントの奥に逃げ込んだ。責任はともかく、とドラゴンがつぶやいた。

「面倒なことになりそうな予感がするな」

それは予感ではなく、ほとんど確定した未来だった。そしてその確信をあと押しするように、テントの入り口が開いた。

ダンナが立っていた。どうしてダース・ベイダーのテーマ曲が鳴らないのか不思議だった。

「いったい何があったのか」

劇団四季の役者のように手振りを交えながらダンナが言った。シェークスピア悲劇の主人公か。それより何より、いつ滋賀県から茨城まできたのだろう。

「見てたらわかっただろ」ゴタンダがつっけんどんに遮った。「パラシュートが開かなかったんだよ」

「情けないねえ」一転して軽演劇の登場人物のような口調に変わった。「あんなの構造だけで言ったら、自動開閉蓋さえあれば何の問題もないじゃないか。それぐらいの機能も付け加えられなかったのかい」

「作ったさ。だけどうまく装置が働かなかったんだ」

ダンナが鼻先で笑った。こういう時、古典的二枚目は非常に頭にくる表情になる。

「いいかい、そんなのはね、一番簡単な装置だよ。装置というのもおこがましいぐらいだ。初歩もいいとこだよ。それさえまともに作れない君たちがキューブサットをやろうなんて、百年早かったんじゃないのかい」

「んだと、このヤロー」

摑み掛かったゴタンダを、猛牛をかわす闘牛士のように軽くいなした。

「すぐ暴力だ。これだよ、君たちのやり方は。なんでもかんでも腕力か」

やめとけ、とおれはゴタンダの腕を押さえた。もしも本気の殴り合いになったらダンナにかなうわけがないし、とにかくこの状況では何を言われてもしょうがなかった。

「いい恥さらしだよ。今この瞬間も、学校のカメラが文化祭のスクリーンにここの状況を中継している。いや、もしかしたら中止になったかもしれないな。点数が低かったとか、そういうレベルならともかく、浮かぶことさえできずに落っこちたんだからね。最悪だ」

この男に人情を求めるのは、はなから無理なことはわかっていた。しかしそれにしても、ここまで悪し様《あしざま》に罵ることはなかろうに。いったい何の恨みがあるんだ、お前は。

しかしダンナには恨みに思う理由があったのだ。事は奴の将来にかかわる問題だった。

「こんなところで大失敗されたら、学校のイメージに傷がつくんだよ」

片足をパイプ椅子にかけたダンナが周囲を睨みつけた。何をやっても古臭い男だ。だが言ってる意味はわかった。

「まったく、何てことをしてくれたんだ。いいか、王島工業高校はね、将来的にはぼくが経営するんだぞ。そのための布石を打っている段階なのに、それがこれじゃ計画は台なしだ。生徒数が減ったらどうしてくれるんだ」

おれたちの失敗はテレビでも中継される。いやむしろ誇張して映し出されると言ってもいいだろう。番組的に考えれば、これほどオイシイ画もないはずだ。気球から切り離された途端、凄まじいスピードで地面に激突するキューブサット。リピートやスローモーションになってもおかしくはなかった。

「父から君たちの話を聞いて、最初は反対した。どうせ君たちのすることだ、ろくなことにはならないだろうってね。だが考え方によっては学校の名前を有名にするチャンスでもある。設計図を見たが、相当にレベルは高いようだった。しかもテレビ放送まであるという。だからぼくはあえてそれ以上反対しなかった。優勝なんて期待していないよ。だがあるレベルで成功してくれれば、さっきも言った通りそれだけで我が校の水準がわかるというものだ。参加することに意義がある、という父の意見は正しいと今でも思っている。しかしぼくの直感の方が正しかった。君たちに何かまともなことができるなんて、一瞬でも思ったぼくが間違っていたよ」

そのままパイプ椅子を蹴飛ばした。参ったね、と両手を広げた。

「やってくれるじゃないか。いい恥さらしだ。確かに名前は売れるだろうさ。笑い者としてね。これからしばらく、うちの学校はこう噂されるだろうな。『ああ、王島工業高校ね。テレビで見たよ、見事だったねえ、あのキューブサットの落ち方』って」

二度と顔も見たくない、と吐き捨てたダンナがテントから出て行った。あとに何も残さない、見事な退場シーンだった。

9

翔さんの運転する車で家に帰った。大先生は電車で帰ると言い張り、二度と車なんか乗るものか、と言った。代わりにゴタンダが乗り込んだ。工場まで八時間かかった。キューブサットとパソコン類を下ろすと、もう夜十時過ぎだった。

「ダメだったんだって？　彩子ちゃんからさっき電話があったぞ」

出てきたジジイが傷口に塩を塗りたくった上で辛子ペーストとハバネロの原液を垂らすような口調で言った。見りゃわかんだろ、と答えると、よくあることだ、と縁側に腰を下ろした。

「失敗は成功の母と言うだろう。人生、うまくいく方が珍しい。この経験をひとつの糧《かて》としてだな」

うるさいよジジイちゃん、とゴタンダが辛辣な目付きになった。

「じゃああんたはどうなのよって話だよね。あんた、この工場潰して、そこから何を学んだんだっつうことよ。どうなのよ、その辺」

まだ潰れてはおらん、と素知らぬ顔でジジイがキセルをくわえた。昔から思うが、この男は本当にうまそうに煙草をすう。どんな場合でもだ。

「放っておいてくれよ、ジイちゃん。オレらも疲れてるわけよ、これが。カラダもだけど、ココロもね。ゴチャゴチャ言われたくない時ってのがあることぐらい、あんたにもわかんだろ。伊達で長生きしてるわけじゃないだろうが」

まあそうだ、と落ち着いた様子でジジイが答えた。そしてそれっきり口を開かなかった。ジジイにしては上出来だ。翔さんは例によって黙々と働いていた。

「どうするよ、おい」

自分の分の荷物を下ろし終えたゴタンダが言った。どうするもこうするもない。

「お疲れだった。とにかく終わった。今日はさっさと帰って寝るなり飯食うなり何なりしてくれ」

　そうじゃねえよ、と不機嫌に唇を曲げた。

「明日からどうするんだっつうの。学校、えらいことになっちまわねえか。相当評判悪くなんぞ」

　もともと良かったわけじゃない。

「さっきからメール、ガンガン入ってくんだよ。講堂中が一瞬静まり返って、それから大爆笑だったたってよ」

「ウケたと思えばいいじゃねえか」おれは怒鳴った。「ある意味ギャグとして成立してるんじゃないの」

　ずいぶん長い前振りだった。ひと夏を潰して、得られたものは何もない。ただとりあえず、笑いだけは取れた。それでいいじゃねえか、とほとんどヤケクソになって言った。

「ったく、バカらしいったらないぜ」ぶつぶつとゴタンダが不平不満を並べた。「やってらんねえよ、何もかもパーじゃねえか。ダンナが言った通り、これでオレらは学校一の有名人さ。バカで有名になってどうすんだよ。しかも一円にもなりゃしない。こんなんだったら最初から」

　翔さんがその筋骨隆々とした腕でゴタンダの首を絞めた。見事なチョークスリーパーにあっさりとゴタンダは意識を失い、それきり口を開くことはなかった。助手席にだらしなく舌を出したままのゴタンダを乗せてから翔さんが運転席に座った。

　じゃあな、と翔さんが目で言った。すいません、とおれは深く頭を下げた。ついでにこいつも家まで送って行くというので、それは気にしなくていいです、と答えた。

「その辺の道か、コンビニの前に落としとけば何とかなりますよ。誰もこいつから金取ろうとか思わないっすから」

そうだな、とうなずいた翔さんがエンジンをかけた。派手な音と共に軽トラが走り去った。

どれ、とジジイが立ち上がった。

「茶でも飲むか」

いらねえ、と首を振った。何もかも、もうどうでもいいよ。

10

月曜日学校へ行くと、それほど騒ぎにはなっていなかった。あまりの大失敗に、さすがに触るのはかわいそうと思われたようだった。いいじゃん、とにかくテレビには出たんだし、と慰め顔で言ってくる奴もいた。

更にあっさりしていたのは学校だった。マルハシが昼休みにおれのところへきて、廃部だから、と言った。否も応もない通告だった。

「下半期の予算と部室の使用許可は取り下げておく」

全部こっちでやるのでお前は一切手を出さないように、と言われた。どうも深くかかわりたくないらしい。おれは疫病神《やくびょうがみ》か。触れると何かうつるのか。

おれはおれで、どれだけ怒られるだろうか、と思っていた。ダンナの言う通り、ある意味で学校の看板に泥を塗ったようなものだし、何を言われても仕方がなかった。その分拍子抜けしたと言えばそうなのだが、それよりハートが痛んだのは、誰もおれたちに本当の意味で期待なんかしていなかったということだった。

しょせんおれたちは学校の落ちこぼれで、メインストリームとは関係のないところに存在している。たまたま今回、浮かび上がるチャンスみたいなものがあり、別に拒むところではないから彼らもそれを応援した。だけど、結果は出なかった。しょうがないよ、あいつらだもの。

そんなところなのだろう。それはそれでよくわかる。納得もできる。おれにしたってゴタンダにしたって、二つに分けるまでもなくダメグループの筆頭だ。おれたちだけじゃない、ドラゴンだって翔さんだって、扱いがいいわけではない。

大先生だってそうだ。一部では評価が高いし、能力だってあるが、ダンナに反抗するような奴はこの学校では結局体制派とは言えない。彩子は高校も行っていない落ちこぼれだし、オーチャンは単なるオタクだ。おれたちはろくなメンバーじゃない。だから仕方がない。

おれにはよくわかっていた。つまりはそういうことなのだ。誰も何も期待せず、何も望んでいなかった。だから失望も落胆もなく、文句も言われず、何も変わらず、何も起きない。

そういうことだ。

その後おれたちはおとなしく学校に行き、授業に出て、前と同じようにパチスロへ行き、勝ったり負けたりを繰り返し、暇な時には合コンにも行き、楽しく過ごした。何も変わらないまま三週間が過ぎていった。何もなかったことにしよう、というのが学校の判断だったし、みんなもそのつもりだっただろう。すべては終わったのだ。

11

三週間後、十月二十日、木曜日。

昼休み、例によっておれは屋上の指定席にいた。ここはいつでも平和だ。どういう取り決めになっているのか知らないが、学校側はこの指定席にいる限り生徒が何をしようが関知しない。その代わりといってはなんだが、おれたち各学年の落ちこぼれたちもトイレや部室で煙草をすったり、アンパンをやるような真似はしないことになっていた。これこそ究極の紳士協定というべきか。完全な不可侵条約が結ばれていた。

見渡すとおれの他にも何人か、同じように手摺りにもたれながら煙を吐いている連中がいた。たぶんおれと同じぐらいにダメな奴らなのだろう。いや、そんなことはないか。おれほど立場の悪い者も、そうはいないはずだ。まあしかし、そんなことはどうでもいい。

予鈴が聞こえてきた。午後の授業が始まるのだ。面倒くせえなあ。見下ろすとグラウンドで景気のいい叫び声を発しながらサッカーボールを蹴り飛ばしている一群がいた。元気のいいことだ。最後にもう一本だけすうために煙草をくわえた時、おっす、という声がしておれは顔を上げた。秋っぽいベージュのシャツを着たドラゴンが立っていた。いつの間に。

こいつは足音をさせないで人の後ろに立つという悪癖があり、心臓に悪いことおびただしい。おれがゴルゴ13だったら、問答無用で撃ち殺していただろう。

「珍しいじゃないの」

煙を吐き出しながら言った。ドラゴンは酒を飲んだ時か、よほど何か心に鬱屈したものを抱えていない限り煙草をすったりしない。人間関係もそれなりにうまくやってるし、友達も多いので、指定席に顔を見せることはめったになかった。というか、そんな暇があったらパチスロのデータ解析に勤しんでいることだろう。

「探してたんだ」

屋上の手摺りに手をかけたままドラゴンが言った。何か用か、と言葉を返しながら時計を見た。早くしてくんないと、午後の授業が始まっちまうぞ。

「何か、久しぶりだよな」

少し照れたような顔で、風に吹かれて乱れた前髪を直した。おれたちはコンテストの翌日から、意識的に顔を合わせないようにしていた。会っても別に話はないし、嫌なことを思い出すだけだとわかっていたからだ。何か用があんのか、ともう一度繰り返した。

「カエルの話なんだけどね」

「もういいんじゃないの」

誰が置いたのか、律義に用意されている灰皿に灰を落とした。そういえば、これは誰が掃除をしているのか。用務員なのか、それとも教師たちの誰かなのだろうか。

「終わったことをぐずぐず引きずってるのは、精神衛生上よくないと思うぜ」

「あれ、良くできてたと思うんだよね」おれの話を聞く様子はなかった。「開閉装置はともかくとして、内部のシステムについては完成度が高いって、一応賞だってもらったわけだし」

そうなのだ。番組的には北海道の宇宙科学サークル〝レインボウ〟が第一回キューブサットカムバック・コンテストの優勝を勝ち取っていたのだが、準優勝と、技能賞、デザイン賞、撮影賞などの各賞はいくつかの学校やサークルにも分け与えられていた。そしてそのうちのひとつ、優秀設計賞をおれたちのカエル三号もいただいていたのだ。

これは内部設計の独自性とデザインコンセプトに関して、優秀と認められたものに対しての賞で、ある意味非常に名誉なものです、と授賞式で東大の教授に言われた。もっとも、その教授はどうも誰にでもそんなことを言っているようだったが。

だけどそれは番組が放送されて何日も経ってからの話で、おれたちの名誉が回復されたわけではない。嫌な記憶が蘇ってきた。

そうだ、扱いはひどかった。カエル三号の大失態は番組的にはNG大賞となっていたのだ。マンボのリズムで何度もセカンドベースに激突する様がリピートされ、他人事ならおれだって爆笑していただろう。

いくら技術的に高い評価を受け、五十万円という賞金をもらったからとはいえ、何の慰めにもならなかった。ましてやその五十万円を全部大先生が持って行ってしまったとなればなおさらだ。

「いろいろ調べてみたんだけど」ドラゴンが勝手に話を続けている。「あれ、飛ばせるんだよ」

「パラシュートが開けばな」

舌打ちをしたおれに、そうじゃない、と首を振った。

「本当にぼくたちのカエルを、宇宙に飛ばすことができるんだ」

最近の若い奴は何を言いたいのかさっぱりわからない。他の連中はともかく、ドラゴンはその辺だけはしっかりしてると思ったのだが、おれの眼鏡違いだったのだろうか。

「もともとキューブサットって、そのためにあるわけだろ。コンテストなんかじゃなくてさ」

ドラゴンが言った。それぐらいはおれだって知ってる。

だいたいキューブサットなんて、本来なら個人レベルで取り組むこと自体に無理がある。だがそれでは宇宙ビジネスの底辺が広がらないし、技術の向上が望めないということで、アメリカの場合は政府だかNASAだかが各大学に予算を振り分け、キューブサットの研究、開発を進めているという話だ。

もちろんキューブサット自体はロケットではないから、それだけで大気圏外まで到達することはできない。だから本物のロケットに積んで、地球の周回軌道に乗せる必要がある。そこで切り離すのだ。それでもちゃんと軌道に乗れば地球の周りを周回するのだから、これもまたひとつの立派な人工衛星ということになるだろう。

おれだってやる前にそれぐらいは調べていた。気球から切り離して狙った場所に落とすためにキューブサットを作る人間の方が珍しいことぐらいわかっている。

「だから何なんだよ」

「もう一回やってみないか」驚くべきセリフをさらりとドラゴンが口にした。「今度は、本当にカエルを宇宙へ飛ばすんだ」

おれは煙草を靴の裏で消してから灰皿に投げ入れた。バカか、こいつは。

「どうやってやるんだよ」

「だから、もう一回設計をやり直して、ロケットに載せて」

「おれはな、ドラゴン。お前だけはまともだと思ってたんだよ」小さく息を吐いた時、本鈴が鳴った。「ゴタンダも翔さんも、大先生も彩子もオーチャンもみんなどこかおかしいけど、お前だけはしっかりしている。そう信じてたんだ。ガッカリさせんなよ」

言い捨てて、教室へと続く屋上の非常扉に向かった。どういう意味だ、とドラゴンが追いかけてきた。

「大先生がいるから設計は何とかなるかもしれないけどな、他にも問題が多過ぎるんだよ。設計図があればいいっていうレベルじゃないんだって。いろんな意味で金もかかる。お前は簡単に言ったけど、ロケットに載せるのにいくらかかるかわかってんのか?」

ドラゴンの足が止まった。おれがそこまで調べてるとは思っていなかったのだろう。

「確かにアメリカのロケットなんかは、キューブサットみたいな超小型衛星の実験にも門戸を開いてるらしい。だけどな、すげえ金がかかるんだよ。九百万だってよ。そんな金がどこにあるんだ」

待てって、とドラゴンが言った。待てないね、と非常扉を開いた。暗い階段が目の前にあった。

「それによ、ロケットそのものがどこにあるんだよ。アメリカか? 誰が交渉するんだっての。日本は無理だぞ、まだそんなところまで気を回してる余裕なんてないんだからな」

「待ってくれ、カジシン」

「だいたい、もうおれは興味がないんだ。あんなことがあって、まだやりたいなんてお前どうかしてんじゃないのか? それとも極上のマゾか?」階段を降りながら言った。「アホくさ。二度とおれの前でキューブサットの話なんかするんじゃないよ。わかったか」

カジシン、ともう一度消え入りそうな声がした。授業だよ、と言っておれは早足で階段を下りた。振り返るのも面倒だった。

12

ドラゴンにしては世迷い言もいいところだった。大先生とは違う意味だがリアリストでトラブルが大嫌い、特に人間関係のゴタゴタが苦手でいつでも一歩引いて我関せずで通してきたあの男が、いったいどうしたというのか。ひと夏の経験で人間はそんなに変わるのか。

まあいいや、どうでも。あいつが何を言ってきたところで、別に何が変わるというものでもない。あと一年とちょっと、この学校でガマンしていればいいだけの話だ。今のところ、このつまらない学校以外おれの居場所はないのだから。

春になって三年が卒業すればダンナもいなくなることだし、少しは過ごしやすくもなるだろう。そしておれは大学を受験して、現役で受かるかどうかはともかく、ここには一生戻らない。それで終わりだ。

だがどうもおれの思惑はここのところ何もかもすべてが外れまくっているようだった。家に帰ると、工場の表に見覚えのあるチャリンコが置いてあった。ドアにもたれるように座り込んでいたゴタンダがくわえ煙草のまま、おお、と手を振った。

「どうした」

また負けたか、と聞いた。いいや、と間抜けな顔で唾を吐いた。

「ドラゴンがこいって言うからよ」

「あいつ、何だって？」

知らねえ、と煙で輪を作った。お前はそういう時に、何の用だとか聞かないのか。死ねと言われたら素直に死ぬのか。

中、と煙草を持った手を振った。ドラゴンも顔はあっさり系の割にはしつこい奴だ。カバンを振り回しながら工場の中へ入って行くと、そこにいたのは彩子とオーチャンだった。

「久しぶり」

オーチャンが思いきり体をくねらせた。どうも、とうなずいて長テーブルにカバンを置いた。

「お前らもあいつに呼ばれたのか」

まあね、と彩子がクラシックスタイルのコカコーラの瓶から目の前のグラスに中身を注いだ。

「またやるんだって？　今度は本気で宇宙にチャレンジするんでしょ」

しねえよ、とコーラを奪って口をつけた。ああ！　とオーチャンが女みたいな悲鳴を上げたが、知ったことじゃない。構わず飲み干した。

「あいつはね、おかしくなってるんだよ。たぶん自己啓発セミナーかなんかに行ったんだな。そこで人生の目的を持てとか言われたんだと思うね。下らない奴だ」

そんな感じじゃなかったけどな、と彩子が手のひらに顎を載せた。

「結構リアルなこと言ってたよ」

そうね、とオーチャンが立ったまま首を振った。どいつもこいつもバカばっかしだ。

「設計図がある以上、最初の難関はクリアしてるって。ねえ、彩子さん。そりゃあもちろん、この前のコンテストとは目的が違うから、やり直さなきゃいけないところもいっぱいあるだろうけど」

「誰がやり直すんだよ」

そりゃ大先生でしょ、と彩子が言った。おれはため息をついた。確かに君たちは彼のクラスメイトではない。従って大先生の性格を把握していなくても無理はない。だから教えてやるが、あいつは金にならない仕事は絶対にしない。そういう男だ。

「そこは何とか説得して」

「説得が利くような相手じゃないことぐらい、二カ月も一緒にいたんだからわかるだろうが」

テーブルに足を投げ出して、胸ポケットを探った。出てきた煙草に火をつけた。

「いいよ、わかったよ。仮に大先生が設計図の書き直しをしたとしよう。だけどそこから先はどうすんだよ。もう金もないんだぜ。どうやって機材を買うんだ。それだけじゃない、本当にキューブサットを宇宙に飛ばすとしたら、載せてくれるロケットが必要になってくる。どうやって見つけるんだよ」

「アメリカじゃねえの」

ふらりと入ってきたゴタンダが言った。ゴタちゃん、ちょっとこっちにおいで、とおれは手招きをした。隣に腰を下ろしたその肩に手を回した。

「そりゃロケットぐらい持ってるだろうさ。アメリカは世界一宇宙にロケットを飛ばしてる国だからね。だけど、アメリカってのは駅前のジャスコじゃないんだよ。店に行ってレジの前に並んでりゃ、ロケット売ってくれるわけじゃないんだから。それぐらいのことはわかるよね」

ゴタンダにものを教える時は、小学生に話すぐらいのつもりでちょうどいい。うんうん、と素直にうなずいている。

「正確に言えば、ロケットに載せてもらう権利だ。その権利を買うためには交渉の必要がある。コネクションだっているだろう。誰がそんなことするんだ？　お友達がＮＡＳＡにいるのか？　おれらはさ、ただの高校生なんだぜ。誰も相手にしてくれないでしょ？」

そうだなあ、とぼんやりした答えが返ってきた。そうだなあ、じゃねえぞバカ。

「おれたちの中に英検一級の奴がいるのか？　ＴＯＥＩＣで九百点とか取れる奴がいるか？　帰国子女でもいいよ、英語でビジネス会話ができる奴がいるかって話だ」

「オレ、ムリ」ネイティブアメリカンのようにゴタンダが片手を挙げた。「ゼッタイ、ムリ」

彩子とオーチャンが顔を見合わせている。おれの知る限り、ドラゴンも大先生も英語の能力は極めて低い。何しろ工業高校だから無理もない。翔さんに至っては言わずもがなだ。

「しかもだ、おれが調べたところではロケットに載せるだけで相当な金がかかる。九百万だぞ」

昼間、ドラゴンにしたのと同じ説明をした。「どうやって用意するんだよって話だ。以上、何か質問は。なければ解散」

周りを見渡した。誰も何も言わない。よろしい、と立ち上がろうとした時、彩子がおずおずと手を挙げた。

「あの、ひとつだけ」

「どうぞ」

「カジシン、これでいいの？　このまま終わっちゃって、それでいいの？」

メンタルな話をしてるんじゃないんだ、とおれは言った。

「そりゃあね、考えるところはいろいろあるさ。おれだってね、悔しいとは思ってる。だけどさ、これはリアルな問題なわけよ。わかるだろ、金もなきゃコネもないおれらに、そんなことができるのかっつう話なわけよ」

そう言いながら、ちょっとだけヤバイと思っていた。本当のことを言うと、これで終わっていいのか、とこの三週間ずっと自分に問いかけ続けていたのだ。これでいいのか、おい。このままでいいのか。

だけど、しょうがない。それが現実というものだ。おれにできることなんてたかが知れている。できないものはできないし、無理なものは無理だ。踏ん切りをつけるなら早い方がいい。いつまで引きずっていたところで結局は同じなのだ。よし、理論武装は完璧だ。

そうやっておれは自分自身を納得させていた。心のどこかに蓋をして、押さえ付けていた。彩子の言葉には、その蓋を少しだけずらす力があった。危ないじゃないか、バカ。触るんじゃねえよ。

「だろ？　ムリだろ？　逆立ちしたってムリなものはムリなんだよ」

突っぱねるようにそう答えたが、彩子はうなずかなかった。

「今は無理かもしんないよ。それはそうだと思う。だったら、今じゃなくたっていいじゃない。ねえ、五年続けてみたらどうなの？　五年でも無理だったら、じゃあ十年は？　それでも無理？」

彩子がまっすぐな視線でおれを見つめていた。その横では両手を腕の前で握りしめたオーチャンが、うっとりした目付きで彩子を見ていた。気持ちはわかるよ、オーチャン。昔から彩子はそうだった。だからおれは彩子が好きだった。あんたが彼女に夢中になるのは仕方がない話だ。

「そんなに続くわけないだろうが」

わざと邪険に言った。そうしないと、思わずうなずいてしまいそうだったからだ。

「どうして？　続くかもしれないじゃない。少なくとも、あたしは続けるな」

絶対に、とつぶやいた。お前はそうだろう。

「ふざけんな、そんなのできるわけないって」おれはお前みたいにまっすぐな生き方はできない。

「おれだってな、大学行ったり就職したりするつもりなんだ。こんなことにいつまでもかかわりあってるわけにはいかないんだよ！」

おれはまだ十七歳だ。これからどうなるか、自分でもわからない。そんな先のことまで考えられるはずもない。だけど、と肩を震わせた彩子に、もういいんだ、と手を振った。

「おれのことはいいよ。ゴタンダ、お前はどうなんだよ。五年も十年もこんなことがやれるか？」

わかんねえけどよ、と口の中でぶつぶつ言っている。聞き方が悪かった。

「やりたいのかってことだよ」

しばらく考えていたゴタンダが、やりたくないわけじゃねえな、と今度は少しはっきりした声で言った。おいおい、どうしちゃったんだよお前まで。

「何でだよ。何にこだわってんだよ。無理に決まってんじゃねえかよ」

無理か？　ホントに無理か？

「オーチャン、あんたはどうなんだ。いや、聞いてもしょうがないか。あんた、彩子が命令したら砂利でも食いそうだもんな」

おれは自分をごまかしていないか？　本当はちょっと後悔してないか？

「とにかく、おれを巻き込むな。いったいみんなどうしちまったんだよ。あれか、おれの知らないところで宗教の勧誘でも受けたのか？」

テーブルのカバンを摑んで立ち上がった。

「本当にそう思ってるの？」

彩子が言った。そうだよ、と答えた時、表で凄まじいブレーキ音がした。特徴のあるその音で、誰がきたのかはすぐにわかった。目をやると、開いているドアからスカGのノーズが見えた。入ってきたのはドラゴンだった。ホントにお前は。

「お前が余計なことを言うから」

指を突き付けたおれに、それはどうかな、と微笑みかけた。なるほど、一部の女子の間で人気があるという噂は本当らしい。ずいぶん爽やかじゃないの。

「まあとにかく、話だけでも聞いてほしいんだ」

ドラゴンの後ろから翔さんが現れた。太い右手ががっちりと大先生の襟首を摑まえている。わかったよ、とおれは席を空けた。とにかく、話だけでも聞こうじゃないの。

13

昼、カジシンにも言ったんだけどさ、とドラゴンが経緯を話し始めた。カエル三号のシステム自体に問題はないし、むしろ評価は高いぐらいだ。必要な改良さえ施せば、本物のキューブサットとして宇宙に飛ばすことも可能だ、と手短かに言った。

「それを踏まえて、もう一度トライしてみたいんだ。コンテストがあるわけじゃないし、賞金も出ない。テレビも関係ない。むしろ損することばかりだと思う。金も、時間も、その他いろんなことも含めて。だけど、それでもいいと思う。みんなでやってみないか」

それがぼくの提案だ、とドラゴンが腰を降ろした。賛成、と彩子が手を挙げた。すぐにオーチャンが同意した。いかん、この民主主義は危険だ。誰か一人でも向こうにつけば、ドラゴンの意見が通ってしまう。アホか、とおれは慌ててテーブルを叩いた。

「何なんだよお前ら、止めなさいって、そんなの。ドラゴン、ホントにらしくないぞ。今さら熱血にキャラ変えしたっていいことなんて何もないからな。だいたい、何でそんなにこだわるんだよ。あれか、そんなにコンテストの失敗が悔しいのか？　忘れろって、悪いことは言わないから」

肩をすくめたドラゴンが、全然違うね、と言い切った。

「なんでもう一回やりたいのかって？　そりゃ楽しかったからさ。楽しかったから、もう一回やりたい。それだけだよ。なあ、だったらこっちも聞くけど、コンテストの結果はあんなことになってしまったけど、でも楽しくなかったか？」

楽しい、か。胸の中で二、三度その単語を繰り返した。

「それは新しい視点だ」

おれの口が勝手に言葉を吐き出していた。いやいや、騙されちゃいかん。楽しかったわけないだろ。あんなに苦しい毎日だったじゃないか。思い出せ、おれ。

確かにカエル初号機が完成した時、おれ自身もちょっと感動したかもしれない。だがそんなのは一過性の問題だ。そこへ至るまでの道のりを考えてみろって。このおれが、この梶屋信介が、汗だくで頑張ったなんて、そんなカッコ悪いことはないぞ。

「無理だってば」弱々しく聞こえないように、大きく声を張った。「できやしないって。じゃあ聞くけどな、仮にカエル四号だか五号が完成したとしましょうか。それをどうやって宇宙に飛ばすんですか。そんなロケットを持ってる国があんのか？　英語は話せるのか？」

「できない」

むしろ清々《すがすが》しいぐらいに潔くドラゴンが認めた。だろ、とおれは指を鳴らした。

「現実ってのは、そういうものだ。気持ちはわからなくもない。でもな、リアルなライフってのはどうしようも」

「でも英語を話す必要はない」

ドラゴンが腰を浮かして、ジーンズの尻ポケットから丸めた紙の束を出した。パンフレット。カラーで印刷されたその表紙には〝総合商社ナカトミ・コーポレーション／商品のご案内〟と極太の書体で記されていた。

「ぼくも結構リアルな人間のつもりだ。はっきり言って、そっちなんか目じゃないね。当てもないのに、こんなことを言い出したりはしない」

細い指が頁をめくっていく。パンフレットの真ん中辺りで手が止まった。そこに〝ナカトミはチャレンジします！〟という文字が躍っていた。すぐ下には〝スペース・プロジェクト〟と書いてあった。

「そりゃいったい何のこっちゃ」

ゴタンダが間抜けな声を上げた。その目の前でドラゴンが頁を折った。

「調べるのは簡単だった。ネットで検索したんだけど、意外とあるもんだね。中でも一番まともそうなのがここだった」

ナカトミ・コーポレーションと言えば日本でも有数の総合商社だ。ここがまともでなければ、三井も住友も怪しいということになるだろう。

「実は昨日行ってきたんだ。このパンフレットもその時もらった」

ずいぶん行動的じゃないか。お前が自発的に動くのはパチスロ屋の新装開店の時だけだと思ってたよ。おれはパンフレットの内容を読み上げた。

『総合商社ナカトミは、今後きたるべき宇宙時代に先駆けて、ニュービジネス〝スペース・プロジェクト〟を立ち上げます。既に宇宙旅行が海外では正式なビジネスとして認められているなど、今後科学技術の劇的な発展と環境整備に伴い、宇宙ビジネスは飛躍的な発展を遂げていくと予想されます。最後に残されたフロンティア、それが宇宙なのです。ナカトミは創業者藤原宗達以来〝挑戦〟の二文字を社訓に掲げて参りましたが、この〝スペース・プロジェクト〟こそナカトミにとって最大にして最後の挑戦となると考え、果敢にチャレンジしていく所存です』

「そこから先は自慢話だから」ドラゴンが制した。「幕末の危機を初代会長がいかにくぐり抜けてきたかなんて、読んでもしょうがないだろ」

それもそうだ。おれは読むのを止めた。

「それはいいけど、挑戦がどうしたんだ。おれたちと何の関係があるんだ」

短く言うとね、とドラゴンが軽く咳払いをした。

「そっちも知ってると思うけど、今、世界的に見ると宇宙開発はやや下火になってる。アメリカに限った話じゃない。どこの国でもそうだ」

それはそうだろう。アメリカは宇宙より先に中東をどうにかしろという話だ。一時の大不況こそ脱したかもしれないが、世界的にもまだまだ景気は沈滞している。どこの国だって宇宙開発に金をかける余裕はないだろう。

おれだってそれぐらいのことは知っていた。というか、この間女子アナ目当てで見たニュース番組で知っただけの話だが。

「当然、予算は削減されている。だが現場はそれじゃ困る。何しろ相手は宇宙だからね、管理を杜撰《ずさん》にするわけにもいかないし、安い部品を使って精度を落とすわけにもいかないだろう。どうしても先立つものが必要になる。そこでだ」

お前、誰に向かって言ってるんだ。これでもおれは機械屋の三代目だぞ。そんなことぐらい百も承知だ。

「彼らは新しいビジネスを始めた。広告なんかがそうだ」素知らぬ顔でドラゴンが続けた。「見たことないかな、ロケットの側面に企業名とか商品名を入れたりとか、そういうの」

「昔見たような気がする。確かシュワルツネッガーの映画の宣伝か何かで、ロケットにタイトル入れてたような」

オーチャンが言った。アメリカ人の考えそうなことだ。あいつらは目立てば勝ちだと思ってる。

「他にも科学実験の代行業とかね。無重力状態で魚はどう泳ぐのか。真空における純粋金属の抽出。いろんなことに手を出して、削られた予算を補填《ほてん》しようとしている」

よく調べてきたわね、と感心したように彩子が言った。まあ、ドラゴンはバカではないから、これぐらいのことは語れるだろう。それは認めるが、だからいったい何だって言うんだ。

「まだわかんないのか」鈍いね、とドラゴンがまばたきを繰り返した。「そのビジネスのひとつが、キューブサットなんだよ。ロケット内にキューブサットを積み込むだけのスペースを作って、その空間を売るんだ。そしてそれを取り仕切っているのが、この総合商社ナカトミってわけさ」

いやはや、日本のビジネスマンは勤勉だ。ちょっと社会に出るのが怖くなった。そんなことまでしなければいかんのか、おれ。

「だから、こっちはひとつも英語を話す必要がない。交渉事はナカトミの担当者がやってくれる。実際問題としても、彼らはおそらく英語で交渉したりしないと思うけど」

「どうして？　相手が日系三世とか？」

そう尋ねた彩子に、そうじゃない、とドラゴンが首を振った。

「交渉相手はロシア人だからだ。ロシアのロケットに、ぼくたちのキューブサットを載せるのさ」

おれたちはちょっとブルーな感じで目配せをし合った。ロシアって。どうよ、それ。

14

パンフレットの次の頁をドラゴンが開いた。左側にロケットの写真があった。

「これはロシアのロケット、ヒョードルⅣだ。来年三月末、ロシアのプレセック宇宙基地から打ち上げられる予定だ」

プレセック？　どこだそれは。だいたい地名なのか。それともボルシチか何かの一種なのか。

「このヒョードルⅣには世界各国の科学実験のために二百キロ分の重量が空けてあるそうだ。そしてナカトミは〝ヒョードルⅣ飛行に関する包括的ビジネス権利の代行者〟としてロシア政府と正式な契約を交わしている」

ホントだ、とオーチャンが文章を指さした。ナカトミ・コーポレーションは、この度ロシア宇宙開発研究所と契約を結び、今後三年間にわたる衛星打ち上げに関して、全世界に対する代行権利を獲得した、とそこには書かれていた。

「何でもやるなあ、日本の企業は」

感心はするが、だけどやっぱり無理な話だろう。彩子はともかく、この中で商売人の息子はおれだけなので、おれが説明するしかなかった。

「わかったよ、ドラゴン。おじさん、一本取られた。認めます、参りました。ロケットはありました、交渉人も見つかりました。そこまではいいや。だけどさ、わたし認めないですよ。こんなの認めらんないっす」

どうしてだ、とドラゴンが首を傾けた。

「条件のいくつかは、これでクリアになったはずだろ」

「最大最悪の条件が残ってる」おれはパンフレットを指で弾いた。「金だよ。お前らみんなサラリーマンの息子だからわからないだろうけど、ビジネスを成立させるためにはどうしたって金がかかる。しかもすごい額のな」

気がつけば、おれの話し方はジジイそっくりになっていた。血は水よりも濃い。

「おれもな、最初にコンテストの話があった時にそこそこ調べたんだよ。本物のキューブサットってのはどんな感じなんだろうってな。それでわかったんだけど、二キロのキューブサットを載せるにはだいたい日本円で八百万か九百万ぐらい必要だ。ましてや商売っていうのはな、途中に問屋や人が入ってくると、どうしたって手数料ってものが発生する。商いってのはそういうものなんだ。それが二割か三割か。つまり全部で一千万以上の金がいるんだ。誰も援助なんかしてくれないぞ。どうやってそんな大金を用意するんだよ」

見てみろ、と開いていた頁の右下段を指で押さえた。料金表、という見出しの下にさまざまな状況を想定した料金一覧が載っている。例えば一グラムのネームプレートをロケットに載せて打ち上げるだけで十万円と書いてあった。ロケット側面に企業名などをレイアウトする場合は、大きさにもよるが基本的に三十億円だそうだ。まさにピンからキリまでだった。そしてキューブサットについても記載事項があった。七百五十万円。

「ずいぶん安いな」

「ロシアだからな」

ゴタンダが言った。今のセリフをミルコ・クロコップが聞いたら大変なことになるだろう。いや待て、ミルコはクロアチア人だから怒らないか。

「もっと安い」

言い切ったドラゴンがパンフレットを逆さにして振った。頁の間から白い紙が一枚落ちてきた。

〈本文中の料金表に訂正がありました〉

そこにはそう記されていた。ロケット本体への広告は三十億が十五億になっている。いきなり半額ですか。そしてキューブサットについても七百五十万から五百万円へと同じく訂正があった。こちらは半額とまではいかないが、それでも約三十五パーセントオフ。激安セールか、これは。ロシアは今日閉店するのか。

「何でこんなに金額が下がってるんだ」

どうも怪しい。いかにもピロシキな話ではないだろうか。そうでもない、とドラゴンが落ち着いた声で言った。

「そもそも値段とは、需要と供給の関係で決まる。たぶんそこの問題じゃないの？　つまり買い手がなかなか現れないってことなんじゃないのかな」

工業高校の学生とは思えない、冷静かつ的確な分析だった。

「つまり、誰も買わないってか」

そうだろう、とドラゴンがうなずいた。

「しかも、ここに記載されているのはあくまでも定価表示だ。つまりまだここから交渉の余地があるということになる」

というわけで、そっちの出番だ、とおれの肩を叩いた。なるほど、海千山千のタフなネゴシエーターである企業戦士と戦えるのは、このメンバーでおれしかいないだろう。

「待て待てドラゴン。お前はどうもよくわかっていないようだな。いいか、おれは反対なんだ。こんなことやりたくないんだぞ。一緒にするな」

「実はアポも取ってある」人の話を聞くつもりはまったくないらしい。「明日青山のナカトミ本社に行って、海外プロジェクト部の担当者と午後四時に会うことになってるんだ」

ずいぶん手回しがいいじゃないの。いったいお前の熱意はどこからきてるのか。待てって、ともう一度言った。

「仮にだぜ、おれがうまく交渉して金額が半分になったとしよう。それでも二百五十万だぞ。そんな金がどこにある。だいたい基礎システムはあるにしても、コンテストと宇宙じゃえらい違いだ。機材だって取り替えなきゃならないはずだぜ。それに確か衝撃実験をはじめ、いろんな実験も必要なはずだけど、そんな装置がどこにあるっていうんだよ。知ってんのか、お前は」

だいたい話が急過ぎる。もう十月も終わりという時期にそんな話をされても、来年の三月なんてあと五カ月しかない。その短い期間に、いったい何ができるというのか。

「カジシン、ぐだぐだ言わないの」彩子が身も凍るような冷たい声で言った。「とにかく明日、その総合商社の担当者のところに行って、それから考えればいいでしょ。あんたの言ってるのはね、子供の理屈よ。どうなるかわかんないじゃない、やってみなきゃ始まらないって」

「チャレンジャースピリッツだ」

厳かにドラゴンが言った。それはナカトミの社訓だろ。

「やる前から負けること考えるバカがどこにいる」

ゴタンダが怒りを込めて言った。だからそれはアントニオ猪木の名言だってば。お前ら、頼むから自分の言葉で話してくれ。

「まあいいさ」降参だ、とおれは両手を挙げた。「いいよ、おれはこれでも民主主義者だ。多数決なら従うさ。だけど明日、そのナカトミ何とかの担当者との話し合いが決裂したとしたら、もうこの話は終わりだ。いいな」

みんなが順番にうなずいた。ひと言も発していなかった大先生もとりあえず頭を垂れた。この場を収めるには、とりあえずそうするしかないと悟ったのだろう。翔さんは何も言わなかったが、それはいつものことで同意を意味する。反対なら速攻でいなくなっているはずだった。

そしておれたちは解散した。よっぽど逃げてしまおうかと思ったが、それを察したのかドラゴンとゴタンダがさっさと泊まりの用意をし始めた。そうですか、見張りまでつきますか。お世話かけます。

15

総合商社ナカトミ・コーポレーションは港区に本社がある。日本でも有数のコンツェルンで、子供でも名前を知っているこの会社は三井、住友と並ぶ大企業だ。慶応元年だかに横浜で貿易商を始めた藤原宗達とかいう男が興したそうで、比較的歴史は浅いのかもしれないが、世界に名だたる総合商社と言っていいのだろう。

外苑前の駅から数分歩くと巨大な建物があった。それがナカトミ本社で、青山通りに面した一等地のビルだった。

もともとは神田だかお茶の水にあったそうだが、五年ぐらい前に老朽化が進んだために建物を取り壊して新ビルの建設をすることになり、その時青山一丁目に移ってきた。社員一同、泣いて喜んだという話だ。

近代的なハイテクインテリジェンスビルで、二十九階建て、地下の二フロアは高級レストランがいくつもテナントとして入っている。二十七階より上もまたバーやら展望台やら、とにかくすべてがハイクラス、青山の新名所としてオープンした頃はどこのファッション誌にも載っていた、と彩子が教えてくれた。

そのビルの受付から、おれは昨日ドラゴンが電話でアポを取ったという海外プロジェクト部スペースビジネス課の担当者を呼び出してもらった。受付嬢がものすごくうさんくさい目でおれたちを見ていた。

それはそうだろう。めったなことでナカトミ・コーポレーションを訪れる高校生はいないはずだ。ジャケットを着ているのはおれだけで、ゴタンダは相変わらずＤＪとラッパーを混ぜたようないで立ちだし、彩子は例によってへそ出しのローライズ、もう秋だというのに上はタンクトップ一枚しか着ていない。

大先生とオーチャンはあからさまにオタクであることをもろ出しにしたネルのシャツと脱色したジーンズ、翔さんに至っては長ランだった。こんなところで戦闘服着てどうする。いや確かにある意味これも戦いなのかもしれないが。

唯一頼りになるはずのドラゴンでさえも、何を勘違いしたのかやたらと襟の細いモッズ風のジャケットで、そりゃオシャレかもしれないが、場にそぐわないことこの上なかった。こいつらはみんな状況とか周囲の目とかを考えないのだ、という事実をおれは再認識していた。

「ええと、王島工業高校さん、ですね」

エレベーターから降りてきた中年の男がまっすぐこっちへ向かってきた。梶屋さんは、と全員の顔を眺め回してから、結局おれの前に立った。さすがエリート商社マン、人を見る目は確かだ。

「海外プロジェクト部スペースビジネス課のウスイです」

名刺を渡された。ドラゴンはおれの名前でアポを取っていた。おかげで代表者はおれということになっていたのだ。

ウスイは思っていたよりまともな感じだった。ガチガチのサラリーマンというのでもなく、かといって崩れているというわけでもなく、基本はビジネスだけどそれだけじゃないよ感もあって、おれはちょっとだけほっとしていた。

「マルハシ先生はどちらに」

ウスイが言った。ドラゴンはおれのみならず学校の名前まで騙《かた》り、更に申請者としてマルハシの名前を勝手に使っていたのだった。いつの間におれより嘘がうまくなったのか。

「すいません、ちょっと先生は急な会議が入ったそうで、あとから必ず行くので先に話を進めておいてほしいということなんですけど」

あらかじめ用意しておいたとはいえ、嘘八百がすらすらと口から出てきた。自分でも感心するが、ハッタリをかます時のおれは才能があると思う。

「では、そうしましょうか」

ちらりと腕の時計に目をやったウスイがエレベーターホールにおれたちを案内した。エレベーターは全部で十六基あり、行く階によって低層階中層階高層階と三つに分かれているそうだ。ウスイが押したのは低層階行きエレベーターのボタンだった。

「七階に商談室がありますので」

商談。おれたちの辞書にない言葉だ。ガラス張りで透明なエレベーターに乗り込むと、柔らかいチャイムの音と共に扉がゆっくりと閉まった。そのまま上昇して行く。気まずい沈黙が流れたが、こういう時、天使が通ったとアメリカでは言うそうです、とウスイが微笑んだ。

エレベーターに乗っている数十秒の間、誰も何も言わない状態をそう言うのだそうだ。ビジネスマンはえらいものだ。どんな時でも、何か話すネタを持っている。

またチャイムが鳴って、ドアが開いた。先導するウスイのあとを追って、広い廊下を進んだ。右手二つ目の扉が商談室だった。おれたちの人数を数えていたウスイが、まあ何とかなるか、とつぶやいてドアを開いた。明るい部屋にソファと広いテーブルが並んでいた。

「とりあえず、どうぞお座りください。お茶でよろしいですね」

テーブルの上にあった電話の内線ボタンを押したウスイが、おれたちの返事も聞かずにお茶を注文した。さて、と手を軽く叩いてから自分も腰を下ろした。

「皆さん高校生なんですよね」

ええ、とおれは答えた。正直、びびっていた。もっと適当に扱われると思っていたのだ。だいたい、高校生とのビジネスなんて、名門ナカトミがするわけないだろう。

ところが年齢差からくるやや気安いスタンスこそあったものの、ウスイは結構真摯《しんし》な態度だった。通されたのもれっきとした商談室だし、これでは立派な仕事ではないか。

実はそれも道理で、もともとこの海外プロジェクト部スペースビジネス課というのは、ナカトミの総帥である小津会長のお声がかりで始まった部署だという。ウスイにとっては神様より偉い人が直々に始めた部署であり、たかが数百万のビジネスとはいえ失敗は許されないという事情があった。

今後宇宙ビジネスはナカトミの柱となるというのが小津会長の予言で、小さくてもいいから実績を積むことを現場に要求していた。それが将来の礎《いしずえ》となるそうで、どうも偉い人の考えることは底が知れない。

ただ、小津会長のおっしゃっていることも理解できるところがあって、高校生相手のキューブサットビジネスがマスコミに対して与える影響力も計算のうちに入っていたのだろう。波及効果は計り知れないし、宣伝費に換算すれば数億規模になるのではないか。

まだ一般的とは言えない宇宙ビジネスだが、可能性が大きいことは否めない事実だ。ナカトミという企業が、そしてウスイという担当者が真剣におれたちの相手をするのは当然の話だったのかもしれない。

ただ、その時おれはそんなことは知らなかった。考えていたのは、とにかく大人を相手にどう話を進めていくか、それだけだった。

「さて、さっそくなんですが」

ウスイがブリーフケースから資料を取り出した。結構分厚いオールカラーのパンフレットだ。

表紙には二十枚ほどの月面や宇宙から見た地球やロケット発射の瞬間や、とにかくそんな感じの写真がコラージュされていた。真ん中に大きく〝ロシア宇宙ロケット・ヒョードルⅣに関する包括ビジネスの案内〟とあった。本格的なので驚いた。

「今回の案件なのですが、弊社としましても初めて取り組むビジネスではありますが、それだけに万全の態勢でフォローすべくベテランを揃えております。ロシアとの交渉に関しても現地駐在の担当者が」

とりつかれたような早口で話し始めたウスイに、すいませんけど、とおれは右手を挙げた。

「だいたいの内容は理解しているつもりです。ぼくたちが今日こちらにお伺いしたのは、料金の説明を聞くためで」

料金、と眉をひそめていたウスイがまた手を叩いた。どうやら癖のようだった。

「昨日の見積もりの件でございますね。弊社ナカトミといたしましても、今回の件で利益を出すことについてはあまりこだわっておりません。むしろ今後の宇宙ビジネスの発展と」

行くぞ、とおれは立ち上がった。これ以上こいつの長話を聞いていると、頭が痛くなりそうだ。別に脅かしたつもりではなく、本当にそう思っただけだったが、ウスイは駆け引きと受け取ったらしい。お待ちを、お待ちを、と水戸黄門に出てくる農民代表のような顔で言った。

「お見積もりでございますが、昨日連絡させていただきましたように、手数料を含め五百万円ということになります。ただ、支払い時の為替レートによっては多少日本円の金額に上下があるかと」

おじさん、と天上天下唯我独尊の彩子がいきなりストレートを胸元に投げ込んだ。

「高くない？　ねえ、五百万なんて、あり得ないでしょ」

それはまあ、とウスイが頭を掻いた。

「ですが、何分その、ロケットでございますので」それに、と付け加えた。「今回の料金にはキューブサット用太陽電池の供与も含まれておりますので、正直なところ割安かと思いますが」

キューブサット用太陽電池って何だ。例のコンテストの時だって、太陽電池は使っていたはずだが。

「いえ、それは種類がまったくといっていいほど違います」

ウスイの説明によると、宇宙空間を移動するキューブサットとの通信には、専用の太陽電池が必要だということだった。おれたちがカエル三号の筐体に使用した太陽電池は、電卓などに使われているものと同じレベルで、発電に関しての能力は低い。あくまでも主電源である乾電池の補助的役割に過ぎなかった。

ところが宇宙空間を長期にわたって飛ぶキューブサットの場合、乾電池のような電源では、寿命がくればバッテリーが尽きてしまう。それではただ地球の周りを廻っているだけの鉄クズだ。データ送信など通信ができなければ意味はない。そのためには性能の高い太陽電池を使わなければならないのだという。

今回ロシアが供与してくれる太陽電池は耐放射線加工も施され、その性能は業務用の中でも優れているが、問題は性能に比例して価格が異常に高いということだった。一平方メートル当たり正価で約五百万円でございます、とウスイが言った。何だ、その値段は。

「何しろ一般ユーザー向けの家電商品などでは使えない、あくまでも宇宙ロケットなど本当に特殊な用途しかない商品ですから、当然生産量も少なく、値段は高くなります。はっきり言って、企業サイドもNASAであるとか宇宙開発機構であるとかの要請によってやむなく作っていると ころもあり、そういう値段になるのは逆にいえば当然ということになります」

しかしそれにしても高過ぎないか。純金で一平方メートルの布を織ったとしても、そこまではいかないだろう。

だがそれを今回ロシアはタダでくれるという。なぜだ。

「実は、この太陽電池は本来軍事目的で使用されるはずだったのですが」ウスイが声をひそめた。「内部情報によると、スパイ衛星用ということです。ところがその打ち上げが中止になり、太陽電池の転用先を彼らも探していたのです」

その事実を知ったナカトミ・コーポレーションの担当者が、直接の担当者である宇宙事業局のイワノフ・ワシリビッチ中佐に払い下げを願い出ると、親日家である中佐はサービスの一環ということでその提案に同意したのだった。

「ロシアとしても、ナカトミとは今後長いつきあいになるわけですから。それぐらいのサービスをしてもいいと考えたようですね」

なるほど。昔の共産圏もずいぶんさばけてきたものだ。己のメンツより利益優先ということなのか。しかし、くれるというのならありがたくいただいておこう。おれの辞書に遠慮の二文字はない。ついでにロシア宇宙事業局は、分離機構もつけてくれるという。

分離機構というのは、早い話がキューブサットを宇宙空間に放出するための装置のことで、これがなければキューブサットはロケットから発射されない。地味ではあるが大事な機能だ。どうやらロシアにとっては、ある意味テレビショッピング感覚のようなものなのかもしれない。

「何と今回は太陽電池に加えて、分離機構もおつけいたします」

「まあ、ステキ！」

「それでもお値段は据え置きで五百万円！」

「やっす〜い！」

そんな感じなのではないか。

「ですから、今回のロシア側からの提示金額は、決して高くはないと」

あのね、と丁寧な説明をまったく聞いていなかった彩子が口を挟んだ。

「あたしたちさ、高校生なわけよ。ご理解いただけます？」

口語と謙譲語がブレンドされたまったく新しい日本語で言った。どういうわけかご理解いただけたらしく、ウスイが唸り始めた。

「もうちょっと安くなんないの？」大阪辺りのオバハンのようにずけずけと追い打ちをかけた。

「あたしたち高校生なのよ。学割とかあるでしょ、フツー」

学割は利かないと思う。だいたい、この状況がフツーではないのだ。だがウスイは満更でもないように首を振った。

「学割とまではいきませんが、最近アメリカで話題になっている宇宙葬というのがありまして」

世界にはさまざまな葬儀の形がある。遺骨を海に撒いたり、川に流したり、民族によっては鳥葬なんてのもある。いわゆる自然葬と呼ばれるものだが、そのひとつの形として宇宙葬が始まっております、とウスイが説明した。

「推進エンジン、切り離しポッドと呼ばれるものですが、そこに火葬した際の遺灰を積むわけです。これが非常に安い料金体系になっておりまして」

どこだったかな、と資料を漁っていたウスイがリーフレットを取り出した。二つ折の粗末なものだったが、実用的な感じがした。

「こちらの資料によりますと、ええと、一グラム一千ドルとありますね。今回、皆さんの載せるキューブサットは重量二キロ、つまり二千グラムですから、二千グラム×一千ドルで、約二百万円ということになります。もちろん、ものが違いますから単純に比較はできませんが」

じゃあ二百万にしてよ、と喚き出した彩子をオーチャンに任せて、その線でロシアと交渉してもらえませんかと頼んだ。そういうサービスがアメリカで始まっているのは事実ですので、とウスイが力強く胸を張った。

「交渉の余地は十分にあるかと思います。ただ、弊社といたしましては、手数料ビジネスという側面がございますので、料金にかかわらず二十パーセントをいただくことになります。よろしいですね」

これは一切譲るつもりはございません、と切羽詰まった顔で言った。それが絶対条件というのなら呑まざるを得ないだろう。わかりましたと言うと、いきなり顔を崩したウスイが、それでは二週間いただけますか、と指を二本立てた。

「二週間以内に必ずご満足のいく回答をお出しできるかと。正式な発注はそのあとで結構ですが、おそらく来月中に内金を、残金は年内あるいは年明けということになるかと思います」

消費者金融会社の係長のような答えだった。結局いくらぐらいになりそうですかね、というおれの問いに、神妙な顔で指を動かしていたが、おそらくは、と口を開いた。

「さきほど提示致しました金額から一割ないし三割引きぐらいになるかと。どちらにしましても内金は」

指を一本立てた。一万円ではないし、十万でもなさそうだった。アホか、結局そんなもんか、と本気で席を立った。そんな金がどこから涌いて出てくるというのか。

待て。おれの足が勝手に止まった。

案外、涌いて出てくるかもしれないぞ。

16

ナカトミを出て、通りの反対側にあったモスバーガーに入った。おれたちは七人だったが、何やかんやでうまくごまかしてコーラ四つで奥のテーブル席に陣取った。いいか、今からおれたちは緊縮財政だ徳政令だ享保の改革だ。

「金の目処がついたかもしれない」おれはそう言って周りを見渡した。「やれるかもしんないぞ」

テーブルを叩いたおれに、どうしてだ、とゴタンダがストローをくわえたまま言った。お前は飲まなくていい。発言するな。座ってろ。

「あのウスイって奴がもし本当に敏腕ビジネスマンで、二割値切《ねぎ》り倒したらトータル金額は四百万になる。手付けは百万か。そっちの方が難しいかもしれないな」

頼むから落ち着いてくれ、とドラゴンが心配そうに声をかけた。

「百万より三百万の方が多いんだぞ。そんなこともわからなくなったのか。頭は大丈夫か？」

大丈夫、おれは冷静だ。生まれてこの方、最も平静かつ落ち着いた状態にある。

「しかしそれも何とかなるだろう。何しろおれたちにはコンテストでもらった五十万があるからな」

全員が大先生を見た。もともと色白な顔が、それこそ紙のように真っ白になった。

「ガタガタ言ったら、殺す」

彩子が機先を制して言った。そのひと言で開きかけていた大先生の口が閉じた。

「それに、前の部費の残りやら何やかやで確か二十万ぐらいはあったはずだ」おれは話を続けた。「足りない三十は全員で何とかしようじゃないの。七人もいるんだ、何とかなるって。売れるものがあれば何でも売っちまえ。借りられるところからは借り倒せ。場合によったらカツアゲでも」

翔さんが凄まじい音をたてて両手の指を鳴らした。すまん、今のはなしだ。カツアゲは禁止。いやマジで。

「ころころ意見が変わるね、そっちも」ドラゴンがちょっと不満げな顔になった。「さっきまであんなにゴネてたくせに、いったいどうしたんだ」

「おれは変わり身が早いんだよ」

カバ野郎、本当にやりたくないわけがないだろうが。お前に男の見栄はないのか。やりたくたってどうせ無理なんだから、夢を見てしまったらあとが辛いから、やらないって言ってただけの話じゃないか。これだから顔のいい奴は困る。デリカシーというものがない。

「確かに三十はどうにかなるかもしれない」彩子が美味しそうにコーラをひと口すすった。「頼りになるかどうかわかんないけど、七人いれば何とかなるかも。だけど三百万の方はどうする気なの？　いつまでに払うのか知らないけど、ロケットの打ち上げは来年の三月だって言うじゃない。五カ月で三百なんて、誰か腎臓のひとつも売らないと手に入らないと思うんですけど」

今度はみんながゴタンダを見た。ありかも、と彩子がつぶやいた。

「カンベンしてくれよ、オレ、一人っ子なんだよ」

わけのわからない言い訳をするな。一人っ子だって腎臓は立派に二つある。そうしよう、とおれは言った。

「ただ、それは最終最後の手段に取っておきたい。もっと確実で簡単な手がある」

ウスイが見通しとして立てた金額、つまり最終的に四百万ぐらいになるのではないか、という言葉がヒントだった。百万はどうにかなる。残りは三百万、その三百という数字がおれの中でシンクロしたのだ。

「うちの死にぞこないがいるだろ。あれが今年の正月からずっと言ってた。養老保険が満期になるんだと。年末になれば三百万受け取れるって。つまりその三百万をいただくんだ」

老人迫害、と大先生がつぶやいた。悪いが内輪の話に首を突っ込まないでくれ。これは家族の問題だ。

「いただくで悪けりゃ、お借りするってことだ。返すよ、いつか。地球最後の日の前の日ぐらいまでには」

そりゃひどくねえか、とゴタンダが目を剝いたが、じゃあお前が腎臓を売るか、と言ったら黙った。

「それはこっちがどうこう言える話じゃないね」彩子が空にした紙コップの氷をドラゴンがかみ砕いた。「あるとすれば、親しき仲にも礼儀ありっていうから、きちんと借用書ぐらい書いておけば、というぐらいかな」

現実的な落としどころとしては、そんなところだろう。そこまですればジジイも納得するのではないか。

「ジジイにはおれから話す。おれも一人っ子で、しかも初孫なんだぜ。ジジイもノーとは言わないだろう」

そうと決まればさっさと帰ろう、とおれは立ち上がった。何しろ時間がない。ウスイとロシアとの交渉を待っている暇はないのだ。いくら基礎プログラムがあるとはいえ、今から始めても間に合うかどうかさえわからない。

「どうなんだ、大先生」

だが大先生は何も答えなかった。

17

外苑前から蒲田までは結構時間がかかる。渋谷まで戻って山手線に乗り、品川からまた京浜東北線に乗り換えて三つ目が蒲田だ。だがその時間が苦にならないほど、おれたちは盛り上がっていた。ただ一人大先生だけが複雑な表情を浮かべていた。確かにここからは大先生の頭脳と手腕にすべてがかかっている。たっぷり悩んでほしいところだ。

工場に戻ったおれたちを、ジジイがぬるくなった麦茶で出迎えてくれた。さっそく状況を話して金を出せと掛け合うと、やたらとあっさり、それは構わないがな、と答えたのでびっくりした。おれはジジイから三百万を引っ張るために、あらゆるバリエーションで嘘を十七通りも考えていたのだ。そんなにおれがカワイイのか。知らなかった。

「どうせ韓国で使うはずだった金だ。だがよく考えたら、ジウ姫に会える保証はないしな」というか、きっと会えないと思う。「しかし条件がないわけではないぞ」

前歯のない口でそう言いながらおれたちを見回した。いったい何を言うつもりなんだ、この年寄りは。

「わしも仲間に入れろ」不気味な笑みを浮かべた。「お前らのやってることは子供の遊びだ。プロに言わせればまるっきりの素人ということだな」

プロというのは、どうやら自分のことらしい。確かにそれで飯を食っていたのだから、ジジイは立派なプロだろう。

「息子にはどうにか技を教えたつもりだったが、孫の代までは伝わらなかった。これは千載一遇の機会だ。わしがみっちり鍛えてやる」

そんなことは頼んでないし、だいたいおれには機械工になるつもりなどない。おれ以外のみんなもそうだろう。

しかし考えてみれば前のカエル三号にしたところで、ジジイの技術指導があって初めて何とか形になったようなものだ。更に正確さが要求される今度のキューブサット製作に当たっては、ベテランの腕がますます必要になるだろう。ジジイの提案はおれたちにとっても好都合だった。

「別にいいけど、なあ」

そう言ったおれの手の甲に、実はな、と抜け落ちた白髪を載せた。何すんだよ、汚いな。

「どうも見てるだけではつまらん。結局、わしは職人ということなのだろうな。自分で手を動かさないと気が済まんのだ」

「おじいちゃん、大好き！」

飛びついた彩子を、ジジイが迷惑そうに振り払った。

「小娘は苦手だ。女は三十からよ」

ものすごく不服そうな顔で彩子がおれを睨んだ。すまん、ジジイの好みについては孫であるおれにも責任は取れない。まだあるぞ、とジジイが唸った。

「例のカエルだが、そんな名前は嫌だ。変えてくれ。GENZO一号でどうだ。横文字で頼む」

ジジイの正式名称は梶屋弦蔵《げんぞう》だ。何が横文字だ、バカ。しかし、たかが名前を変えるぐらいで三百万出してくれるというのなら、それはそれでオーケーだろう。

「わかった」

おれが差し出した右手をジジイががっちり握った。合意が成立し条約が結ばれ、かくて平和が訪れた。

「さて、それでは何からすればいいのか。大先生、新しい設計図はできてるのか」

ジジイが作業着の袖をまくった。やる気満々の構えだ。心的姿勢として、大変結構なことだった。だがじっと腕を組んだままの大先生は、それに答えようとはしなかった。

「無理だね」

長い沈黙のあと、それだけ言った。

「何が無理なんだよ」こういう時に威勢が良くなるゴタンダが吠えた。「やるしかねえだろうがよ」

大先生の喉から、断末魔の鼠のような悲鳴が漏れた。

「できないのか」

おれの不用意な質問は、大先生のプライドを傷つけたらしい。あからさまに不機嫌になった。ハートの弱い奴だ。

「そうじゃなくて」歯切れの悪い答えが返ってきた。「ぼくだっていろいろあるんだ。受験だってそろそろ準備を始めなければならないし、今度は何の見返りもないんだろ。そんなの、まるっきりボランティアじゃないか。ぼくがいったい君に、君たちに何の借りがあるっていうんだ。しかも五十万円を提供した上に、何でそんなことまで」

貸し借りの話じゃない。これは心意気の問題だろうが。そう言おうとしたおれをドラゴンが止めた。

「待てって。熱くなるんじゃないって。まず問題を全部挙げて、それがクリアできるかどうかを確認しよう」

前から思っていたことだが、ドラゴンは理路整然とした男だ。おれの及ぶところではない。

「大先生、実際に製作するにあたって必要なものは何だ」

そんなのわかるか、と大先生が吐き捨てた。

「設計図も引いてないのに、何がいるかなんて考えようもない」

「そこを何とかさ」ドラゴンがあくまでも冷静に説得を続けた。「とりあえずでいいんだから。一応この前のキューブサット製作で、本物のシミュレーションはしたんだろ」

とりあえずって言われても、とぶつぶつ言いながら大先生が指を折り始めた。

「絶対に必要なのは筐体だ。これはパンチアルミを使う。外部はそれだな。内部はこの前よりもっと複雑になるだろう。太陽センサー、加速度センサー、トランスミッター、GPS受信機、カメラ、ジャイロ」

前と同じじゃねえか、とゴタンダがつぶやいた。だんだん大先生の顔が苦しげなものに変わっていった。

「パラシュートはいらないわけだから、その分コンピューターは余分に内蔵できるだろう。バッテリーは、バッテリーはどうするのかな」

「どうする」

わかんない、と脂汗を垂らしながら大先生が呻いた。

「わかんないことないでしょ。前に引いた設計図の時はどうしたのよ」

ちょっと待て、とおれは彩子を制した。明らかに大先生の様子が変だった。もしかしたら、まさか、そうなのか。ずっとおかしいと思っていたのだ。

「正直に言えよ、大先生」おれはテーブルを叩いた。「最初の設計図を書いたのはお前なのか？」

ゴタンダ以外の全員が揃ってうなずいた。口にこそ出さなかったが、みんな怪しいと思っていたということがわかった。やっぱり、みんなも同じだったんだな。

「何だよ、それ。どういう意味だよ」

一人だけ呆気に取られたような顔でゴタンダが左右を見回している。下を向いたままの大先生が、いきなり脱兎のごとく出口に向かって駆け出した。

彼の不幸は、走り出した人間を反射神経だけで捕らえる能力を持つ男がおれたちの中にいたことだった。大地を走る鼠を捕まえる大鷲のように、翔さんが大先生の首をつまみ上げた。

「はっきりさせた方がいいぞ、大先生」

それはプロレスでいうところの、ネックハンギングツリーの状態だった。WWEのアンダーテイカーというプロレスラーは、空中三メートルのところから対戦相手をマットに叩きつけるが、翔さんだって楽に同じことができる。しかも足元はコンクリートだ。おそらく救急車が必要な事態になるだろう。

「離せよ、化け物」

苦しげに大先生が咳き込みながら喚いたが、翔さんには通じなかった。そのままブランコのように左右に振り始めた。指が喉に食い込んでいく。おれたちはただ待ち続けた。二十秒後、力のない手で大先生が翔さんの肩を叩いた。

「ギブアップしたぞ」

「タップだタップだ」

「翔さん、マジで離してやってください」

おれたちの叫びが悲鳴に変わった。不満そうな顔のまま、翔さんがゆっくりと腕を下げた。真っ青な顔のまま大先生がえずいた。

「素直に吐いた方が身のためだと思うな」屈み込んだドラゴンが、ベテラン刑事のような口調で言った。「全部吐いて、楽になっちまいなよ」

大先生の顔面が蒼白になっていた。酸素不足のためのチアノーゼ症状だ。涙とよだれでべとべとになった顔が歪んだ。

「そうだよ！　あの設計図を引いたのはぼくじゃないさ。ああそうさ、何が悪い！」

次の瞬間、大先生の体が再び宙づりになった。唯一止めに入ったのはオーチャンだけだった。

18

失神した大先生が意識を取り戻したのは、それから三十分後のことだった。大ぶりのコップに二杯の水を息もつかさずに飲んだ大先生は、ついに真相を告白し始めた。

「あの設計図を引いたのはぼくじゃない。サイトで知り合った奴なんだ」

サイトって何だ、とゴタンダが聞いた。インターネット内のサークルみたいなものだ、と説明したドラゴンに、大先生がうなずいた。

「小学生の頃、インターネットで検索画面を開いてた時に知り合ったんだ。チャットとかだと幼稚なことしか言わないんだけど、コンピューターに関しての知識はその頃からものすごかった。ぼくだって自分の能力に自信があったけど、正直そいつにはかなわないと思った。あとで年が同じだとわかって、驚いたよ」

　大先生も性格的にはかなり問題のある男だが、おれに言わせればコンピューターに関しての才能は天才的だ。その大先生がかなわないというのだから、よほど能力の高い人間なのだろう。だいたい、小学校でネットサーフィンをやるなんて、おれには想像もつかない。

　ちなみにおれが初めてコンピューターに手を触れたのは中三の時、学校の体験授業でだった。そして今日に至るまで、メール以外で使ったことはない。コンピューターなんて大嫌いだ。

「そいつとは時々連絡をしていた。それからもずっとそのサイトに出入りしていたし、年齢が近い奴もいなかったからね。すぐに仲良くなった。ぼくは、あんまり、学校とか」

　大先生の声が雨垂れのように途切れ始めた。

「友達もいなかったし、その、うまくいかなかったし、だから」

　落ち着け、とドラゴンが励ますように言った。水の入ったコップを渡すと、砂漠の遭難者のような勢いで中身を飲み干した。

「そいつもそうだったんだ。だから話も合った。ぼくはみんなみたいに周りとうまくやれなかったけど、そこでだったら何でもできた。ぼくとそいつが話していると、聞いてる人たちが感心して、それが嬉しくて」

　話が長い、と彩子が大先生の頭を張った。さすがだ。大先生が早口になった。

「ぼくにはそいつしか友達がいなかった。そんな時、君たちから変な話がきた。キューブサットの設計図を書けという。無理なんだよ、そんなの。少し調べればすぐわかるさ。東大や他の国立大学の大学院生クラスが、何年もかけて取り組むようなプロジェクトなんだぞ。たかが工業高校の生徒にできるはずがないんだ」

そうなのだ。あまりにうまくいき過ぎていたために何も考えていなかったのだが、おれが直接聞いたレベルでも〝高校生とは思えない〟〝今までの常識を打ち破る〟〝天才的なアイデア〟そんなふうに他校の教師や大学の教授クラスが言っていたぐらいなのだ。大先生は確かに勉強もできるし成績もいいが、よく考えてみるとそこまでの天才とは思えなかった。

「でも、ぼくは生まれて初めて、他人に何かを頼まれて、それが嬉しくて」

「できるって言ってしまった」

そうなんだ、と大先生が半泣きで言った。

「でもぼくにはできない。それであいつに頼んでみた。設計図を引いてくれないかって。やってみるよって返事がきて、数日後にはデザインが届いた」

モーツアルトは五歳でシンフォニーを書いたというし、世の中天才というべき存在はいる。そいつが設計図を作り上げたことは事実だし、それが都の主催するコンテストで優秀賞を取ったことも間違いない。

「よくここまでごまかし続けたわね」妙なところで彩子が感心した。「それとも、あたしたちがごまかされるようなレベルでしかなかったってことなのかしら」

そういうことなのだろう。これで時々大先生が工場から姿を消したり、やたらとトイレに行ったりしていた理由がわかった。

おれたちは大先生の指示通りに動いていただけで、自分が何をやっていたのかさえ正確にはわかっていなかった。だから大先生が何か間違った命令をしても、唯々《いい》諾々《だくだく》と受け入れるだけだった。何かおかしいな、と思っていても、何がおかしいかを指摘する能力がなかったのだ。

大先生は、わからないことや自分では解決できないことがあると〝そいつ〟に連絡を取っていたのだろう。ちょっと前ならいざ知らず、今なら携帯電話でインターネットにもアクセスできる。

「もうずっと前に、そいつの電話番号は教えてもらってた。メールで済むような話ならそれで良かったし、どうしようもない時は電話をかけて教えてもらった。ぼくだって大変だったんだぞ」

逆切れした大先生が怒鳴った。そんなこと言われてもとは思うが、気持ちはわかる。きっと大先生は自分の立場が嬉しかったのだろう。初めて仲間ができたことが。そしてそれを手放したくなかった。無理に無理を重ねた。だからこうなった。

「あのなあ、大先生。おれは別にお前の責任とか、そんなことを言いたいわけじゃないんだ。ていうか、ええと」

おれは自分の中にあるボキャブラリーを総検索した。なかなか言いたいことを伝える言葉が見つからなかったが、ようやく出てきた。

「いいんじゃないの」

要するにそういうことだった。

19

「ぼくには設計図を作ることはできない。ましてや来年三月末のロケット打ち上げに間に合わせるなんて、そんな短い時間の中で何ができるっていうんだ」

大先生が開き直ったように言った。おれたちが信じていたほど自分の能力が高くはないのだと認めたこの男に、恐れるものはなかった。

「設計図がなければ組み立てることなどできない。完成してないキューブサットを載せてくれるロケットはない。結局ダメじゃないか」

ドラゴンが答えを出した。論理的帰結というやつだ。いや待て、そうでもないぞ。

「大先生、そいつにもう一回頼んでみてくれないか。設計図はもちろんだけど、今度はこの工場にきてくれって。おれたちを指導して、キューブサットを一緒に作ってくれないかな」

わからないことが出てくるたびに、ネットや電話を通じて指示を仰いでいたのではらちが明かない。何かあった時には臨機応変に手が打てるよう、ここにいてほしかった。それはそうね、とオーチャンがうなずいた。

「大先生が言うほどその人の能力が高いなら、可能性はあるよね。カジシンの言う通り、ここにきてもらって一緒に製作ができるなら、とりあえずは一歩前進かもよ」

無理だよ、と大先生がつぶやいた。

「だって同じ高校生なわけでしょ、年が同じだっていうんだから」

そうだけど、と答えた大先生に、東京の子じゃないの？　と彩子が尋ねた。いや、と首を振る。

「すげえ遠いのか」立川とか、北千住とか、とゴタンダが指を折った。「それとも、もしかして八丈島とかあっちの方か。そりゃあそこも東京っていやあ東京だけど、確かに遠いわなあ」

違うよ、と目を伏せた大先生がまた頭をゆっくりと動かした。

「正確にいえば東京じゃなくて神奈川に住んでるけど、蒲田からならすぐさ。川崎だよ」

「だったらいいじゃないの」オーチャンが手を叩いた。「ラッキーじゃない、駅でいったらひとつかふたつ隣なんだから、近いし時間だって何とかなるんじゃないの」

「時間はあるさ」威張ったように大先生が胸を反らした。「学校、ほとんど行ってないんだから」

「あれか、大検とか受けちゃうタイプか。十七歳で東大入るような奴か」

ゴタンダがうなずいた。確かに、何しろ大先生がいつ電話をしても連絡が取れる相手なのだ。学校みたいなレベルの低いところには行く気になれず、家でひたすら独学に励んでいるのだろう。

そうじゃない、といらいらした声で大先生が言った。

「そいつは変な奴なんだ。早い話が引きこもりなんだよ。一日中家にいて、やることといえばパソコンの画面に向かってゲームをしているか、いろんなサイトをネットサーフィンするだけで」

引きこもりか。おれは工場の隅にあるプレハブの小屋に目をやった。そいつは厳しいな、と思った。親父がそうであるように、引きこもっている人間を引っ張り出すのは、天の岩戸を開けるよりも難しい。

「だから無理なんだよ。パソコンの画面上では饒舌《じょうぜつ》なんだけどね」

今時よねえ、とオーチャンがつぶやいた。ある意味、今時を体現しているあんたに言われたくはない。

「何とかならないの?」

大先生の代わりにおれが首を振った。悪いがおれは家族に引きこもりがいる当事者なのだ。その辺の連中より遥かに彼らの実態を知っている。カウンセラーや精神科医をも親父はよせつけなかった。半端な人間が説得したところで、出てくるはずもない。

「カジシンのお父さんほどじゃないけどね」大先生が余計なことを口走った。「絶対学校に行かないわけじゃないし、時々はきたりする。気分がいい時は外食したり、家族でテレビを見て過ごしたりすることもあるんだそうだ。ただ、本格的に鬱状態になったらどうにもならないけど。去年の今頃、一カ月ぐらい連絡が取れなくなったことがあったな」

そんな難しい人と、あんまりお近づきにはなりたくないものだ。

「いったいどんな奴なんだ」

ゴタンダの問いに、だから言っただろ、と大先生が眉をひそめた。

「レインマンだよ、うちの学校の」

おれたち全員が、吉本NSCが特待生待遇で入学させてくれるような見事なタイミングで、きれいにずっこけた。

20

「マジでか」

マジマジ、と大先生がうなずいた。なるほど、それでわかった。レインマンなら大概の場合家にいるだろう。奴は引きこもり界のMVP、学校からもお墨付きをもらっているほどだ。基本姿勢がパソコン前だから、大先生のどんな問い合わせでも受けて立つことができる。

あらゆる意味で変人であり、自閉症だし鬱病だし、ルックスも身長もその他さまざまな意味合いで変わり者としか言いようのないレインマンではあるが、その数学的な能力だけはマルハシでさえも驚くほどの奴だ。

「さっきから言ってるじゃないか。そいつがレインマンだったたって」

言ってねえよ、とゴタンダが突っ込んだが、どうも本人的にはとっくに話したことになっているようだった。

「ねえ、翔さんは？」

唐突に彩子が言った。言われてみれば、翔さんの姿がなかった。いつでもそうだが、翔さんはほとんど会話に加わらない。ある意味いてもいなくても変わらないのだが、それでもこれだけきれいに気配を消したことはなかった。

しかし探してもしょうがない。翔さんの言動について、誰も拘束はできないのだ。

「レインマンじゃあ無理だな」ゴタンダが話を戻した。「あいつは誰かと何かできるような性格じゃねえよ。まあ無理やりここに拉致《らち》って、段ボールかなんかでバリケード作って、中と外でメールでやり取りでもすりゃあ、コミュニケーションは取れっかもしんねえけどな」

だったらわざわざここまで連れてくる意味がない、とクールなツッコミがドラゴンから入った。とはいえ、ゴタンダの言いたいことはわかる。レインマンは誰とも会話をしないのだ。少なくとも肉声では。

「だいたい最初から無理なんだって」

大先生が設計図のひな型を取り出した。他にも問題は山積みなんだぞ、と念を押すように言った。

「この前のキューブサットだってかなり厳密に設計してあったし、実際の製作もシビアなものだった。だけど本物のロケットに載せる場合はそんなもんじゃ済まない。宇宙という環境に耐えうるものを作らなきゃダメなんだ。そんな能力がぼくたちにあると思うかい？」

前の時でさえおれたちは細かい作業に悲鳴を上げていた。あれよりもっとと言われてもその度合いがわからないが、早い話がメチャクチャに難しいということだろう。そんなのできるかよ。

「強度も問題だ。打ち上げの衝撃に耐えなければいけないから、衝撃テストも必要になる。熱真空試験もだ。そんな施設がどこにあるって言うんだ。コンピューター、通信、電源、それぞれに前の時より本物の宇宙環境下での性能が問われる。放射線も心配だ。だが、いったいどうすればいいのか」

さっぱりわからない、と大先生が弱音を吐いた。レインマンに聞けば、と彩子が言ったが、それより何より大先生に設計図を引くだけの能力がないとわかった今、それをレインマンがやってくれるのかどうかが最重要課題だった。

「一番問題なのは、何をもって成功と呼べるかどうかだ」大先生の口からは悲観論しか出てこなくなっていた。「仮にだ、設計がうまくいったとしよう。そして部品もできたとする。もちろん組み立てなんかも。そこまでだったら何とか可能かもしれない。その時点でキューブサットは完成したことになるわけだ。だけど、ぼくたちはプラモデルを作っているわけではない。そうだろう？」

当たり前だ、とゴタンダが偉そうに喚いた。

「形ができたら終わりってわけじゃねえだろ。何をもって成功って、ロケットに載せて本当にキューブサットが宇宙空間に飛んだら、それで初めて成功ってことだろうが」

だよな、と自信のなさそうな顔で辺りを見回した。その通り。異議なし。全員が順番にうなずいた。だが最後にオーチャンが首を傾げた。

「ゴタくんの言ってる意味わかるけど、それってどうやって確かめるの？」

「どうやってって、そりゃあれだろ、ロシアの宇宙基地がよ、見張ってりゃわかるんじゃねえの？」

そんなことまでロシアってしてくれるのかしら、と懐疑的な目で彩子が言った。待て。おれにもオーチャンや大先生の言いたいことがわかってきた。

「大先生、つまり、あれだな、おれたちはキューブサットを完成させて、金の都合さえつけばロケットに載せることもできるだろう。そしてそのロケットから宇宙へ放出するところまでぐらいは、確認できるかもしれない。だけど、それだけじゃ成功とは言えないってことなんだな」

そうだよ、と面倒くさそうに大先生がうなずいた。確かに、おれたちにわかるのはロケットからの放出までだ。それに、放出自体も自分たちの目で確かめられるわけではない。あくまでもロシアの宇宙基地が教えてくれて、へえ、そうなんだ、みたいなことになるだけだ。

それを成功と呼べるのかどうか、難しいところだろう。少なくとも、キューブサットが周回軌道に乗って、地球の周りを廻っているのかどうかがわからなければ、成功とは言い切れないのではないか。

「どうすりゃいいんだ」

「通常、サクセスレベルはキューブサットと地上にいる我々との間でデータの双方向通信がなされて、初めて成功ということになるとされているね」

大先生が言った。サクセスレベルって何だ、とゴタンダが囁いた。直訳すれば成功度ということになるだろうか。つまり今回のキューブサット打ち上げの目標をどこに置き、どうなれば達成したと見なされるのか、という意味だった。

「データのやり取りがあれば、キューブサットが周回軌道に乗っているかどうかはもちろん、位置の測定、確認も可能だ。更には宇宙から撮影した地球や他の星の写真なんかも送ってくることもできるようになる」大先生が説明した。「やっぱり写真は重要だな。キューブサットがきちんと稼働していることを示す、何よりの証拠になるからね」

だったらそれを目指そうぜ、と気楽な調子でゴタンダが言った。大先生の目が吊り上がった。

「簡単に言うな。そのためにはアマチュア無線の周波数も割り当ててもらわなければならない。この前のカムバック・コンテストとは根底から設計内容も変わってくるんだ。君は口出しするな」

ゴタンダが雨に打たれた子犬のように体を縮こませた。そんなにガミガミ言うな、とドラゴンがやんわりと言った。

無線は申請すれば何とかなるのだろうが、設計の変更は大変だ。そして今おれたちが問われているのは、サクセスレベルをどこに置くのか、という根本的な問題だった。

それによって難易度も変わってくるし、やらなければならない作業も違ってくる。単に形を作ればいいというのと、宇宙を飛んでいるところを確認するのとでは、天と地ほどにレベルが違うのは説明されるまでもなくよく理解できた。

「見たいよなあ、地球」

ちょっとロマンティックな目でドラゴンが言った。そりゃ、おれだって見たいさ。いや、テレビとかで見たことはあるけど、おれたちのキューブサットが撮影した地球とはやっぱり違うだろう。自分たちで撮影した地球。ちょっといいじゃない、と彩子が両手を握り合わせた。気持ちはわかるけどね、と大先生が唇を尖らせた。

「そのためには通信機能の拡充を図らなければならない。難易度が最も高いところだ。とてもじゃないが、時間が足りない。すべてをぼくがやるのは絶対的に不可能だ」

「だったらいいじゃん、写真、諦めようぜ」さっき注意されたことをもう忘れたのか、ゴタンダが口を挟んだ。「とりあえずカンタンなところで、サクッと済ませようじゃないの。その何たらレベルもぐぐっと下げてさ」

とにかく飛べばそれでいいじゃん、と何度もうなずいた。それもひとつの妥協案ではある。だけど、やっぱり、おれは見てみたい。おれたちのキューブサットが撮った地球の写真を。せめて何かの画像とか、少なくともデータのやり取りぐらいはしてみたい。そういうものだろう。みんなも同じだったようで、ゴタンダの意見は却下された。しばらく押し問答が続き、そして沈黙が訪れた。

金、技術、人材、時間。何もかもないおれたちに可能なことかどうか、考えるまでもなかった。やっぱ無理だな、とドラゴンが結論を出した。そういうことだった。

帰る？　と彩子が横を見た。ビスケットをもらう犬のようにオーチャンが激しく首を動かした時、ドアが開いた。

そこにはいつものように無表情な顔の翔さんが立っていた。ぐい、と手を動かした。パジャマ姿の男が工場に転がり込んできた。レインマンだった。

21

拉致監禁だ、とドラゴンが言った。どうもそういうことらしい。おれたちの話を横で聞いていた翔さんは、このプロジェクトにどうしてもレインマンが必要だと、一瞬にしてその鋭い直感力で悟ったのだろう。

同じ学校に通っているので、住所録は持っている。自宅に車で戻った翔さんはそれを確認してからレインマンの家に行き、どういう手段かあまり考えたくないがとにかく部屋まで入り込み、そのままさらってきたようだった。尋常ではない素早さだったが〝頭文字《イニシャル》S〟の異名は伊達ではない。何と言っていいのか、言葉もなかった。

「そりゃ犯罪だ」

ゴタンダが呻くように言った。勇気ある発言だ。翔さんに聞こえるところで、そんなことおれには言えない。

レインマンはすべての感情を殺した顔で床に倒れていた。翔さんの無表情とは違う。マネキン人形のような、と言えば伝わるだろうか。悲しみも怒りも恐怖もない。もちろん喜びなんてあるはずもない。そこにあるのは徹底した無関心だった。今自分がどこにいるのかさえ、よくわかっていないのではないか。

「翔さん、やっぱりこれはちょっとマズイんじゃないすか」

さすがに心配になってそう言った。医者がどう言ってるかしらないが、こいつは確かに何か心に闇を抱えている。そんな人間を保護者の了解を得てもいないのに、外に連れ出したりしていいのだろうか。

うちの親父もそうだが、医者からは無理に社会復帰を強要するようなことはしないように、と念を押されていた。別に彼らは肉体的に問題があるわけではない。ただ何らかの意味合いで心に傷を負っている。普通の人間にはわからないが、体の傷も心の傷も同じなのだ。

両腕を骨折した人間に、重い荷物を持ち上げてみろ、と強制する人はいないでしょう、と親父の担当医は説明した。やればできるとか、昔はできたじゃないか、と言っても仕方がない。とにかく今はできないのだから、折れた骨がつながるまでは待つしかないのだ。無理に重荷を背負わせたりすれば、余計に傷は悪化する。そういうことだと言う。

だからおれもジジイもオフクロも、親父には何も言っていない。出てこいとも、働けとも、せめて話をしようとも、何もだ。本人が傷が癒えたと認識して、自分の方から動き出すまでは何もしてやれることはない。そういう病気なのだ。おれはそれを知っていた。

「やっぱ翔さん、これって」

そう言ったおれの目の前で、翔さんがレインマンの体を持ち上げた。ベンチプレスで二百キロを楽に上げるという翔さんにとって、レインマンの痩せこけた体など何ほどのものでもなかっただろう。そのまま、例のエアコン下の小部屋に押し込んだ。

呆気に取られて見守るおれたちの前で、てきぱきとパソコンごとレインマンを段ボール箱で覆い始めた。さっきゴタンダが言っていた通りの状況になった。無言のままレインマンの密閉作業を終えて、おれたちのところに戻ってきた翔さんが、ゆっくりと腕を伸ばして大先生の首をつまみ上げた。

「これは暴力だ」毎度おなじみ抗議の声が上がった。「ぼくは断固として暴力には屈しないぞ。告訴してやる。これは傷害罪だ、ぼくの首は明らかにむちうち症の症状を起こしており、明確な医療的保障と精神的な慰謝料請求の権利が」

金切り声が工場の低い天井に反響した。だがまったく聞こえないかのように翔さんは作業を進め、レインマンの籠もる壁の向かいに大先生を座らせて、同じように段ボールで周りを囲い、最後に小部屋のドアを閉めた。奇妙な光景だった。

しばらくすると中から音が聞こえてきた。キーボードを操作する音だ。未知との遭遇というのは、こういうものだったのではなかろうか。互いにキーボードを通じてコンタクトを取ろうとしている。おれたちは固唾《かたず》を呑んで成り行きを見守った。

次第にキーボードを叩く音が大きく、そして速くなっていった。何かが互いの中で通じ合ったのだろう。鋭い音が響き渡り、しまいにはＹＯＳＨＩＫＩのドラムソロのようになった。

いきなり翔さんが彩子を抱き上げた。ドアを開け、レインマン側の段ボールの囲いを外して、中に放り込んだ。科学の実験で見たことがある。飢えた鼠の檻にヒヨコを放すと、鼠がどういう反応を示すのか。

実験では鼠がいきなりヒヨコに噛み付いたり襲ったりするのだが、実際には何も起きなかった。相変わらずキーボードの音は鳴り続け、何も変わらなかった。おれたちが見守る中、その状態が二時間続き、そして大先生が出てきた。

「どうなったんだ」

囁いたおれに、とにかく水をくれ、と呻いた。ボクシング世界戦を十二ラウンドまで戦いきったような、極度に疲労した顔だった。ドラゴンの渡した水を一気に飲み干した大先生が、協力の確約を得た、と言った。

「設計図を引くそうだ」

どうやって説得したのかわからないが、ともかくそれは朗報だった。これで前に一歩は進める。

「レインマンが全体の設計を統轄し、ぼくが通信系について担当する。そこだけに専念できるなら、何とかなるだろう。サクセスレベルを写真撮影においてもいいと思う」

大先生にしては前向きな発言だった。レインマンの能力はそれだけ高いということなのだろう。

「よし、やろう」

おれは叫んでいた。無理でも無茶でも何でもいい。どうせやるなら最高のチャレンジをしようじゃないの。

「だけど、それだけじゃ何にもならないぞ」冷静にドラゴンが指摘した。「段ボールに囲われたままなら、家にいるのと一緒だ。大先生の言う通り更に精密な作業が要求されるとしたら、どこかで必ず無理が出る。だいたい、どうやってコミュニケーションを取るつもりなんだ」

「それは彼女の役目だ」大先生がレインマンの段ボール部屋に視線をやった。「今までと同じように、ぼくはあいつと意思の疎通を図る。確認しなければならないところが出てきたら、ぼくがあいつに聞く。だがそれだけでは足りなくなる。資料や設計図、部品なんかを見せる必要も生じるだろう。その時は彼女に働いてもらう。うまくいくかどうかは彼女次第だ」

「いったい彩子さんは何を」

真っ青な顔で中を覗こうとしたオーチャンを大先生が止めた。大丈夫だって、あんたが心配しているようなことは起きていない。それは昔つきあっていたおれが一番よく知っている。

「既にレインマンは設計に入ってる」大先生が腕を大きく振った。「一度動き出した彼を止められる奴はいないし、止めることはできない。これでいいんだろ。君たちが望んだ通りになったんだからな」

そうかなあ。だんだん犯罪と紙一重みたいになってきたような気がするんだけど、それっておれの勘違いなのかなあ。おれ、こんなことしてていいのかなあ。

22

だがおれの不安をよそに、意外にも事態は順調に推移していった。翔さんは毎日昼休みが終わると学校を出て、そのまま車でレインマンの家に行き、何も言わずにさらってきた。

何がまずいってそれがまずいと思っていたが、案に相違してレインマンの両親からおれのオフクロに連絡があった。息子をよろしくお願いします、と涙ながらに訴えてきたそうだ。

最初の日こそ何があったのかよくわからなかったが、翌日から翔さんがくるとおとなしくついていく息子を見て、奇跡が起きたと思ったという。どうやらレインマンも別に嫌々おれたちのところにきているわけではないようだった。周囲の配慮も重要なのだろうけど、時には不良の論理の方が役に立つ場合もある。

レインマンは工場に着くやいなや、段ボールの部屋に有無を言わさず放り込まれ、前日の設計の続きに入る。体のいいタコ部屋だ。うまくしたもので、他のみんながくる頃にはだいたいの作業は終わっている。

大先生たちはその設計図を元に実際の作業に入り、不都合があれば彩子にそれを伝える。彩子が問題のあった部品や図面を見せると、レインマンはまた新しく設計を始めるのだった。

ジジイはアセンブラどころかアルファベットが苦手で、レインマンの設計図の解読はできない。その翻訳は大先生やオーチャンの役目だった。図面化されてしまえばあとはジジイの独壇場で、まさに水を得た魚というか、怒濤の勢いであらゆる部品を完成させていった。

問題が生じるのは、レインマンの設計が現実と合わない場合だった。デザインは精緻を極め、時として理論が先行するために三次元では製作不可能な設計図を引くことさえあった。

単純な例で言えば、設計図上では一ミリ幅の隔壁があったとしよう。それ自体に問題はないのだが、使用している金属の材質によっては、一ミリ幅に薄く延ばすことが不可能な場合もあった。それが現実というものだ。

当然ジジイは、そんなことができるかい、と江戸っ子でもないくせに職人風の啖呵《たんか》を切り、昔流儀の癇癪《かんしやく》を爆発させた。具体的には手近にいる者の頭を殴った。だいたいの場合、その犠牲になるのはおれかゴタンダだった。しかしおれたちの尊い犠牲も無駄ではなかった。おれたちを殴ることで気を取り直したジジイは、再び部品の製作を始めるのだった。

順調に進んでいく作業を横目に見ながら、おれとゴタンダは金策に走り回っていた。ウスイは約束した通り二週間後の十一月四日、ロシアとの交渉を無事完了させていた。最終的に互いが合意した金額は手数料税込みで三百八十万円ということだった。おれが予想していた四百万より二十万円も安かった。

それでも金は必要だ。レインマンの新しい設計図に合わせて部品を買い足さなければならなかったし、今回の目的であるキューブサットとの双方向通信のためにアマチュア無線協会から周波数を割り当ててもらう費用もあったし、細かい話になるが人数が増えた分食費や雑費も何だかんだで多くなった。とにかく世の中は金だ。

売れるものは何でも売ると宣言して、おれは半年前の成り金時代に買ったｉＰｏｄシャッフルやビームスのシャツ、ポーターのバッグを供出した。渋るゴタンダを説得して、同じ頃に手に入れていたリーバイスのビンテージジーンズやシルバーのウォレットチェーン、電気刺激によって筋肉を効果的に運動させるシェイプビートを売りに出させた。

その他ドラゴンを有閑マダムに売るというアイデアも出たが、本人が固辞した。彩子からは中学校時代のセーラー服と下着一式を売りたいという提案があったが、それは却下した。

そんなふうにして、どうにか百万円の内金は揃えることができそうだった。ウスイは十一月中に百万円を支払うこと、その金は事情がどうあれ返金できないこと、残金は来年一月九日までに支払うようにと伝えてきた。その時、最終的な〆切も提示された。

「実際のロケット打ち上げは三月三十日ですが、キューブサットの積み込みに関しては二月一日がリミットとなります」ウスイがやたらとてきぱきとした口調で言った。「一月二十八日までにナカトミ本社へ納品していただければ、責任をもってロシアに届けます。ですが、一日でも遅れると契約違反になり、積み込むことはできなくなります。よろしいですね」

わかりましたとおれは言ったが、もちろんおれ一人で決められる問題ではない。その日の作業を少し早めに終わらせて、全員にウスイから聞いた話を伝えた。

「つまり、今月中に百万を払わないとこの話は流れる。だがその百万円は、もしおれたちのカエルが」

「GENZO一号」

遮った彩子の頭をジジイが優しく撫でた。わかりました、私が悪うございました。

「GENZO一号が最終的に完成しなかった場合でも戻ってはこない。早い話が丸損だ。要するにロケットに積み込むタイムリミット、来年の一月二十八日までにキューブサットがちゃんと仕上がるのかどうかが、最も重要な問題なんだ。どうなんだ、できるのか、おい」

「できんじゃねえの」

何事にも楽観的なゴタンダが間抜けな声を上げたが、完全な悲観論者に転向していた大先生は、そんなにうまくいかないだろうと言った。

「君には何もわかっちゃいない。作っているのはぼくなんだ。ぼくが一番よくわかる。絶対間に合わない」

「いや、それはわからんな」ジジイがとぼけた声で言った「大先生はまだ若いからわからんだろうが、人間は意外とやれるものだ。昔はそんなことがよくあった。絶対不可能な納期を親会社に押し付けられたりした。だが、どういうわけかわからんが、何とかなった。今度だって何とかなるかもしれんじゃないか」

ううむ、精神論か。時代が違うからなあ。

問題は見通しだった。レインマンの設計はどこまで進んでいるのか。ジジイはそれに対応できるのか。どうなんだよ大先生。

「レインマンの設計は順調なのか」

まあ何とか、と大先生が慎重に答えた。

「今のペースで進めば、十二月の頭にひと通りは終わるだろう。ただ、そこから細かいチェックを入れなければならないし、その具合によっては全面的なやり直しという事態が生じるかもしれない。どうなるかは、もうぼくの能力では判断できないんだ。可能性は数パーセント、奇跡と幸運が重なれば、年内に試作機が完成するかもしれない」

じゃあ奇跡を起こせよ、と何でも他人《ひと》まかせのゴタンダが言った。大先生は無理だと言うが、数パーセントでも可能性があるのならそこに賭けてみたい、と思った。周りを見た。全員一致で同じ意思だとわかった。やってみなければわからないのなら、やってみるしかないんじゃないのか。

「ジジイはどう思うよ」

「まあ、大先生のおっしゃる通りだがね」これまたねっとりした返事だった。「ここから更に技術的には難しくなってくるところもあるが、そこは想定済みだ。不肖《ふしょう》梶屋弦蔵、年は取っても腕は確かだ」

静かに工場の隅にあるプレハブの方を見た。息子がいてくれればもう少し楽なのだが、という意味の視線だと思うのだが、アンタの息子が引きこもっているのはアンタの責任なので、アンタがしっかりすればいいと思う。

　どの辺が面倒ですか、とドラゴンが質問した。そりゃ電子基板だ、とジジイが即答した。キューブサットの製作には、当然電気回路図が必要だ。それがなければ電源類の配置さえ決まらないのだから、何が大事ってこれが一番大事だ。ただ、その設計自体はかなりシステマティックで、レインマンは既に調子よく何十枚もの回路図を完成させていた。

　だが、そこから電子基板を実際に作っていくのは別問題だ、とジジイが説明した。電子基板の製作だけならともかく、それと設計図との付け合わせもジジイたちの仕事となり、負担は大きかった。ひとつどこかで接続がずれているだけでもキューブサットは動かなくなる。そのたびに最初からやり直しということになり、効率の悪さはひどいものだった。

　電子基板を作るには、まずレインマンが設計した電気回路図をもとに、ＯＨＰシートと呼ばれるフィルムにその回路図を印刷しなければならない。そのための機械はうちの工場にあったが、ジジイ以外はその使い方さえわからなかった。

「技術というものはだな、習うものではなく盗むものだ」

　ジジイはそう言ってどんどん勝手に作業を進めていくのだった。回路図を印刷するというとわかりにくいかもしれないが、つまり一種の複写だ。ＯＨＰシートに銅線のプリンティングをすることで、電気を通すラインを印刷していくのだ。

　任せておけばいいので楽は楽だったが、問題はどれだけの時間がかかるかということだった。ＯＨＰシートは特殊な溶液に浸してから乾燥まで一週間はかかる。いや、それは大丈夫だ、とジジイが貧弱な胸を叩いた。

「手間は同じだ。一週間以上の時間は必要ない。むしろ心配なのは、大先生ではないが試作機が完成してからだな。信介、ちゃんと手配はしているんだろうな」

ジジイが言っているのは試作機完成後の各種テストのことだった。何しろロケットに載せて宇宙まで飛ばすのだから、コンテストの時とはわけが違う。例えば振動試験というものがあって、これはロケットが発射される際に発生する縦横の振動にキューブサット内部の電子部品が耐えられるかどうかを確認するための試験だった。

また放出試験といって、ロケットから宇宙空間へうまく放出が可能かどうかも確かめなければならない。宇宙空間に放出する以上、熱空間試験も必要だった。面倒なことばかりだ。

だが当然のことだが、うちの工場にそんな実験装置はない。そこでおれは前にカムバック・コンテストの時に顔を合わせていた東京理専の時政という眼鏡男のことを思い出して連絡を取ってみた。トッキーと呼んでくださいと言う時政くんは非常に親切な男で、おれの相談に、それならうちの学校に設備がありますから使ってくださいと言った。

今頃トッキーは学校と掛け合って、振動試験装置やその他の装置についての使用許可を取ってくれているはずだった。渡る世間に鬼はない。

「通信は」

それは大丈夫だ、と威張りくさった大先生がそっくり返った。全体の設計についてはレインマンが統轄しているが、地上とキューブサットの間をつなぐいわゆる通信系に関しては基本的に大先生が担当する。

今回の打ち上げのサクセスレベルは、キューブサットとの双方向通信、具体的には相互にデータを交換し、最終的にはキューブサットが搭載しているカメラで撮影した写真を地上に送ることに決定していた。その意味で通信系は何よりも大事なパーツだった。全体の統轄をレインマンに任せることによって、大先生は通信系の製作に専念できるようになっていた。

熱意は凄まじく、大先生は工場の屋根に約四メートルの巨大アンテナをくりつけ、無線機の調整に余念がなかった。いつも口しか動かさないこの男が、アンテナの感度を確かめるために何十キロもの距離をチャリンコで往復する姿はなかなか感動的だった。人間は変わるものだ。

「さて、となればだ」

百万円を支払うことにするか、とおれは最後の確認をした。みんなが揃ってうなずいた。

「ただ、あと七万足りないんだけど」

ドラゴンが言った。まだ一週間あるからな、とおれは肩をすくめながら答えた。いざとなったらオフクロでも、あるいは隣の印刷工場のオヤジに借りてもいい。七万ぐらいなら何とかしてくれるのではないか。ちょっと情けないけど。

23

だが、金のことは予想外の形で決着がついた。二日後のことだ。どこへ行ったのか、朝から学校に現れなかったドラゴンとゴタンダが工場にきたのは夜十時を回った頃だった。ゴタンダはいてもいなくてもどっちでもいいのだが、ドラゴンはいればそれなりに役に立つ。もともと手先が器用だし、小回りの利く男だ。

「何してたんだ、お前ら」

全体の管理監督を任されているおれとしては、文句のひとつもつけなければならないところだった。何にも言わずに姿を消すなんて、敵前逃亡ではないか、とジジイは戦前の人間らしいことを言ったが、おれもそう思う。

「悪い悪い」やたら上機嫌のゴタンダが手刀を切った。「いや急にわかってよ、連絡してる暇もなかったんだって」

「何が急にわかったんだ」

これこれ、とゴタンダが自分の携帯を出して、メール画面を向けた。〝緊急！ 出るマガ最新情報〟という文字が躍っていた。出るマガというのはゴタンダが愛読している〝パチンコ&パチスロ絶対出る出るマガジン〟のことで、そこの編集部がほぼ毎日更新しているメールマガジンの最新情報、という意味だ。

「ここ見てくれって。急告ってあんだろ。これはオレみたいなVIP会員だけに送られてくる情報なんだ」

確かにメールの末尾には『VIP会員の皆様へ：絶対誰にも言わないで！』という非常に怪しい文章があった。

「今日中野のパチスロ屋に違法ロムを仕込んだ台が入るっていうんだよ。しかもその台の番号まであってさ」

「お前、まだそんなの信じてんのかよ」

基本的にこういう話は嘘ばかりだ。文面自体もなんだか暗号みたいな言い回しで、やたらと記号や数字ばかりが並んでいる。一種のオカルトみたいなものだと思う。何度この手のガセ情報におれたちは踊らされたことか。

昨日は赤坂、今日は新宿、明日は川崎、そんなふうに教えられるままパチンコ屋を渡り歩いたこともある。今まで勝ったことは一度もなかった。

「失礼なことを言うな」ゴタンダが厳かに言った。「出るマガはな、結構信憑性が高いんだよ」

ジーンズのポケットから両手を抜いた。その手に万札の束が握られていた。おお、と周りからどよめきが起こった。

「朝八時から並んでよ。途中、ドラゴンに応援頼んだりしてな」

無言のままドラゴンもポケットの手を抜き出した。同じように札束を持っていた。更にざわめきが高くなった。

「今日のゴタンダは凄かったよ。まさに出しっぱなしって感じだったな」

一万円札を数えた。二人合わせて十九枚あった。

「ぼくは六万、ゴタンダが十三だ」

彩子が猿のように二人に抱きついていった。よせよ、照れるじゃねえか、とゴタンダが貫禄あるヤクザのような笑みを浮かべた。

「とにかく最初の千円っていうか、最初のひと回しでいきなりリーチかかってさ、おれもびっくりしたよ。あとはそのまま連チャン連チャンで、生まれて初めてだぜ、こんなの」

連絡しなかったのは悪かったけどよ、と言うゴタンダに、悪くない悪くない、とおれは首を激しく振った。

「よくやってくれた。疲れたんじゃないのかい。座れって、ほら彩子、肩とか揉んであげなさい。オーチャン、飲み物ぐらい持ってこいよ、気が利かないね」

泰然自若《たいぜんじじゃく》として立っている翔さん以外のみんなが我先にと動き出した。宝くじに当たった親戚をもてなすようなものだ。しかしそれぐらいのことはしてやる価値があるだろう。

二人合わせて勝ち分が十九万、前の賞金の残りやら何やらを合わせれば百万プラス十二万になった。これでとりあえず手付け金は払える。

七万ぐらいならどうにかする自信はあったとはいえ、その手間が省けたのはありがたかった。親や知り合いに交渉するのも時間を食う。今のおれにはその時間も惜しかったのだ。

「まあよ、オレも何かしねえとマズイかな、みたいなのもあったしよ」

彩子に右手を揉まれながらゴタンダが足を組んだ。大先生でさえも両肩をマッサージしているぐらいだから、今回のゴタンダの偉業の程度がよくわかるというものだ。

「ほら、あんまし役に立たねえじゃん、オレ。正直な話、お前らのやってることよくわかんねえしよ、不器用だし、あ、彩子、もう少しそこ強くしてくれ」

「そんなことないよ。ゴタくんいてくれるだけで、すごくいい感じになるし」現金な笑みをふりまきながら彩子が手首を何度も強く握った。「何て言うの、精神的な支え？　みたいな？」

「ゴタンダくんの持ってる空気感っていうか、それでどれだけ安らぐかってこと」瓶のコーラを持ってきたオーチャンが栓を抜いた。「つまり癒し効果っていうの？　細かい作業をしているとストレスも溜まるし、どうしても疲れるじゃない。そういう時、振り向くとゴタンダくんが見守っていてくれるってだけで、どれだけ救いになっているか」

いやいや、と鷹揚にゴタンダが空いていた左手を振った。

「まあそんなことはねえけどさ。いねえよりマシ？　みたいなとこじゃねえの」

すぐそういうこと言うんだから、と彩子がキャバ嬢のように甘く囁いた。

「でも、そんな奥ゆかしいゴタくんって、ちょっとカッコイイよね」

「やめてくれよ、おい」

いつも評価されていない人間は誉められることに慣れていない。照れ隠しのつもりだったのだろうけど、狙っているほどうまくはいっていなかった。でもどっちでもいい。これで何とか一歩進んだということなのだろう。おれの視線を受けて、ドラゴンが小さくうなずいた。

24

翌日、ナカトミのウスイに連絡して、手付けを支払う約束をした。たまたま金曜日で、出先《でさき》だというウスイは来週の月曜日に来社してほしいと言い、おれも了解した。

それからのことはあまり思い出したくない。胸がむかついてくるからだ。だが思い出さないと話が前に進まないだろう。

次の日の土曜日、ゴタンダはこなかった。連絡があって葬式がどうのと言っていた。正直、ゴタンダがいてもいなくてもあんまり何かの足しになるわけではない。そうか、とおれは答えた。話はそれで終わった。

そして日曜日、今度は連絡もないままゴタンダは現れなかった。ちょっと不安になった。金をナカトミに払うのは明日で、ゴタンダは自分とドラゴンの勝ち分である十九万円を持ったままだったからだ。おれが預かると言ったのだが、こんな札束見たことないからひと晩だけ抱いて眠りたいと言うのでそのままにしておいたのだ。

「バカだからね、あの子」

オーチャンが作業の手を止めた。一昨日とずいぶん口調が違っていた。時計を見ると夜の八時を回っていた。

「落としたんじゃないの?」

十分にあり得る事態だ。昼からゴタンダの携帯には何度も電話を入れていたが、さっぱり出る気配はなかった。電源が入っていないため、かかりません。

別にゴタンダが死んだとかそこまでは考えていなかったし、それならそれでしょうがない。ただ金は置いて行ってもらわないと困る。何しろ明日は手付け金の支払いにナカトミへ行くと決まっているのだ。

夜十時過ぎに翔さんがレインマンを送りに出て行った。それから三十分後、オーチャンと彩子が帰った。そろそろ帰るぞ、とドラゴンと大先生が言ってきたのは、それからまた三十分後のことだ。

遅くなってガタガタ言う親がいる奴はメンバーの中にいなかったが、いいかげんにしないと終電もなくなるだろう。だがゴタンダの行方は依然としてわからなかった。

「マジでどうしちゃったのかね、あいつは」

大先生が機材を片付けながら言った。うん、とドラゴンが少し不安そうな顔になった。

「事故にでもあったんじゃないのか」

ありそうな話だ。あるいはカツアゲでもされたか。気が弱いくせにすぐ逆上するたちだから、面倒事に巻き込まれることもしょっちゅうだった。

「ま、明日学校にはくるだろうけど」

何の保証もない発言を残して大先生が去って行った。大丈夫かとドラゴンが言ったが、何とかなるだろう、と答えた。だいたいその頃には何が起きたのかわかったような気がしていた。

それから十二時まで、何度か携帯に電話を入れた。それでも出なかった。おれはシャワーを浴びて部屋に戻り電気を消した。ジジイは朝は強いが夜はメチャクチャ弱いのでとっくに寝ていた。

それほど待つ必要はなかった。家の裏手にある畑に面したおれの部屋の下から、かすかな足音が聞こえてきた。十分に近づくのを待って、窓を開けた。

「何してんだ、お前」

屈み込んでいたゴタンダが顔を上げた。夜目にも白く、とはまさにこのことだ。地黒で有名なゴタンダが顔面を蒼白にしていた。

「寝てたんじゃねえのか」

かすれた声がした。おれはジーンズとTシャツのまま窓から飛び降りた。

「いくら負けたんだ」

ゴタンダは何も答えなかった。最悪の事態だ、とわかった。

こいつはホントに調子に乗りやすい男で、昔から迷惑していた。虚言癖もある。嘘をつくというわけじゃなくて、いいカッコをしたいのだ。小学校三年の時、親が買ってくれたと言って携帯を学校に持ってきた。見せびらかして得意そうにしていたが、あとで持っていたのが家のコードレスフォンの子機だとわかった。そういう奴だ。

「いくら、負けた」

もう一度聞いたおれの前に手を差し出した。千円札が七枚載っていた。それだけだった。

「残りはどうした」

「勝てると思ったんだ」

振り絞るような声で言った。そうだ、思えばやりそうなことだった。めったにない甘い汁を吸ったこいつが、また同じいい目にあえると思ってパチスロ屋に行くのは十分に想定できたのだ。そして勝ち金はおろか、残り少ない貯金まで全部店にそっくり進呈することも。

「バカじゃねえのか、お前」

ちょっとマジで怒っていた。確かに棚からぼた餅的な金だし、もともとはなかったものだからそれはいい。だが何で支払いが明日という今、しかも真夜中まで何も言わなかったのか。

七万ぐらいだったらどうにでもなったのだ。だがもうこの時間では、誰かに借りるというのも難しいだろう。

「勝てると思ったんだよ」ゴタンダが繰り返した。「だってよ、昨日も出るマガからメールきたんだぞ。同じ店だぜ。十九万が倍になりゃあ、みんなだってもっと楽になる。そう思ったんだ」

お前は本物のバカだ、と屈んだままのゴタンダの顔面に蹴りを入れた。そんなに強くするつもりはなかったが、ちょうど立ち上がろうとしたところに当たってしまった。カウンターの威力は恐ろしい。あっと言う間にゴタンダの鼻から大量の血が溢れた。

「てめえ、蹴ることたあねえだろうが、蹴ることたあ」

るせえ、とおれは勢いでもう一度蹴った。

「どうすんだよお前。十九万が何で七千になるんだよ。どうやって明日ナカトミに払うんだよ」

終わった、と思った。最初から何もかもが無理だったのだ。時間も金も設備もないまま強引に話を進めてきたが、どこかで破綻するという予感はあった。ただ、ここではないはずだった。とにかく百万を払い込むところまでは何とかなるはずだったのだ。

このあと何がどうなるかまではわからなかったが、とんでもない幸運さえあればGENZO一号は完成し、おれたちのキューブサットが宇宙に行くことだって、ないとは言えなかった。それはおれの願望であり、甘い夢だった。

かなうはずがないことを知っていながら、みんなをここまで引っ張ってきたのはその夢をもう少しだけ見ていたかったからだ。だけど、それももう終わりだ。

「てめえ、そんなこと言うけどな」ゴタンダが立ち上がった。「あの金はもともとオレが作ってきた金なんだぞ。それをオレがどう使おうと、オレの勝手じゃねえか」

手のひらで鼻血を拭った。お前、それを言ったら終わりだろうが。

「そういう話じゃねえだろ。あれがなかったとしたら、おれだって昨日も今日も親戚回ったりして金作ったりできたんだよ。それにお前だって、あの金はみんなの金だって言ったじゃねえか」

おれたちは街灯の薄暗い光の下で睨み合った。るせえよ、とゴタンダが虚勢を張って怒鳴った。

「もういいよ。オレは抜ける」

上等だこの野郎。

「お前なんかいなくたって別に困りゃしねえよ。いたって何にもしてねえじゃねえか」

ふざけんなてめえ。おれはゴタンダの胸倉を摑んだ。お前がいったい何をした。おれたちのキューブサットに、いったい何をしてくれたって言うんだ。

「お前だってそうだろうが」ゴタンダが泡立った唾を吐いた。「お前だって、別に何にもしてねえだろう。たまたま家が工場で、場所を提供してるだけじゃねえか」

最初から無理だったんだよ、とつぶやいた。わかってるよ、そんなこと。お前に言われなくたって、おれが一番よくわかってんだよ。

「帰れ、二度とそのツラ見せんな」

「言われなくたって帰るよ、バカ」

「何だと、このバカ」

言いながら情けなくなってきた。これでも高校生なのか。これじゃ幼稚園児のケンカじゃないの。バーカ、バーカ、と繰り返しながらゴタンダが足を引きずって歩き出した。いったいどうやって帰るつもりなのか。もう電車はないぞ。いきなり振り返って、おれの方に向かってきた。まあおれも鬼じゃない。泊めてくださいと頼むのなら、泊めてやらないこともないぞ。

「これ」

歯を食いしばったまま右手を差し出した。千円札が握られていた。

「渡しとくからよ」

ジーンズのポケットにねじ込むようにして、ゴタンダが去って行った。ここまできて、まだカッコつけたいのかお前は。ホント、バカだなあ。

what's happen?

1

とりあえず事の顚末《てんまつ》を全員にメールで一斉送信してからベッドに戻った。この時間ではどっちにしてもどうにもならない。朝になったらオフクロのところに行って金を借りよう。そうすればナカトミへの支払いは何とかなる。ちくしょう、ゴタンダの野郎。もう二、三発殴っておけばよかった。

気分がやたらといらついていたので、なかなか寝付けなかった。やっとうとうとしたと思ったら、ジジイに起こされた。何もかもが嫌になっていた。あれなのか、世界中がおれを嫌いなのか。眠ることさえ許されないのか。そりゃ十代も荒れるだろう。人ぐらい殺すはずだ。

「翔さんがきとるぞ」

朝はやたらと元気のいいジジイが、ラジオ体操第一に合わせて体を動かしながら言った。そんなわけないだろうが。翔さんは本物の不良で、盗んだバイクで走り出し、ついでに校舎のガラス窓を全部割って回るような人なのだ。夜には強いが朝には弱い。それが不良の生きる道だ。

「しかし、きているものはきてる」

屈伸のたびにジジイの膝関節がぽきぽきと鳴った。おれはシャツとパンツのままベッドから降りた。工場に回ると、確かに翔さんがいた。いつもと違って、左手にドカヘルをぶら下げていた。

「どうしたんですか」

壁の時計を見た。まだ六時半じゃないすか。翔さんが革ジャンのポケットから手を出した。

「何ですか」

渡されたのは金だった。しかも一万や二万ではない。札束の厚みから見ると、ざっと三十万はあるだろう。取っとけ、というように翔さんがおれの肩をそっと押した。マジすか翔さん、マジでやっちまったんすか。コンビニですか夜間金庫ですか。

違う、と首を横に振った翔さんが表に出て行った。慌ててあとを追いかけた。ドカヘルの意味がわかった。そこには、いつものスカイラインGTRはなく、代わりに一台のスーパーカブがあったのだ。

おお、と手を上げた翔さんがセルモーターをかけた。やたらと情けない排気音を盛大にばらまきながら、スーパーカブが走り去って行った。

(売っちまったんだ)

ゴタンダの使い込みを知った翔さんは、時間がないこと、おれの集金能力の限界を感じ取ったのだろう。そして何ができるかを考え、さっさと実行に移した。命より大事なスカGを売ったのだ。

翔さんには翔さんなりの、縦のつながりがある。その中には二十四時間営業の中古車センターで働くダチというラインもあったはずだ。真夜中、そこに突っ込んで行った翔さんは車をたたき売った。そしてどこかで調達してきたカブに乗って、おれのところにまっすぐ金を届けにきたのだ。

翔さん。そんなにまですることはないですよ。あんたはおれに借りなんてない。もう十分です。

（絶対返しますから）

おれは札束を握りしめた両手で、見えなくなった翔さんの後ろ姿を拝んだ。

まあでも、この金は使おうっと。良かった、ナカトミに支払いもできるし、オフクロに頭下げなくて済んだし。

「ジジイ」

飯にしようぜ、と大声で言った。あん？　と間抜けな顔のジジイが玄関から顔を覗かせた。

2

学校に行く途中で、彩子から電話があった。やっぱりねえ、だと思ったわよ、とむしろ嬉しそうな声だった。期待に違わぬゴタンダの行動に満足しているらしい。

「どうすんの、カジシン。いよいよあたしの出番？　パンツ売る？」

もう二枚重ねで履いてるんですけどという彩子に、その必要はない、と答えた。

「翔さんが車を売って、金を作ってくれたんだ」

マジ？　と言ったきり、彩子が絶句した。いやホントに、翔さんがスカGを売るというのは、そういうことなのだ。

「さすがだわあ。男よね」

しばらくの沈黙のあと、感に堪えたように彩子が言った。シブいよねえ、を連発している。確かにそうだが、そこまで何度も言うことはないのではないか。おれだっておれなりにリスクを背負って金を作ったりもしているのだ。ちょっとはおれのことも誉めてほしい。

「どうしたの、黙って。もしかして妬いてる?」

うるさいよ。そんなわけあるか、バカ。おれは電話を切った。

午後の授業をふけてナカトミ本社に行った。待っていたウスイとの間で交渉は滞《とどこお》りなく進み、おれは百万円を支払い、ウスイが仮受領書をくれた。

「では、一月九日までに残金をお支払いくださいい」

銀行振込みで結構でございます、と振込み用紙をくれたが、おれはそんなことをしたことがない。もらっても仕方がないので、またきますと言った。ジジイの保険は年内で満期になるから、一月九日までには十分間に合うはずだった。

家に帰るとみんなが待っていた。払っちまったからな、と報告した。もうあと戻りはできないぞ。まばらな拍手が起こった。

「やるっきゃないってことだ」

ドラゴンがうなずいた。やるっきゃない、そういうことだ。やるなら今しかねえ。古い歌が頭の中で響いた。あれは誰の曲だったか。

「まあとにかく、君まで金を使い込まなくて良かったよ」大先生が口を尖らせた。「君もゴタンダほどバカではなかったということだね」

そのゴタンダはいなかった。当たり前だが。ドラゴンによると、学校にもきていないという。

あのバカはいったいどこまで逃げるつもりなのか。期末試験も近いというのに、いつまでもこそこそ隠れているわけにもいかないだろうが。

素直じゃないよねえ、と彩子がつぶやいた。

「ひと言ゴメンって言えば、それでいいのに。ゴタくんだったらそれぐらいのことするの、わかってたのにね」

それに引きかえ、と翔さんにセクシーな目線を送った。まあお前の努力が通じるかどうかは別として、頑張ってることだけは認めたい。翔さんの株は天井知らずで上がる一方だった。

「まあとにかく、金を払った以上はやるしかなかろう」

年の功でジジイが話をまとめた。やるっきゃない、やるっきゃない、と全員が新興宗教の信者のように唱えながら、所定の位置に戻った。十一月が終わろうとしていた。

3

それからの一カ月、おれたちは本当に一日たりとも休まなかった。期末試験があり、クリスマスがやってきて、冬休みに入っても、何ひとつ変わることはなかった。ありとあらゆる手を使って学校をさぼり、寝る間も惜しんで作業を続けた。

適度に休息を取るべきではなかろうかというおれの提案はことごとく却下された。どうもみんな休んだら死ぬとでも思っていたらしい。お前らはサメか、泳ぐのを止めたら終わりなのか。

しかし強迫観念にかられるのも無理はなく、作業は予定より大幅に遅れていた。いつまで経っても先は見えないし、凝り性のジジイとそれに輪をかけて完全主義者のレインマンは、どこまでも果てしなく要求の水準を高くしていた。日々口論が繰り返され、人間関係はやたらと険悪になった。それでも前進は続いた。死の行軍だ。

理専のトッキーとは時々電話で話した。彼らが二年ぐらいかけてやることを、どうやらおれたちは三カ月でやろうとしていたらしい。それがわかっていたら最初から諦めていただろう。無知は力なりとはよく言ったものだ。

みんなそれぞれに死力を振り絞っていたが、レインマンには参った。お前は本当に人間か、という話だ。明け方まで設計やプログラミングを続けて、帰ったかと思えばすぐやってくる。送迎する翔さんも大変だったとは思うが、実際の作業に入ってしまえば翔さんはやることがない。休憩を取ることもできたが、レインマンはとにかく休まなかった。一定時間ごとに段ボール部屋から吐き出されてくる設計図を見て、みんなため息をついていた。

そしてジジイもやたらと元気だった。お前たちには容赦というものがないのか、情けはないのか、この年寄りを殺す気か、と泣き言は死ぬほど言うものの、実際に冷酷無慈悲だったのはジジイの方で、おれたちが仕上げた部品を、こんなものが使えるか！　と怒鳴ってはどんどん捨てていった。優しく指導するつもりは最初からないようだった。

しかも絶対妥協しないし、どこまでも粘る。なるほど、昔の日本人はみんなこうだったのだろう。だから、敗戦からあっと言う間に立ち直って高度成長社会を築き上げることができたのだ。

そんなジジイの唯一の欠点は夜だった。八時を過ぎるととたんに能率が落ちる。それがひとつのきっかけとなって、おれたちもようやく休憩を取ることができた。少なくとも最初のうちはそうだったのだが、どういうわけか日を追うにつれ元気になっていき、しまいには誰よりも夜遅くまで働くようになった。迷惑だ。寝てくれ。

ジジイのやる気を支えていたのは、労働に対する純粋な喜びだった。十年も二十年もさぼっていた人間が、突如勤労意欲に目覚めたのだから始末に負えない。年齢も年齢だし、心配ではあったがあまりに楽しそうに働いているので、強くは言えなかった。そして、そうでもしなければ作業は終わらなかっただろう。

それはある意味、みんなも同じだった。別におれたちは奴隷じゃないし、嫌になったら逃げればいいだけの話だったが、誰一人としてそんなことを考える奴はいなかった。

遅々として作業は進まないのだが、それでも一日が終わればやっぱり昨日よりは形になっている。それが嬉しくて、みんなと一緒にやっているチームプレーが楽しくて、おれたちはあんなに真面目に働いていたのだろう。

大先生も、ドラゴンも、彩子も、オーチャンも、いったいどうしてこんなことになったのか、誰もよくわからないままに始まったＧＥＮＺＯ一号の製作に、おおげさと言われるかもしれないが、確かに命を張っていた。そのモチベーションが意地だったのか、それとも楽しいからなのか、振り返って考えてみてもよくわからない。でも、結局は面白かったからやっていたのだと思う。

ともあれ、作業はさまざまな障害を抱えつつも、何とか前に進み続けた。そして驚くべきことだが、ＧＥＮＺＯ一号の試作機が完成した。最後に覚えているのは、完成した時に除夜の鐘が鳴り始めたことと、ものも言わずに大先生がその場に崩れ落ちたことだ。駆け寄ってみたら爆睡していたので、そのまま放っておいた。あとのことは何も覚えていない。

4

年が明けた。

おれはベッドどころか玄関脇に着の身着のままで寝ていたところを、着物姿のオフクロに起こされた。頼むからもう少しだけ寝かせといてくんないか。おれ、疲れてるんだよマジで。

「何言ってんの、せっかくのお正月だっていうのに」

きてあげたんだからありがたいと思いなさい、と言った。普通の母親はわざわざきてくれなくても、家にいると思う。そんなところで感謝を強制されても困る。

だがおれの抗議はいつものように右から左へと流され、居間へと追い立てられた。むっつりとダルマのように固まっているジジイの横に並んで、オフクロが飯を運んでくるのを待った。

話しかけてみたが、ジジイは何も答えなかった。オフクロがきている時にジジイが黙り込むのは珍しいが、それも無理はなかった。おれたちが次々に倒れていく中、この老人は最後まで働き続けていたのだ。疲れてもいるだろう。

「もう少し寝たかった」

ぽつりとジジイが口を動かした。感想はおれとまったく同じらしい。七十過ぎてセリフが高校生と同じというのはいかがなものか。

「お父さんも、お正月なんだからそんなこと言わないでください」

オフクロがテーブルに重箱を置いて、蓋を開いた。手作りのお節《せち》だった。オフクロは料理がうまく、かつ好きだった。時として玄人顔負けのテクニックを見せるが、特に正月や誕生日などのイベントの時は異常に張り切る。今回も五段重ね、品数を数えてみたら四十二もあった。いったい何日かけたのだろうか。さっそく箸を取ったが、挨拶が先だと叱られた。

「あけまして、おめでとうございます」

仕方がないのでおれとジジイも頭を下げた。おれはいいが、息子の嫁にしつけられているジジイはいったい何を考えているのだろうか。だが何だかものすごく満足そうな顔をしているので、あえて何も言わなかったが。

それからお節料理をつまんだり雑煮を食ったりしてるうちに、腹がふくれたジジイの機嫌が良くなった。杏子さんは何を着ても似合うが、着物は特にいいねえ、とキャバクラの客のようなことまで言った。オフクロもオフクロで、嫌ですよお父さん、とか言いながら半分本気で喜んでいた。何なんだあんたらは。

「それで、もうキューブサットは終わったわけ?」

オフクロが聞いてきた。終わった、とジジイが言い、まだだ、とおれが答えた。どちらも正しいし、どちらも間違っている。

確かに試作機は完成したから、終わったといえば終わっているのだが、その他のテストはまだまだこれからだ。電気性能試験、機械環境試験、熱真空試験、RFリンク試験。やらなければならないことはまだまだ山のようにあった。

「まあいいけど」ちょっとオフクロが心配そうな顔になった。「ほどほどにしなさいよ。体壊したら何にもならないんだから」

学校はちゃんと行ってるの？　と合わせ技が飛んできた。もっとも、オフクロはおれが学校に行こうが行くまいが、大学に進むのか進まないのか、そういうことはどっちでもいいというフリースタイルの思考法を取っている。

心の調子の悪い父親がいてひとつだけいいのは、母親の価値基準が健康かどうかというその一点に集中するということだ。生きて動いていればそれでいい、とオフクロはいつも言う。

「お父さんもちょっと無理し過ぎなんじゃありません？　顔色も良くないし」

少し真面目にそう言った。言われてみれば、ジジイは少し痩せたかもしれない。ここまで、かなり無茶してたからな、この年寄りも。

今日だけだ、と物憂げに答えたジジイが、試作機ができて気が緩んでるだけだ、とうなずいた。だったらいいけど、とオフクロが目を伏せた。

「もし倒れたら、杏子さんが看病してくれるかね」

ジジイが片目をつぶった。そりゃもちろん、つきっきりでとオフクロが微笑んだ。慌てたようにジジイが紅白のカマボコを口にほうり込んだ。よほど嬉しかったらしい。

その後コタツに移動して、しばらくテレビでお笑いを見ていたら、いつの間にか眠っていた。コタツで寝るとどうしてエロい夢を見るのか。下半身が温かくなるからだというが、本当なのだろうか。内容については触れないが、大変正月にふさわしい夢だった。

肩を揺すって起こされた。目を開けたら彩子の顔があって動揺した。

「なぜお前がここにいる」

北斗の拳のケンシロウのような口調で口走ったおれに、あんたがこいって言ったんでしょうが、と彩子が口を尖らせた。

「みんなもきてるし」

工場を指さした。なるほど、半病人みたいな顔の男たちがそこにいた。

「初詣《はつもうで》に行くって言ったの、自分じゃないの」

そういえばおれはそんなことを言っていた。昨日の夜、いや正確にはとっくに今朝になっていたのだが、試作機完成に浮かれるあまり、近所の神社にお参りをするので全員集まるように、と命令を下していたのだ。

「そんな昔のことは忘れたよ」

映画の主人公のようにそう言ったが、彩子は許してくれなかった。さっさとこい、とおれの上半身を摑んで引っ張り出そうとした。いやカンベンしてください、マジで。正月早々、大変なことになってるんだから、おれの下半身は。

5

彩子とドラゴン、大先生、そしてオーチャンと初詣を済ませて戻ってくると、翔さんがいた。レインマンがキーボードを操作する音が段ボールの中から聞こえてきた。そうなのだ、正月も三が日も冬休みもない。それがおれたちのリアルだった。

試作機はまだあくまで試作段階だ。完璧というわけではない。特殊な設備や機材が必要な環境試験の類はともかく、とりあえずやれるべき他のテストは済ませておかなければならなかった。

例えばそのひとつは、キューブサットの送受信、いわゆる双方向通信のテストだ。GENZO一号の内部機構には送受信プログラムが組み込まれている。地上から発信した信号によって姿勢を制御したり、写真を撮影することも可能になっているし、同時にその命令をクリアしたかどうかの信号を地上に向けて送ったりもできる。そのテスト自体は繰り返してきた。

やってみるとそれぞれに問題が起きた。毎回完全に仕上げたつもりでも、どういうわけか必ず欠陥が見つかった。そのたびに修正を加え、再びテストをする。どこかで諦めることも必要になってくるのだろうが、ここまで来たら完全なキューブサットを作りたかった。

そんなふうにテストを重ねているうちに、驚くべきことが起きた。レインマンが外に出てくるようになったのだ。

いや、別に出てきたからといって何をするわけでもない。誰と話をするでもなく、ただ部品をいじったり歩き回ったり、それだけのことだ。だが今までの常識で言えばあり得ないことだった。

プログラミングと設計図の作成が一段落したということもあるのだろう。トラブルが発生すればレインマンの出番だが、ここまでくると元のプログラムの問題というよりも、現場レベルで直すことの方が多かった。つまりレインマンは暇になっていたのだ。外に出てきたのは、退屈しのぎということもあっただろう。

ただ彩子に言わせれば、それだけではないようだった。レインマンが作っているのはものすごく簡単に言えば単なる計算式に過ぎない。パソコン内のイリュージョンというか、要するに机上の仮想現実だ。それが実際にどんな形になるのか、そこに興味のない設計者はいないだろう。

確かに、いくら3DのCG画像ソフトを使用しているとはいえ、しょせんそれはモニターの中の立体図でしかない。手触り、風合《ふうあ》い、色味《いろみ》などは現物を見なければ結局はわからないのだ。つまりレインマンがバリケードから出てきたのは、好奇心の表れだった。それこそが、この男に欠如していたものなのだ。

アポロ11号で初めて月面に降り立ったアームストロング船長の言葉を借りれば『この一歩は小さな一歩だが、レインマンにとっては大きな一歩』ということになるのではないか。さっそくその話をレインマンの両親に伝えると、泣きながらありがとうございますと言われた。いやそんな、感謝してるのはこっちなんですけど。

その後も作業は夜を徹して続けられた。おれたちは三交替制を敷き、二十四時間体制で最終チェックに専念した。東京理専のトッキー時政からは、振動試験と熱真空試験設備の使用許可が正式に下りました、という連絡があった。一月十六日しか空いてないんですけど、とトッキーが申し訳なさそうに言った。頼まれ事なのに腰の低い男だ。オーケーオーケー、とおれは了解した。

一月九日に払う三百万については、もうジジイが郵便局から自宅に持ち帰ってきていた。もし十六日の振動試験や熱真空試験で筐体や内部機能に問題が起きても、二週間あれば十分作り直すことができるはずだった。

資金、時間、技術、人材、どれひとつ取っても絶対無理、百パーセント不可能と思われていたおれたちのＧＥＮＺＯ一号だったが、どういうわけか本当に宇宙に向かって飛び立つかもしれなかった。何かすごくないか、おれたち。

「別に君はすごくない」

大先生が冷たく言った。冬休みの間に見通しを立てておかないと、学校が始まればいろいろ制約も出てくるだろうということで、正月二日目だというのにみんな合宿状態で工場に泊まり込んでいたのだ。

「いや、大先生、みんなそれぞれにたいしたもんだと思うよ」ドラゴンが丸く収めにかかった。「とにかくここまできたけど、それだけでも立派なもんじゃないの。一人欠けても今回のプロジェクトは無理だったんじゃないのかな」

そうかね、と横からジジイが口を挟んだ。目が真っ黄色になっていた。別に黄疸ではない。目ヤニが固まって取れなくなっていたのだ。

「一人欠けとるんじゃないのかね」

「あのバカの話はするな」ホントに余計なことを言う年寄りだ。「いいんだよ、あいつはもともとカウント外なんだから」

おれの剣幕に恐れをなしたのか、みんなそれぞれの作業に戻った。沈黙が長く続いたのはおれが周りを睨みつけていたせいもあるが、やはりゴタンダがいないせいもあっただろう。

「ゴタくんがいるとねえ」彩子がぶつぶつと小声でつぶやいた。「こんな煮詰まり方はしなかったんだけどね」

「口はいい、手を動かせ」

怒鳴ったおれを避けるように、レインマンが段ボールの中に逃げ込んだ。確かにバカとハサミは使いようだ。ゴタンダがいればうるさいほど喋り倒してくれるので、とりあえず静かになって困るようなことはなかった。

話の相手をしなければならないので、その分作業が遅れるという難点はあったが、そこでストレスはある程度発散できた。なるほど、人間にはそれぞれ役割があるものだ。

だが、もうこの段階までくると、やっぱりゴタンダはいない方が良かったかもしれない。全員のテンションは高まっていき、それぞれが作業に集中し、没頭していった。能率は上がり、GENZO一号は日々その完成形に近付いていった。

すべてが順調だった。そのはずだったが、事態は急変した。一月六日の夜、ジジイが倒れたのだ。

6

ジジイはいかにもジジイらしく、工場のトイレで意識不明になっているところを彩子に発見された。下半身丸裸という無防備な姿のまま救急車に乗せられ、そのまま集中治療室に運び込まれた。しばらく経って呼ばれたおれとオフクロに、重度の肺炎です、と医師が告げた。

肺炎か。おれはちょっとほっとしていた。倒れた場所といい、雰囲気といい、脳溢血とかもっと大変なことを想像していたのだ。肺炎ならおれも小さい頃になったことがある。決して軽い病気ではないが、生きるの死ぬのということはないだろう。だが医師はうなずかなかった。

「風邪をこじらせた上に、全身が衰弱しきっています。年齢も年齢ですし、予断を許さない状況です。決して楽観はできません。抵抗力も落ちていますし、あまり良くはありませんね」

マジでか。確かにジジイは無理に無理を重ねていた。独力では何もできないおれたちに代わって、いくつもの作業を引き受けてくれていた。

言い訳ではないが、おれも彩子も、少し休んだ方がいいんじゃないのかと何度も言っていたのだ。だが本人はやる気満々で、まだ若い奴らには負けんとか、年寄り扱いをするなとか、お前らになんか任せておけるかと言い張り、率先して作業に取り組んでいた。

そうだ、これはおれの判断ミスだった。いくら元気に見えるとはいえ、ジジイはやっぱりジジイなのだ。高齢者の扱いにはもっと気をつけるべきだった。横を見ると、真っ青な顔をしたオフクロが目に涙を浮かべていた。気丈なオフクロのそんな姿を、おれは初めて見た。

「至急、入院手続きを取ってください。しばらくは絶対安静です」

もう少し早ければ、と医師がつぶやいた。すいません、とオフクロが頭を下げ、おれもそれにならった。おれのせいなんですよ、先生。全面的におれが悪かった。オフクロの責任じゃない。

通りかかった看護婦が、ナースステーションまできてください、と言った。そこに必要な書類があるのだそうだ。おれとオフクロは並んで階段を下りた。二階の踊り場まできたところで、オフクロが立ち止まった。

「ごめんね」

ぽつりと言った。オフクロのせいじゃない。それだけは確かだった。別にカッコをつけてるわけじゃない。ここまでの流れを考えれば、誰の責任かは一目瞭然だった。

もちろんジジイ本人にも問題はあるのだが、どう見てもおれが悪い。いい気になって年寄りをこき使ったおれは最低だった。

ごめんね、ともう一度オフクロがつぶやいた。そんなこと言ったって仕方がないだろう。とにかくこれからのことを考える方に頭を使うべきだ。

そしておれは気づいた。ごめんね、というオフクロの言葉の意味を。

「いや、そりゃ、しょうがないでしょ」

階段を下りながら答えた。オフクロは動かなかった。

「さっさとこいって」

「だって」なんだかオフクロは小さい女の子のようだった。「あんた、あんなに一生懸命だったのに。もうできてるんでしょ、あれ」

「あんなものはね、別にいつだっていいんだよ。別に期限があるわけじゃないんだしさ」

だけど、とか何とか言い出したオフクロのところに戻って、腕を引っ張った。いや、オフクロの手を握るなんて何年振りだろう。非常に気色が悪い。しかしやむを得なかった。そのまま一緒に一階まで下りた。待合室にいたみんなが立ち上がっておれを見た。

7

ナースステーションに入って行くオフクロの背中を見送ってから、みんなのところへ行った。

彩子が、ドラゴンが、大先生が、オーチャンが、そして翔さんまでもがそこにいた。

「悪いな、騒がして」

手を振ったおれに、おじいちゃんはどうなの、と彩子が鋭く尋ねた。彩子のそんな顔はめったに見たことがなかった。

「たいしたことはない。肺炎だってよ」

張り詰めていた空気が少し緩んだ。彩子だけがおれをじっと見つめていた。おれがそういうごまかしたような発言をした時、何割か嘘が交じっていることを彼女は経験的に知っていた。

「しかしだ、申し訳ない」

隠していても仕方がない。おれは努めて明るく言った。

「これで我が家には金がなくなった。少なくともナカトミに払う金はもうない。そう考えてくれ」

オフクロがおれに詫びたのはそういう意味だった。あんたたちのキューブサットに使うはずだったお金は、おじいちゃんの治療費や入院費にあてるからね。ごめんね。

そりゃそうだろう。死んだのならともかく、ジジイはまだ生きている。老人の医療費がいくら安いとはいえ、これからのことを考えれば金はいくらあっても足りない。もともとジジイの金なのだし、ジジイのために使うのが筋というものだ。

「みんなには悪いと思ってる。だけどどうしようもない。勘弁してくれ」

おれはそう言って深く頭を下げた。それは奇妙な光景だっただろう。誰もいない真夜中の病院、その待合室で頭を下げ続けている高校生。見つめている美少女、発育不良の子供、ひとりだけ妙にオシャレな優男《やさおとこ》、そして冬だというのにオーバーオールに半袖シャツのデブ、明らかに暴力の匂いを発散している身長百九十センチの大男。

「そっちが詫びることじゃない」

しばらく経ってからドラゴンが言った。顔を上げなさい、と彩子が言った。

「深刻ぶっちゃって。ガラじゃないよ、仕方がないでしょ」

他の四人も何も言わなかった。大先生ですらも、一切非難しなかった。金を作ると言ったのはおれで、みんなをここまで引っ張ってきたのもおれで、その約束を破ったのもおれだった。おれは、おれの家の問題で、個人的な事情で約束を破った。だが、誰も責めなかった。

おれは泣いたりなんかしなかった。こんなところで泣くほど、おれは安い男ではない。

「すまん」

代わりにもう一度謝った時、オフクロが出てきた。入院の手続きは済んだという。心配かけてごめんね、とおれと同じようにみんなに頭を下げて回った。

代表する形で一番年上のオーチャンがジジイの病状を尋ね、重度の肺炎であること、体が弱っているし年齢もいい年なのでしばらく入院させて様子を見ること、でもたぶん大丈夫だと思う、とオフクロが説明した。

「おじいちゃん、芯は強い人だから」

だったら良かった、とドラゴンがおれの肩を軽く叩いた。

「そうだよ、ジイちゃん、元気な人だからさ。あんがいあっさり治っちゃうんじゃないの。そう思うな」

そうだね、そうそう、とみんながうなずき合った。おれもそう思う。ジジイが諦めのいい男でないことだけは確かだ。執着も、ガッツも、粘りも、そして色と欲もまだまだ残っている。そうだ、きっと大丈夫だろう。

8

それから三日が経っていた。

ジジイはまだ意識不明のままだった。三学期が始まっていたが、おれは学校には行かず家と病院を往復する毎日を過ごしていた。祖父が危篤なので、というおれからの連絡に、学校のことは気にするな、とマルハシは言った。気にしたことは一度もない。

昨日、一月八日におれの携帯が何度か鳴った。着信表示にナカトミとあった。どうせ支払いの催促だろうから出なかった。支払う金があったら他の事に使う。金もないのに話をしても仕方がなかった。

既に払った百万円は返ってこないし、残金の二百八十万円を払う能力がなくなった今、ウスイと話してもどうにもならない。いちいち理由を説明するのも面倒だ。

そして本来なら残金支払いの当日である今日、一月九日になった。今日中に払い込まなければ、今回のキューブサットについてのすべてが終わる。しかしもうおれにはなす術がなかった。どうしようもないのだ。それはそうだろう、三万だったら何とかなるが、三百万はどうにもならない。

午前中、病院でジジイに付き添った。パート先からやってきたオフクロと交替して家に戻った。工場に顔を出したが、誰もいなかった。ついこの間まであれほど活気に満ちていたのが嘘のようだった。

この三日というもの、彩子が昨日ちょっと顔を出しただけで、それ以外は誰もきていなかった。

まあそんなものだろう。用もないのにくることもない。

テーブルの上にはビニールのカバーがかかったままのGENZO一号があった。縦横奥行十センチの、ただの金属の箱だ。その中に、最高レベルのプログラミングが施された最新鋭の電子機器が入っていることを除けば、それはほとんど玩具にしか思えなかった。いや、玩具にさえ見えないだろう。単なる鉄クズかもしれない。

「こんな物を作るのに」独り言が口をついた。「いったいどんだけかかったって思ってんだよ」

思い起こせばもう去年の話だ。新学期が始まった早々にマルハシからの呼び出しを受けたのが最初だった。

どこで何がどうなったのか、細かい記憶はもうはっきりしていないが、とにかくメンバーが集まり、そしてキューブサットは形になっていった。試作機は今こうしておれの目の前にある。

宇宙に飛び出さない限り、何の役にも立たない。文鎮にしては大き過ぎるし、部屋の飾りにするにはあまりに無骨だ。ただの鉄クズとしか言いようがないが、それでもこれはおれたちの血と汗と涙の結晶だ。いやそれは大げさか。

(いろいろあったなあ)

大先生を騙して設計図を引かせた。設計コンテストで優秀賞を取った。仕方なくカムバック・コンテストに参加することになった。失敗してダンナに死ぬほどどけなされた。ドラゴンが本当に宇宙に飛ばそう、と言い出した。もう一度みんなで集まって、毎日のように徹夜で取り組んだ。

総合商社ナカトミと交渉して、金集めに駆けずり回った。ゴタンダが使い込みをやらかして大ゲンカになった。レインマンが参加し、ジジイが本格参入した。とにかく試作機が完成した。そしてすべてが終わった。

「まあ、そんなもんだ」

つぶやいて、手にしていたGENZO一号を元の場所に置いた。腹が減っていたことに気づいて、家に戻った。冷蔵庫を探したが何もなかった。買いに出るのも面倒なので、マヨネーズのチューブをくわえた。これはこれでおいしいのだが、逆に本格的に何か食いたくなった。

戸棚を覗くと、奇跡的なことだがカップラーメンがひとつだけ残っていた。まだ運がないわけではないらしい。ポットのお湯を注いだ時、家の電話が鳴った。

「何で携帯切ってんのよ」

受話器の底からオフクロの声がした。切ってましたか、おれ。コードレスの受話器を耳に当てたままカバンを探ると、液晶は真っ暗だった。

「電池切れ」

あらそう、とオフクロが拍子抜けしたように言った。別に携帯の電源切っていたぐらいで、親に怒られる筋合いはないと思う。

「おじいちゃん、さっき目を覚ましたから」

「あ、そう」

そりゃ良かったね。しかしジジイも現金な男だ。午前中おれはずっと病院にいたのだ。その時は目を覚ますどころか一ミリも動かなかったくせに、オフクロが行くといきなりそれか。

言っておくが、オフクロとアンタとは血のつながりはないんだぞ。おれの方が血縁でいえば明らかに関係が濃いのに、その辺はいったいどう考えているのだろうか。

「もちろん、まだ退院とかそういう話じゃないけど。でもとりあえず大丈夫でしょうって、お医者さんも言ってくれたから」

やれやれ。これでひと安心だ。おれたちがＧＥＮＺＯを諦めたのも、これで少しは報われるというものだろう。

だからあんたは明日から学校行きなさい、とくどくど言い出したオフクロを無視して電話を切った。学校よりジジイより、まずは腹ごしらえだ。ラーメンが伸びちまう。

受話器を戻した時、留守電のランプが点滅しているのに気づいた。おれはカップラーメンをテーブルに置いてから、再生ボタンを押した。蓋をめくるといかにも化学調味料の、だがだからこそうまそうな匂いが漂ってきた。さっそく麺をすすり始めた。

『えー、ナカトミ・コーポレーション宇宙ビジネス部のウスイと申します』

慇懃《いんぎん》無礼な声がした。食い物をまずくする声だ。

『携帯の方に何度かご連絡させていただきましたが、お出にならないのでご自宅に電話いたしました。申し訳ございません』

最後までしつこい男だ。まあいい、放っておこう。

『お振込みいただきました残金二百八十万円、確認いたしました。ありがとうございます』

人間驚くと、本当にコントのようなことになる。おれの口と鼻から同時に麺が噴き出てきた。

いったい何の話だ。

『一点確認がありまして、受領書の宛て名でございますけれども、個人で梶屋様宛てか、王島工業高校様宛てか、お教えいただきたく存じます。経理のシステム上、宛て名がわかりませんと受領書の発行ができかねます。お忙しいところ申し訳ありませんが、ナカトミのウスイまでご連絡いただければ幸いです。連絡先は……』

ウスイが十桁の電話番号を繰り返した。それではよろしくお願いします、と最後に馬鹿丁寧に言って、電話が切れた。おれは大混乱していた。パニックと言ってもいい。

何がいったいどうなったのか。残金の振込みを確認した？　誰が払ったんだ。理事長か、それとも校長か。あり得ない。あいつらがおれのためにそんなことをするはずがなかった。むしろおれの銀行口座から金を引き出したいぐらいだろう。

では誰だ。ジジイか。意識を取り戻したジジイが金のことを思い出して、払っておいてくれとオフクロに命じたか。それも無理がある。

ジジイが目を覚ましたのはついさっきだというし、だいたいジジイはそんなところに気の回る男ではない。そして、オフクロにはそんな金の余裕がないだろう。

ホントにわからん。何かの間違いではないのか。日本は広い。どこかにうちとまったく同じ名前の高校があって、そこがナカトミと取引をしていて、たまたま支払い金額が二百八十万で、ウスイがそれを勘違いしたのではないか。いやいや、世の中そんなに面白い偶然はないだろう。

そうなるとあとは翔さんぐらいだ。マジで銀行襲ったのではあるまいか。新聞はどこだ。テレビのニュースでやってないか。

その時玄関のチャイムが凄まじい勢いで鳴った。予感があった。廊下に出るのと同時に玄関の扉が開いて、ドラゴンを先頭にみんなが雪崩れ込んできた。

「大変だ大変だ大変だ」

「大変だ大変だ大変だ」

おれとドラゴンがまったく同じ言葉を口にした。

「金が金が金が」

「誰だ誰だ誰だ」

少しずれた。全体止まれ、と命じると、おれのリーダーシップもまだ捨てたものではなく、全員が動きを止めた。

「聞け。何だかよくわからんが、ナカトミに残金が支払われている。誰がやったのか知らないが、一切怒ったりしない。むしろ誉めてやるから金を出した奴は正直に申告するように」

それがさ、と言いかけたドラゴンが思い出したように口を閉じた。みんなが道を空ける。入ってきたのは翔さんだった。やっぱりそうか。で、どこの銀行やっちまったんすか。

翔さんが腕を強く引いた。おぼつかない足取りで現れたのはゴタンダだった。

「何なんだよ、お前」

かろうじておれはそれだけ言った。まさか、こいつが銀行を襲ったのか。よくそんな度胸があったな。

「違うの」彩子が叫んだ。「ゴタくんが借りてきてくれたの」

んなアホな。こんなバカに金を貸す奴がいるはずがない。いるんだったらそのアホ面を見てみたい。

「ジイちゃん、大変だったんだってな」

目を合わせないままゴタンダが言った。ああ、いや、ご心配おかけしまして。

「何よ、他人行儀なこと言って」

彩子が噴き出した。ふだん、おれはどんな感じでゴタンダと話していたんだっけか。どうですか、最近は。体調とかいかがですか。

「金、吹っ飛んだって聞いてよ」

あたしが教えたの、と彩子が唇だけで言った。それはそれは、お気遣いどうもありがとうございます。

「まあよ、ほら、オレもいろいろ迷惑かけたからよ、ちっとは何つうか、その」

罪ほろぼし、とドラゴンが囁いた。それよ、とゴタンダがうなずいた。昔から語彙《ごい》の少ない男だ。

「日がないのは知ってたからよ。片っ端から知ってる奴摑まえて頼んだんだ。いくらでもいいから金貸してくんねえかって」

一人一万円としても二百八十人だ。遠大な計画だったが、知り合いだけは多い奴だから、不可能ではないだろう。とはいえ、よくそんな根性があったな。

「したらよ、まるまる貸してやるって言われてよ」

「お前は変わんねえなあ」半分呆れながらおれは話を遮った。「どこまで嘘つきゃ気が済むんだよ。そんな奴いるはずがないだろうが」

「人徳が違うんだよ、お前とはよ」逆切れしたゴタンダが妙に難しい単語を使った。「ちゃんといるんだよ、オレのことわかってくれる人がよ」

誰だ、いったいそれは。

「ぼくだ」

爽やかなボーカルが聞こえた。

9

入ってきたのはダンナだった。うそ、マジで？　何で？

しかし考えてみると、おれたちの周りで二百万三百万の金を右から左に動かせる奴といえば、これはダンナをおいて他にはいない。何しろカミノ電気の御曹司だし、金なら腐るほどある。鳥人間部一行を引き連れて、ハワイまで合宿に行くような男だ。金もうなっているだろう。

だがわからないのは、なぜその財力をおれたちのために使うことにしたかだ。その辺、いったいどうなっているのか。

「マジで、神野さんが、払ってくれたんですか」

そうだよ、とあっさりした答が返ってきた。ティッシュ一枚もらいます。どうぞ。それぐらいの感じだった。もしかしたらこの男にとっては、二百八十万もそれぐらいの感覚なのかもしれないが。

「君が知りたいのは理由だろ」

そうです、とおれは首を縦に振った。だいたいダンナはおれたちのことを憎んでいたはずだ。コンテストでぶざまな姿をさらしたおれたちを、あれだけ悪し様に罵ったじゃないか。

「今でもそう思ってるさ」涼しい顔でダンナが言った。「君たちの存在は迷惑この上ない。可能なら学校の歴史から消したいぐらいだ」

　だったらなぜ。

「先行投資さ」

　表情ひとつ変えずにダンナが答えた。

「父の言を借りるまでもなく、今後の学校経営は、非常に厳しい冬の時代を迎えることになるだろう。これをクリアしていくためには目玉商品を揃える必要がある。自明の理だ」

　目玉商品ですか。生徒を商品扱いする学校経営者というのもいかがなものかとは思うが、ここはダンナのご意見を拝聴することにした。

「特色と言い換えることも可能だがね。それは例えば大学への進学率でもいいし、毎年甲子園に行く野球部でもいい。芸能人がたくさんいる学校でもいいし、百パーセントの就職率でもいいが、そういう売りのない高校は淘汰されていくだろう」

　売りねえ。いやいや、そういう考え方も経営者レベルだと十分に成立するのだろう。

「都立や公立校はもちろん、私立高校においては特にそうだ。そして我が王電高には幸い鳥人間部があるが、同様のサークルが増えればそれに越したことはない。認めたくはないが、君たちキューブサット部に求心力があることは確かだ。もし宇宙にキューブサットを飛ばすことができれば、だがね」

　ダンナは理の固まりみたいな男だ。感情としておれたちのことが気に食わないのは確かだろうが、将来自分が引き受ける学校経営のプラスになるという判断があれば、それはそれでありということになるのだろう。ドライな感覚だが、理解できないことはない。

「高校生がキューブサットとはいえ人工衛星を打ち上げたということになれば、これはマスコミも放ってはおかない。新聞、雑誌、テレビ、各媒体が取材にくるだろう。我々には既に鳥人間部を通じて得たノウハウがある。マスコミを利用する術には長《た》けているつもりだ。さまざまなことが考えられるな」

顎に手を当てた。いろんな発想がその頭脳を巡っているようだった。

「だけど、うまくいくかどうかわかんないし。またコンテストの時みたいに失敗しちゃうかもよ」

彩子が世にも恐ろしい発言をした。いや実際そうなんだけど、そんなこと今言うなよ。

「当然、それも考えてるさ」端正な表情を緩めることなくダンナが続けた。「金を出す条件がいくつかある。そのひとつは、打ち上げが成功に終わると確認されるまで学校の名前を出さないということだ。君たちはあくまで有志の集まりで、学校とは何の関係もない。いいね」

なるほど。事実そうなのだから、認めるしかないだろう。

「ただし、打ち上げが成功した場合、その瞬間から君たちは王電高のクラブ、キューブサット部として認可される。もちろん、記者会見など発表は学校の主導で行われる」

ダンナが一枚の用紙を取り出した。部活申請書という文字が見えた。驚いたことにマルハシの名前や川島校長のハンコも押してある。あとはおれたちの誰かがサインするだけかと思っていたら、代表者名のところも既に記入済みだった。部長、神野誠。

もはや感心するしかなかった。表が出たら僕の勝ち、裏が出たら君の負け、というわけだ。大人の知恵だ。

だが、おれたちに選択の余地はない。ダンナがナカトミに振込みは間違いだったと言えば、面倒くさい手続きはあるだろうが、金はダンナの元に返るだろう。うなずくしかなかった。

「まだある」

とりあえずこれにサインをしてくれ、とダンナが制服の内ポケットから二枚の紙を取り出した。借用書と書いてあった。

「ついでに印鑑も。ぼくがわざわざこんな汚い町工場まで出向いてきたのは、そのためなんだからね」形式ばったことが好きな男だ。「あくまでもこの金は貸しだ。利子とかそんなケチなことは言わない。期限は切らしてもらうがね。既に君以外全員の名前が裏にある」

紙をひっくり返すと、そこにはドラゴン以下全員のサインがあった。借金の裏書きということか。まあいいさ、ダンナから金をもらうより、借りたと考える方が気は楽だ。

おれは居間の整理箪笥から印鑑を持ってきて、指示された場所に押した。最後に名前も書いた。納得したのか小さくうなずいたダンナが、手を左右に振った。覗き込んでいたみんなが二つに分かれた。その間を通って玄関のドアに手をかけた。

「いや、それでもわかんないな」思わずおれはその背中に声をかけていた。「何でおれたちに金を出す気になったのか」

ノーリスク、ハイリターンだからだ、と背を向けたままダンナが言った。

「君たちは八人いる。それだけいれば二百八十万ぐらいの金は返せるだろう。ぼくにとっては端金《はしたがね》だ。今手元にないと困るというわけでもない。打ち上げが失敗しても構わない。少なくともぼくと学校にとっては痛くも痒くもない話だ。そして万が一成功すれば、そのリターンは大きい。これだけ有利な賭けをしない奴がいたら、その方が不思議だとは思わないか」

こっちのやってるキューブサットは、うまくいくと思いますか、とドラゴンが聞いた。

「成功率は低い」十五パーセントというところかな、と迷いなくダンナが即答した。「君たちの技術レベルの話ではない。人工衛星というのはそういうものだ。万全の準備をしたところで、何かひとつ、ほんの些細なミスがあれば、それだけで失敗してしまう。そういうリスクを常に背負っているんだ」

一割五分か。それじゃレギュラーにはなれないな。いいとこ代走要員だ。

「ただ、ゼロではない。だからこそ金を出す気になった。何しろ君たちには彼がいるからね」振り向いたダンナがレインマンを指さした。「ぼくはうちの学校に在籍している生徒の成績にすべて目を通している。他の課目についてはどうしようもないが、数学に関してだけ言えば彼はおそらく天才の域に達している。才能だけならぼくより上だろう」

ダンナが自分をおとしめてまで、他人をこれだけ持ち上げるのはかつてないことだった。そうか、そんなにレインマンは凄いのか。

「ただ、彼が学校に不要だという論は変わらないがね。ひとつにはレベルが違い過ぎる。アメリカだったらスキップしてとっくに大学に通っているだろう。目標にすらならない。そしてもうひとつ、彼は致命的なまでに理数系の負のイメージを背負い過ぎている。これからは、理数系こそがオシャレでカッコ良くなければならない。少なくとも、ぼくは王電高をそういう学校にするつもりだ。従って彼はいらない」

聞いているのかいないのか、どこ吹く風、といった顔でレインマンはあらぬ方向を見ていた。

「こっちにとっては必要な男ですけどね」

ドラゴンが言った。振り返ったダンナが小さくうなずいた。

「君たちと君たちのキューブサットのためにはそうだろう。彼がいなければ絶対に完成しなかったはずだからね。もちろん、ぼくだって一円も出すことはなかったさ」

もういいかな、とダンナが顔をしかめた。結構だ、さっさと帰れ。

「では失礼する。前にも言ったが、この工場は臭いね。いかにも前近代的な造りだ。むしろ骨董品と呼ぶべきかもしれない。できるなら近づきたくはなかったよ」

ドアを押し開いたダンナが、ひとつ肩をすくめて出て行った。変な感じだった。首尾一貫しているように見えて、ダンナの言葉は矛盾に満ちていた。少なくともおれにはそう感じられた。

なあダンナ。あんた、本当はおれたちが羨ましいんじゃないのか。確かに鳥人間部には歴史も伝統もある。技術的なノウハウも、学内の優秀な生徒も揃っている。理事長お墨付きのプロジェクトだから、予算もあるし設備も整っている。

あんたは嫌な男だ。権威主義者だし、選民思想の持ち主だ。他人を蔑視し、支配下に置くことしか考えていない。意に沿わない者は排除してきた。

だがそんなあんたにも、いやあんただからこそ、拭いきれない劣等感があるんじゃないのか。考えてみろ、あんたのしてることは全部他人のあと追いだ。父親の敷いたレールをそのまま走っているだけといってもいい。頭のいいあんたには、それがよくわかっていたはずだ。

恵まれた環境、優れた才能、豊富な資金、だがそのほとんどはあんたが自分で手に入れたものじゃない。あんたはある意味、それが悔しかったんじゃないのか。こっちに言わせれば羨ましい限りだが、恵まれた者には恵まれた者なりの悩みがあるだろう。ゼロどころかマイナスからスタートしてみたい、そういう願望があっても不思議ではない。

あんたはおれたちをずっと見てきた。絶対に不可能な状況を、意地と気合いと根性だけで覆してきたおれたちを。あんたも一度ぐらいそんなふうにしてみたかったんじゃないのか。

だから最後に苦境に陥ったおれたちに金を出した。それはある意味憐れみだっただろう。あるいは、自分も参加した気になりたかったのか。それとも恩を着せて、感謝でもしてほしかったのか。

しますよ、感謝。いくらでも。

ダンナ、あんたにはおれたちの気持ちなんかわかりっこない。ダメ人間の本当のところは、エリートのあんたにはわからない。おれたちは意地が通せればそれでいいんだ。

どこから金が降ってきたって関係ない。誰が相手でも感謝しますって。ただ、あんたが望んでいる形の感謝かどうかは知らないが。

「何をぶつぶつ言ってんの」彩子がおれの顔を覗き込んだ。「とにかくお金を払ったんだから、まだ続けられるんだよ。やることあるでしょ」

そうだな。その通りなんだけど、どうして女はいつも現実的なのだろうか。

「丸二日間何もしなかった。ものすごいタイムロスだ」大先生がいらついた声で言った。「来週の末には振動試験だぞ。それまでにチェックを完璧にしておかないと」

まだやんのかよ。もうおれは疲れたよ。一度切れた集中を取り戻すのはすごく難しいんだよ。腹も減ってる。カップラーメンはもう食えないだろう。どうすんだよ。

だが相変わらずおれの抗議を聞いてくれる者はいなかった。先頭に立つ大先生のあとに続いて、みんながぞろぞろ玄関から出て行こうとした。最後に彩子が振り向いた。

「ゴタ、あんた言うことあるでしょ」

おおそうだ、このバカの処遇を忘れていた。

手持ち無沙汰に立っていたゴタンダが、うるせえよ、という表情のまま横を向いた。近づいていった彩子が、そのスレンダーな体のどこにそれだけのパワーが秘められているのか知らないが、ゴタンダの襟首を摑まえて顔を突きつけた。ゴタンダの顔が恐怖に歪んだ。

「ごめんなさいはどうしたの」

鼻と鼻がぶつかりそうな距離で彩子が囁いた。そこには明確な殺意が宿っていた。たぶん翔さんだって怯えただろう。そして翔さんの千分の一も肝っ玉のないゴタンダは、顔を強ばらせながらかすれた声で言った。

「ごめんなさい」

彩子が手を放して、何だかものすごくきれいな顔で笑った。

「ありがと」

頭を下げた。次に顔を上げた時には、もういつもの明るい彩子に戻っていた。

「行くよ、ゴタくん」

うん、と子供のようにうなずいたゴタンダが彩子のあとに続いて歩き出した。おれたちは工場に向かった。

そして、すべてが元に戻った。

10

東京理専は荒川区南千住にある。南千住の駅から十分ほど歩くと、何だか特撮映画に出てくる科学防衛隊の基地みたいな建物があった。カッコイイといえばカッコイイ。地下からサンダーバード二号が出てきそうなデザインだ。ただ、おれの趣味には合わないが。

トッキー時政くんが校門で出迎えてくれた。おれと顔を合わせるのは二回目のはずなのだが、生まれた時からの親友を歓迎するような笑顔だった。あまりにいい人過ぎて、どう対応していいのかわからない。おれは厚遇に慣れていないのだ。

時間ないですよね、と言いながらトッキーが校舎におれたちを案内した。にこにこしているだけの奴かと思ったら、どうも事務能力はきちんとしているようで、何枚かの書類にサインするように命じられた。機材使用許可証、実験室使用願、そんな単語が並んでいた。役所みたいだ。

最後に人数分の入校許可証が発行された。おれたちは全員それを胸に貼りつけて建物の奥へと進んだ。なあ、これってパックツアーの客みたいじゃない？　カッコ悪くない？

四階の細い通路の脇に〝佐久間実験室〟と書いたプレートがぶら下がっていた。ここです、とトッキーがノックをした。

すぐにドアが開いて、中から白衣とマスクをつけた男が現れた。さして広くはない室内に、同じ格好の男が二十人ぐらい並んでいた。怪しい宗教団体のようだが、おれたちにも白衣が渡された。入信の儀式をしなければならないのか。

そういうことではないようで、壁際に一人だけ座っていた中年の男が近づいてきた。スーツ姿のその男が、佐久間です、と小太りの顔を機嫌良くほころばせながら自己紹介した。この人がこの責任者のようだった。

「話は時政くんから聞いています。すごいね、君たちは！」

突然頭に響くような大声を上げた。はあ。ありがとうございます。

「設計図、見せてもらいましたけどね」おれは事前に今回の設計図一式をトッキーに送っていた。

「良くできてる！　はっきり言いますけどね、東京理専の水準は日本一なんですけどね、君たちも日本一だと思いますね！」

日本一はふたつないんじゃないですか、というツッコミを入れる隙もなかった。圧倒的な迫力で佐久間先生は勝手に話を進めていた。

「ここの続き部屋はクリーンルームになっていましてね」

奥を指さした。大きなガラス窓がある。その中には見たこともないような工作機器が雑多に並んでいた。どうも学校というより粗大ゴミの処理場のようにも見えた。

「試験はわたしたちの方でやりますから、見ていてください！」

佐久間先生がうちの大先生の手からGENZO一号を取り上げた。蛍光グリーンの塗料で全面を覆われているその姿は、やっぱりカエルという名前の方がふさわしかった。

ベルギーのベテラン職人がダイヤモンドを研磨する時のような、あるいは古物鑑定士が雪舟の掛け軸を見るような熱い視線で、佐久間先生がGENZO一号をさまざまな角度から点検した。バランスがいい、というつぶやきが漏れた。

「丁寧に作られていますね。見ればわかる！」

断言した先生の周りに、秘密結社の白衣たちが一斉に集まった。ブッシュマンが落ちてきたコーラの瓶を見るように、ひたすら無言のまま視線を注いでいる。

「あの、先生、強度に問題はないでしょうか」

ドラゴンが質問した。答えずに、科学とは何か、と低い声で佐久間先生が言った。

「それはつまり、やってみなければわからないということです！」

一見もっともらしい発言だったが、実はものすごく頼りない返答だった。なあ、それって科学か？

先生自らがGENZO一号を抱えたまま、クリーンルームに入って行った。学生たちはその様子を見守っているだけだ。先生がGENZO一号を何かの器具で固定していた。

「ジグっていうんです」おれの耳元でトッキーが囁いた。「あれで加振器に直接つないでおかないと、振動した時に吹っ飛んでしまいますから」

何だか嫌な予感がしてきた。おれたちは、というかレインマンと大先生は、インターネットで世界中から集めたありとあらゆる資料を参考に設計図を引いている。そしてそれに基づいて、ジジイ以下製作チームが形を作っていった。

だがどうもレインマンにしても大先生にしても、理屈や理論が先に立つ癖があった。全体の強度などより、それを犠牲にしてでもデザイン性とか内蔵している機器の性能にこだわっていた。

今、佐久間先生が使っている機械は、十センチ角の立方体であるGENZO一号と比較しても圧倒的に巨大で頑丈そうだった。あまりにGENZO一号はひ弱に見えた。あんなものの中に入れて振動を与えたら、いったいどうなってしまうのか。

だがおれの不安をよそに、先生はさっさとセッティングを終えていた。クリーンルームから出てきて、研究室の真ん中にある横長のコントロール席に着いた。

「これが我が校自慢の遠隔操作システムです」説明が始まった。「外部から機材類のスイッチを操作し、コントロールできるわけです。不慮の事故が起きた際でも、外にいれば怪我などの心配はありません」

嫌なことを言う人だ。不慮の事故が起きたらたまったものではないが、今さらそんなことを言っても始まらない。どうせやるんならさっさとやってくれ。さあ殺せ。

振り向くと大先生以下全員が、深く頭を垂れて祈りの体勢を取っていた。最後は神頼みか。情けない、と思いながらおれも慌てて両手を合わせた。それでは、という低い声と共に小さな金属音が響き始めた。

すぐさまクリーンルームから凄まじい音が聞こえてきた。顔を上げると、加振器全体が恐ろしく速いスピードで上下左右に動き始めていた。

「今、重力加速度が3Gです」先生が大きく声を張った。「ここから出力を上げていきます」

いいからやってくれ、とおれは手を振った。かわいそうに、GENZO一号が悲鳴を上げていた。

要するに加振器というのはジェットコースターと同じで、ランダムな振動を与えることによって加重をかけていく機械だ。あそこにいるのが人間だったら、もう既に内臓を口から吐き出しているだろう。幸いGENZO一号の場合は、そんなことはないのだが。

先生がコントローラーの目盛りを右に動かした。妙に嬉しそうな顔になっていた。

「いったいどれぐらいまで加重をかけるんですか」

おれも叫んだ。そうしないとこの騒音の中では声が届かない。

「一応10Gを目安に」

そこまでしなくてもいいんじゃないですかね、と言おうとしたが、先生はそんなこと聞いてはいなかった。嬉々として目盛りを動かし続けている。どんどん音が大きくなっていき、振動も激しくなっていった。やばくない？　と彩子の唇が動いた。

何分ぐらい経ったのかよくわからないが、先生が目盛りを元に戻し始めた。音が小さくなっていき、加振器の揺れが収まり始め、そして止まった。

「作動停止」

おれの横にいたトッキーが野太い声で叫んだ。作動停止、作動停止、という声が部屋のあちこちから聞こえてきた。ここは潜水艦の中か。ローレライ号か。

「作動停止、よし」

最後に佐久間先生が宣告して、額の汗を拭った。合図をすると学生の数人がクリーンルームに入って行き、機械からGENZO一号を外して戻ってきた。

「どうでしょうか」

恐る恐る尋ねたドラゴンに答えることなく、先生の体とは似合わない細い指がGENZO一号を子細に点検していた。しばらくして顔を上げた。

「外部構造損傷なし。筐体側面を開いて内部の確認」

どうもさっきからやることなすこと軍隊っぽくなっている。前に進み出た白衣の一人が、電動工具を駆使してGENZO一号の上部蓋を開いた。おれたちはなす術もなくその様子を見守るしかなかった。

「たいしたものだ」

持っていたペンで佐久間先生が内部を指した。すいません、それ教材じゃないんですけど。

「あれだけの振動を与えたにもかかわらず、見たまえ、基本構造にまったく問題はない」

そうか、無事だったかGENZO。よくやった。よく頑張ってくれた。

「わずかに電子基板にダメージはあるが、全体の強度はかなり強いと考えていいだろう」

うめき声を発した大先生が膝から床に崩れ落ちた。まったくの無傷というわけにはいかなかったらしい。

「そんなにショックを受ける必要はないですよ」うって変わって優しい口調で先生が言った。

「おい、誰か水をもってきてあげて」

「どれぐらいヤバイですかね」

ダメージはどんなものなのだろう。いやいや、と先生が明るく手を振った。

「前にどこだっけな、国立大学の学生が作ったキューブサットなんて、5Gの段階で全体がばらばらに吹っ飛んだこともありましたよ！　それに比べれば全然問題ないです！　むしろ良くできてるな、これ」

いいなあ、とトッキーが心底羨ましそうに言った。そんなことはいいから、損傷の具合を教えてくれ。

「この配置から考えると通信系のはずなんだがな」設計図と照らし合わせながら、先生が内部をペンでまさぐるようにした。「うん、そうですね。通信系に関しては電子基板を作り直さないと駄目でしょう。ですが、決してダメージ甚大というわけではない。むしろ損害軽微といったところでしょうか」

そうか？　軽微か？　とてもそうとは思えない。電子基板、という単語がいつまでもおれの胸に重く残った。

「よし、それでは熱真空試験に移りましょう！」

おれの思いなどまったく気にすることもなく、元気一杯に佐久間先生が命じた。部屋のあちこちから、熱真空試験、という声が上がった。

11

その後各種の環境試験があったが、ＧＥＮＺＯ一号はどうにかそれらをクリアした。問題があったのは最初の振動試験だけだった。

礼を言って東京理専を出た時、どうもすみません、とトッキー時政が申し訳なさそうに頭を下げた。

いや、どう考えても君に責任はない。これは不可抗力だ。強いて言えば設計をしたレインマンや電子基板を作ったジジイの問題だろう。より正確に言えば加速度のせいだ。

むしろ、この段階で弱点がわかって良かった。まだやり直しは利くだろう。礼もそこそこにおれたちは蒲田まで戻った。東京を丸々縦に横断するようなもので、やたらと時間ばかり食い、工場に着いたのは夜の八時を過ぎていた。

　さっそく内部を確認してみると、10Gという加重にもかかわらず、佐久間先生が言った通り致命的に壊れた部分はなかった。ただし、そこそこ調子が悪くなっているところはあった。

　例えばバッテリーを固定している八本のボルトのうち二本が緩んでいた。機能テストをしてみたらカメラのシャッターが下りなくなっていた。そして問題の電子基板だ。こうやって並べてみると、結構致命傷かもしれない。

　とりあえずボルトを締め直すことにしたが、これがまた厄介で、ネジ自体を通しているネジ穴が広がってしまっていることがわかった。わずか〇・一ミリほどのずれに過ぎないのだが、結局そこの部品を外して、新しいものと取り替えなければならなかった。決して簡単ではなかった。

　ロケットの打ち上げ自体は三月三十日とまだまだ先の話なのだが、とにかく一月二十八日までにGENZO一号をナカトミに届けなければならない。タイムリミットは迫っていた。

　それを計算に入れるとあと十日かそこらだ。こんなことをしていて間に合うのだろうか。

　間に合ったとしても再試験の時間はないだろう。すべてがぶっつけ本番ということになってしまう。これ以上努力したところでどうなるというのか。

　厭戦気分が漂い、事態は負け戦の様相を呈し始めていた。そしてそれに追い打ちをかけるように、もうダメだ、と大先生が禁句を口にした。

「突貫作業でやれば、ボルト問題は解決するだろう。カメラが映らないのも原因はすぐわかるだろうし、最悪カメラごと取り替えてしまえばいい。だが新しい電子基板を作るのが間に合わない」

　真っ暗な宣言だった。ガンを告知するブラックジャックみたいな声だった。かもしれないな、とドラゴンがうなずいた。

　二人の言っていることはおれにもよくわかった。振動試験でＧＥＮＺＯ一号に何か問題があっても、十日もあれば直せるはずだった。ただし、それはジジイが健在だったらという話だ。そしてジジイの入院は、実は本当に致命的なことだったのだ。

　前にも説明したが電子基板の製作には、配線図をＯＨＰシートに印刷した上で銅基板に載せて特殊光を当てるという工程が必要になる。結果として配線図の線が引いてある部分が陰になることによって、そこだけ銅が残る。これを薬品に浸すと、銅線部分が電気を通すことになるのだ。どうしてもこの工程は外せないのだが、問題が二つあった。

　まずすべての工程が終わるまでに一週間かかること、もうひとつはジジイがいない今、どうやって基板を完成させるのか、そのやり方を誰もわかっていないということだった。この作業については全部ジジイが担当していたのだ。

「つまり、今この瞬間から作業を始めたとしても、出来上がりは七日後だ」

　おれたちは申し合わせたように揃って時計を見た。今、夜の九時だ。今からやれば何とか間に合うかもしれない。だがどうやって。おれたちの中の誰一人として、正確なＯＨＰシートと電子基板の製作についての知識を持っている者はいない。経験もなかった。

「明日では遅い。今夜中に作り始めなければ、電子基板が完成したとしても、すべてを組み立て直してもう一度ＧＥＮＺＯ一号を完成させるための時間がなくなってしまう。これは純粋に物理的な問題だ」

完璧な論理を構築した大先生に、それはいったいどういう意味だ、とすべてをぶち壊す論法でゴタンダが聞いた。つまり、絶対に間に合わないということだ、と大先生が丁寧に言った。さすがにゴタンダが黙り込んだ。反論の余地がないと悟ったようだった。

「だがそうも言ってはいられない。試してみるか」

大先生が腕を組んだ。おれたちはジジイがどの工作機器を、何の薬品を、特殊光を使っていたか見てはいる。ただ、どんなふうにしてOHPシートを完成させたのかまではわかっていなかった。材料は全部揃っているし、完成形もわかっているのだが、途中の過程がすっぽり抜けていたのだ。チャレンジはできるが、うまくいく可能性は一パーセントもなかった。

「それでも、やってみるしかないだろう」おれは自分の携帯をドラゴンに渡した。「これでトッキーに連絡を取ってみてくれ。おれはジジイと話すから」

その場から家の電話でオフクロに連絡した。窮状を訴えると、とてもじゃないけどそれは無理、と取り付く島もない答えが返ってきた。

「あんたが大変なのはわかるけど、まだおじいちゃんはICUに入ったきりなのよ。電話どころか話だってできないわ。ましてや家に戻ってそのなんとか板《ばん》を作るなんて」

わかってる。おれだって身内を殺したくはない。尊属殺人は重罪だ。とはいえ、死にぞこないが本当に死んだとしても、それはそれで仕方がないのではないか。そう言ったら電話が切れていた。よほど怒ったらしい。

「理専、誰も出ない」

ドラゴンが携帯を耳に当てたまま言った。南千住と蒲田は遠過ぎた。もう九時半を回っていた。学校というのは、そんなに遅くまで人がいる職場ではないだろう。

「トッキーの携帯は」

電源が切れている、とドラゴンが答えた。確かに、早寝が似合う顔をしていた。

疲れきった表情で、みんながあらぬ方向に目をやっていた。彩子はテーブルの上に直接座って、置かれたままになっていた少年ジャンプを読んでいた。翔さんは難しい顔で戸口に立ち尽くしていた。大先生は工具箱からひとつかみの細釘を取り出して、新しい立体芸術の作製に取り掛かっていた。ゴタンダは鼻の穴の掃除を始めていた。

おれはドラゴンから携帯を取り返して、もう一度トッキーに電話を入れた。何時になってもいいから必ず連絡をくれ、と留守電にメッセージを残して、携帯をゴタンダに渡した。

「五分ごとにかけてくれ。万が一にでもつながれば、何とかなるかもしれない。気をつけろ、お前の汚い指で触るな」

どうやって電話すりゃいいんだよ、とゴタンダが文句を言ったが無視した。リダイヤルだったら鉛筆一本でできるだろう。

「オーチャン、ネットで検索かけてくれ。電子基板の作り方だ」

もうやってる、とオーチャンがキーボードを軽快に操作した。そんな都合のいい話はない、と大先生が慎重に釘を移動させながら言った。

「無駄だ。やり方がわかったところで、実際に作ることはできない。ぼくたちみたいに経験がない者に、そんなことができるはずがないだろう」

「やってみなきゃわかんねえだろうが」

顔を真っ赤にしてゴタンダが吠えた。そうじゃない、と珍しく切れることなく大先生が首を振った。こいつもこいつなりに悔しいのだ。

「現実問題として無理なんだ。ぼくだって、ここまできて諦めたくはない。今までだって何とかなったんだ。これだって何とかなると思いたい。だけど」

驚いたことに大先生の目に涙が浮かんでいた。何だよ大先生、ちゃんと感情があるんじゃないの。いつでもそうしなさいってば。

「だけど、もう無理なんだ」

腕を払った。芸術に新しい地平線を切り開くかに見えた細釘の立体アートが、跡形もなく散らばった。

ゆっくりと体を起こした翔さんが、その釘を一本一本拾い集めてテーブルに戻した。そうだ、ダンナだ、とおれは叫んだ。

「ダンナに連絡してみよう。あいつだったらわかるかもしれない」

それだ、とドラゴンが指を鳴らした。ダンナの連絡先を調べるのに少し時間がかかったが、結局自宅の番号がわかった。

「神野でございます」

落ち着いた声で女の人が電話に出た。母親かと思ったが、よく聞いてみるとお手伝いさんだった。ちぇっ、ブルジョアめ。

「すみません、夜分すみません。こちらは王電高の二年で神野さんの後輩の梶屋というものです。

梶屋信介」選挙演説のように繰り返した。「あのですね、申し訳ないですけど、至急神野先輩と連絡を取りたいことがありまして、それで電話をしたんですけど」

勢いは通じたようだったが、お坊ちゃまは今いないんですよ、という冷たい返事が戻ってきた。

「今週、お兄様が結婚なされますものですから」

アメリカでの結婚式に出席するため、今朝早く日本を発ったのだという。馬鹿な兄貴だ。何でこんな時に結婚なんかするのか。来週じゃ駄目なのか。そもそも何でアメリカなんだ。

「お戻りになるのはいつですか」

今日が月曜日ですから、とお手伝いさんが数を数える声が聞こえた。

「来週は学校に行くとおっしゃってましたから、日曜日の夜にはお戻りだと思いますけど」

そうですか、日曜ですか。それでは間に合わない。少なくとも今夜中には電子基板とOHPシートの製作にかからないと、どうにもならないのだ。

とにかく連絡があったらぼくの携帯に電話をくれるよう伝えてください、と言って番号を教えた。必ず伝えます、とお手伝いさんは言ってくれたが、どこまで当てになるかはわからなかった。

「万策尽きたか」

大先生が舌打ちをした。まだわからないぞ。トッキーが電話をくれるかもしれない。インターネットが奇跡のように、初心者向け電子基板の作り方を解説してくれるかもしれない。何があるかわからないのが人生だ。

「確かに。一寸先はわからないからね。ただ、今要求されているのは、優秀な学究の徒ではなく、むしろ経験の深い職人だということを忘れないでくれよ。ぼくはトッキーやダンナから連絡があったとしても、あんまり意味がないと思うんだよね」

ものも言わずに彩子が読んでいたジャンプを投げつけた。狙いは過《あやま》たず大先生の顔面を直撃し、沈黙のまま床に沈み込んでいった。

「うっさいわね、ホントに。ガタガタ言ってないで、とりあえずやってみなさいよ！　失敗したからって、命まで取られるわけじゃないんだから。怖いんだったらあの子たちから連絡が入るのを黙って待ってなさいって。カジシン、その間にできることしよう。もうグダグダ言ってる時間はないのよ」

翔さんが倒れていた大先生を片手で起こした。鼻血が口の周りを染めていた。お前はKOされたボクサーか。わかった、そうしよう、と弱々しい声でつぶやいた。

「カメラの配線を確認するから、オーチャンは手伝ってくれ。ドラゴンと彼女でボルトを交換するんだ」

それと暴力は反対だ、と付け加えた。悪かったわよ、と彩子がつぶやいた。

「誰も出ねえなあ」

律義にリダイヤルを押し続けていたゴタンダが呻いた。その時、段ボールの扉が開いて、レインマンが出てきた。

12

落ち着きのない森の小動物のようにレインマンが工場の中をうろつき始めた。あいつならできるんじゃないのか、と囁いたおれに、無理だね、と大先生が答えた。

「レインマンは天才だよ。それはダンナも認めた通りさ。だけど、それは学者としての優秀さであって、技術を要する職人のそれとは種類が違う。早い話が、電子基板を作るだけだったら彼より君の方がよっぽど器用にこなすだろう」

たぶんあいつはプラスドライバーとマイナスドライバーの違いもわからないんじゃないか、と大先生が言った。それは極端過ぎると思うが、実際問題としてレインマンには工作機械の始動もできないかもしれなかった。いくら数学的才能に恵まれてるとはいえ、それとこれでは話が違うだろう。

そして気がつけば深夜十二時を回っていた。ゴタンダは機械より正確に五分おきにリダイヤルを押し続けていたが、つながる気配さえなかった。かかってくる電話もない。カメラの点検をしていた大先生が、接続ではなくカメラ自体の固定が甘かったために、振動試験の衝撃で内部の何かが壊れたようだ、という結論を出したのはそれから一時間後のことだった。

「取り替えれば問題は解決する。その後ホールドを完璧にすれば、今後このような事態は避けられるだろう」

不幸中の幸いだ。カメラの交換というとものすごく高くつくように聞こえるかもしれないが、世の中は進んでいる。秋葉原なら六千円も出せば十分に高性能高品質のカメラが手に入るのだ。

「翔さん、オーチャンにカブのキー貸してあげて」

彩子の命令に翔さんがキーを投げた。見事なコントロールでオーチャンの胸ポケットに入った。太った体をゆすりながら、オーチャンが工場の外に出て行った。今から秋葉原の店に戻って、カメラを取ってくるつもりなのだ。

「そっちはどうだ」

「ネジは全部外した」ドラゴンがドライバーを振り回した。「もう一回採寸する。時間はかかるだろうけど、少なくとも二十四時間以内には直せるだろう」

ひとつひとつ困難を排除していけば、いつかは何とかなる。おれたちはこの半年でその事実を学んでいた。ただ、それでも解決できない問題が残っていた。うるさいな、と顔を上げた大先生がおれを睨んだ。

「あれを止めさせろよ」

レインマンが工場の隅にあるプレハブ小屋の前に立って、目の前のドアを叩いていた。ゆっくりと、静かに、だが規則的に音が続いている。いつからそんなことをしていたのか。こっちも作業に没頭していたので気がつかなかった。

「止めろよ、レインマン」

声をかけたが、音は止まなかった。放っておきなよ、と彩子が言った。別に邪魔になるわけじゃないからそれでもいいのだが、大先生の言う通りうるさいといえばうるさいし、気になるといえば気になる。

「ぼくみたいなセンシティブな人間にはね、ああいう音が」

大先生がいきなり口を閉じた。彩子が再び少年ジャンプを取り上げたからだ。

「いったい何がしたいんだ」

ドラゴンが首をひねった。まさかとは思うが、親父を引っ張り出そうとしているのではないか、とおれは言った。

レインマンがここにきてから、かれこれ三カ月ほど経つ。段ボールのバリケードは視界を遮るためには十分役立ったが、おれたちの話し声は筒抜けだ。うちの親父の状態がどんなものかはしょっちゅう会話にも出てきたし、その辺はレインマンにもわかっているはずだった。

ジジイがよく言っていた通り、親父はそれなりに熟練した工員だった。技術も身についている。当然電子基板の製作などはお手のもののはずだ。

「とはいえ、無駄だな」

おれはつぶやいた。親父が引きこもってから既に二年半が経過している。筋金入りの引きこもりだ。その間、顔も見ていない。ヒマラヤの雪男だって、もう少し姿を見る機会はあるだろう。出てくるはずがなかった。

「ゴタンダ、どうだ」

どうもこうも、と半分寝ぼけた顔で手を上げた。ずっと握りしめられていたために、携帯電話が汗で光っていた。

「どっからもかかってこねえし、トッキーは出ねえし」

ちくしょう。トッキーの家の住所ぐらい聞いておけば良かった。今時の若者と同じく、おれも携帯の番号とメールアドレスは交換しているが、住所までは聞いていなかった。いざという時困るので、これからは聞くことにしよう。

「大先生、採寸を手伝ってくれ」

声をかけたドラゴンに、面倒だな、と言いながら大先生が重い腰を上げた。

13

作業は続き、ボルトについては完全な形での固定作業が進んでいた。耐震試験装置はないから再テストをするわけにはいかなかったが、どこからどう見ても補強はうまくいっていた。緩むことはないだろう。

三時間後、オーチャンが帰ってきた。カメラをつなぐと大先生の言った通りであっさりとパソコンに画像が写った。こちらもボルトを増やして固定することにした。それなりに順調だった。

彩子はテーブルに突っ伏したまま寝息を立てていた。時々意識を取り戻しては周りを見ているのだが、結局また寝てしまう。とっくの昔にゴタンダは沈没していた。さすがのドラゴンもさっきから欠伸をかみ殺してばかりいる。仮にも生きているのはおれと大先生だけだった。

「やっぱり、うるさいよ」

大先生が指を立てた。驚くべきことだが、レインマンは四時間前と姿勢もやることもまったく変わっていなかった。少し体を斜めに傾けたまま、プレハブの壁を叩き続けている。

「マジで、止めた方がいいかもな」

おれはドラゴンを促して、二人でレインマンに近づいて行った。いくら何でも立ちっぱなし叩きっぱなしでは、レインマン本人が壊れてしまうだろう。中にいる親父だって、イライラしておかしくなってしまっても無理はない。

「レインマン、もういいんじゃないな」

声をかけようとしておれは腰を抜かした。仰ぎ見ると、ドラゴンもまた口を大きく開いたまま動かなくなっていた。たすけてよ、という囁きがレインマンの唇から漏れていたのだ。初めて聞くレインマンの肉声。クララが立った時のハイジより、おれたちは驚いていた。

たすけて、おじさん。たすけてよ。もうぼくたちにはどうにもならないんです。みんな、どうしていいのかさえわからなくなってる。おじさんしかいないんです。いまだけでいいんです。ずっとじゃなくていいんです。いまだけ、ここからでてきて、ぼくたちをたすけてください。おねがいします。

ぼそぼそした声が続いていた。本人も何を言っているのか、よくわかっていないのではないか。それでもつぶやく声は途切れもせず、何度も同じところを行ったりきたりしながら、リピートしていた。

おじさん、おねがいします。たすけてください。いやかもしれないけど、こわいかもしれないけど、もうだれにもあいたくないのかもしれないけど、でも、たすけてください。いちどだけでいいんです。たすけてくれたら、またもどればいいんじゃないかなって。おねがいです。いまだけでいいんです。

振り向いた。みんなが顔を上げて、レインマンを見つめていた。夜食を運んできたオフクロもそこにいた。プレハブのドアを叩く乾いた音と、祈りにも似たレインマンの声だけが続いていた。おれとドラゴンの間を抜けて、彩子が前に出た。おれの顔を一瞬見つめて、レインマンの横に並んだ。手が動いて、同じようにプレハブを叩き始めた。

「おじさん、あたし。ねえ、あたしのこと覚えてる？　立花彩子。前、一回だけ会ったことがあるんだよ。中二の終わりに、カジシンと遊んでて遅くなって、家まで送ってくれたじゃない。ね、覚えてない？」

叩く音が二つ重なった。レインマンはもうかれこれ四時間、ずっとノックを続けていた。心身症だか自閉症のなせる業なのかもしれないが、とにかく延々と声をかけ続けながらドアを叩いていたのだ。

ぼくもいやだったよ。それでもでてきた。なかにいたって、そとにいたって、きっとおなじだ。いいこともわるいことも、たのしいこともつらいことも、おなじだけある。おじさん、ぼくもおじさんとおんなじだよ。なにもしたくない。いきていたくもない。しぬゆうきもない。だけど、でてきた。ぼくがいたほうがいいって、みんながいってくれた。おじさん、わかるでしょ。いまみんなをたすけられるのは、おじさんしかいないんだよ。

ドラゴンと大先生が前に進み出た。並んでドアを叩き始めた。目頭を押さえていたオフクロが、素足のまま冷たいコンクリートの床に降りた。飛び込むようにして輪に入った。激しくプレハブを叩き始めた。

ヤバクねえか、とゴタンダがおれの耳元で囁いた。こいつは親父の病気について、他の連中よりは詳しく事情を知っている。

「医者に止められたんだろ。無理に説得なんかするなって。強引に引っ張り出したりするなって」

オーチャンがプレハブの横に回り、そこの壁を叩き始めた。ヤバイだろうな、とおれは答えた。

「症状が悪化したりしてな。おかしなことになっちまうかもしれない」

止めた方がよくねえか、とゴタンダが言った。かもしれない。だが、止めるつもりはなかった。今、おれたちは何度目かのピンチを迎えている。助けてくれる者はいない。誰にも、どうすることもできない。プレハブの中にいる親父を除いては。

だったらいいじゃねえか。おれは腹をくくっていた。親父が最悪プレハブの中で首をくくったとしても、その責任はおれが全部引き受ける。

だいたい、今だって生きているわけでも死んでいるわけでもない。どっちつかずで、ただ毎日を漫然と過ごしているだけだ。どっちかに針が振れたからって、驚くようなことじゃないだろう。

「ゴタ、こいつは誰の責任でもない。おれの判断、おれの責任だ。親父がどうなっても、それはおれの問題だ」

それに、と付け加えた。今おれは最大の危機に陥っている。息子のピンチを救いにこない親父なんて、いたってしょうがないだろうが。

「まあ、死にゃあしないと思うがな」ゴタンダが不敵に笑った。「一応、おめえの親父だもんな」

そういうことだ。こんなことは言いたくないが、何だかんだでおれは親父を信じている。出てくるかこないか、そんなことは知らないが、おれにはわかっている。少なくとも、親父は死んだりはしない。なぜなら、おれの親父だからだ。

「シンちゃん、カッコイイ」

古い映画のセリフをゴタンダがパクった。おれたちは揃ってプレハブに向かった。うなずいた翔さんがそのあとに続いた。

それから二時間、みんなの声とドアを叩く音が続いた。もう他にできることはなかった。

そして、ドアは開いたのだ。

14

そのあとの数時間については、ちょっと記憶も曖昧だ。覚えているのは、幽鬼のように戸口に立った親父を見て、臭いと大先生が口走ったこと、その頭を勢いよくオフクロが叩いたことぐらいだ。

二年振りに見た親父は確かに少し臭かったし、かなりやつれてはいたが、案外変わっていなかった。髭も髪もちゃんときれいに整っていた。昔から身だしなみには几帳面な男だった。

状況を説明したのはレインマンで、おれたちにはひと言も口を利いたことがないくせに、やたらと饒舌だった。同病相憐れむとはこのことだ。同じ心の苦しみを共有する者として、わかりあえる何かがあったのだろうか。

親父はまったく口を開かなかった。黙ったままレインマンの話に耳を傾け、大先生から渡された設計図に目を通し、状況の理解と把握に努めていた。そしておもむろに電子基板の製作にとりかかったのだ。オフクロともおれとも、一切目を合わせることはなかった。

それから約一日半、親父は仕事に没頭した。トイレにも行かず、水さえ飲まず、もちろん何か食べたりもしなかった。ただただ機械に向かって黙々と手を動かし続けるだけだった。京都辺りで和紙を作っている、国宝クラスの名人を思わせる後ろ姿だった。

オフクロも何も言わなかった。ただ親父をずっと見つめていた。病院のジジイはいいのか、と一度だけ聞いてみたが、あんたが行けばいいでしょ、と怒られた。

ジジイ、残念だったな。あんたの想いはオフクロには通じなかったようだ。泣くな、あとでおれがやけ酒でも何でもつきあってやる。これが全部終わったらだが。

みんなはそれぞれ、限界がくれば死人のように倒れ、時がくればゾンビのように蘇ってきた。途中、翔さんがコンビニで食い物を買ってきてくれて、みんなでそれを貪《むさぼ》り食ったのを覚えている。恐ろしい話だが、よく考えてみるとおれたちは翔さんをパシリに使っていたのだった。

比較的元気だったのは大先生で、親父の作業の進捗状況を横目で見ながら、他のトラブルについての技術的対処を行っていた。この数カ月、テクニカルな意味で大先生の進歩は目覚ましく、その能力を存分に発揮していた。もうこの段階までくると、おれなどは出る幕がなく、ただ見守っているしかなかった。ゴタンダに至っては半分以上眠っていた。

翌日の早朝、そして昼過ぎにトッキーとダンナからそれぞれ連絡があった。問題は解消されつつあると答えると、トッキーは嬉しそうに、ダンナは馬鹿にしたように電話を切った。

朝六時にプレハブから出てきた親父は、次の日の夜十時に作業を終了した。そこで初めておれは声をかけた。

「あんた、とりあえず風呂ぐらい入ったらどうよ」

いくらでも他に言うべき言葉はあったのだろうが、思いつかなかったのだ。虚ろな目でおれを見つめていた親父がゆっくりと首を振り、そしてプレハブの中に戻って行った。ある意味徹底した男だ、と感心した。息子や嫁に対してのコメントはないらしい。

ドアが静かに閉まって、それきりだった。二年振りに顔を合わせたというのに、コミュニケーションはゼロ。あんたは大魔神か。村人の窮地を救ったら山に帰るのか。オフクロがおれを見て、二、三度首を振った。とにかく、生きて動いてるんだからそれでいいじゃないの。そういうことだった。

「一応、オヤジさんは仕事をしていってくれた」

大先生が報告にきた。もうちょっと何ていうか、お前らにはわびさびというものはないのか。親子の微妙な関係を思いやったりはしないのか。何度も言うようだが、親父の顔を見るのは二年半振りなんだぞ。

「問題はここからだ」おれの思いなどまったく気にする様子はなかった。「今から一週間経たなければ、電子基板は完成しない。そこから今の壊れている基板と交換して、少なくとも一度はきちんと機能するのかどうかテストをしなければならないだろう。つまり、まったく時間はないということだ」

全員がうなずいた。しかし、今は何もできない。電子基板の完成までは、GENZO一号の補強作業を粛々と続ける以外にやるべきことはなかった。

前からウスイとの打ち合わせで、一月二十八日までにナカトミにGENZO一号を届ければ、その日ロシアまで便があるのでそれに乗せてくれることになっていた。そうすれば翌日ロシアで突貫作業が行われ、GENZO一号の積み込みは無事執り行われる。そのための手筈をウスイは整えていた。

逆に言えば、それがデッドリミットということだった。二十八日を踏み越えてしまえば、もうどうにもならない。ロケットはＧＥＮＺＯ一号のことなど関係なく宇宙に飛び立って行く。そういう契約をおれたちは交わしていた。

だがもう今日は一月十八日、残された時間は十日間しかない。間に合うの？　ねえ、どうなの？　思わず女子高生口調でおれは聞いた。

「やってみないとわからない」

大先生の非常に実質的かつリアルな答えが返ってきた。あのな、とおれは優しく言った。そんなことはな、おれでさえわかるんだよ。さっさと仕事に取りかかりやがれ。

「はい」

大先生が珍しく素直に言った。

15

しかし案ずるより産むが易しで、電子基板はきちんと二十五日に完成した。すぐに大先生が交換作業を行い、その日のうちに終わった。同時に機能の再テストに取り掛かった。祈りを捧げるおれたちをよそに、まったく無感動な表情で大先生がバッテリーのスイッチを入れた。

キューブサット本体の要所にはＬＥＤライトがセットしてあり、電源が入れば点灯することになっていた。逆に言えば、ライトがつかなければどこかに問題があるということになる。もしこの段階で問題が発生すれば、もうやり直しの時間はないだろう。祈る以外何をしろというのか。

しかしレインマンの設計が良かったのか、それとも親父の腕に衰えがなかったのか、とにかくライトは明るく灯った。拍手と歓声が沸き起こったが、まだだ、と大先生が氷のように冷静に言った。

「電源が入ったぐらいで感動している場合ではない。問題は通信なのだ」

なぜ人間は緊迫した場面になるとバカボンのパパ口調になるのか。それでいいのか。

通信なのだ、と繰り返した大先生がパソコンモニターに向かった。GENZO一号から送られてくるデータに素早く目を通した。

「ジャイロ、稼働良好」

「ジャイロ、稼働良好」

ゴタンダが調子良く繰り返した。この前理専に行ってから、おれたちもまた復唱の楽しさに目覚めていた。

「制御装置良し。アンテナ感度良好」

大先生が確認し、そのたびにゴタンダが復唱した。異常は発生していないようだ。双方向通信機能が回復した、と大先生が言った。

「一応すべての機能を確認した」

パソコンのモニター上に細かい数字とアルファベットの列が続いていた。GENZO一号から送られてくる信号を解析しているのだ。今は固定されているので数値は変わらないが、宇宙空間で移動すればそれに応じてデータは変化する、と大先生が説明した。

「方向、座標もわかるし、それを修正することも可能だろう。可能なはずだ」

どうして言い換えるのか。お前、いつもはもっと自信過剰気味じゃないか。こういう時こそ胸を張って発言してくれ。だがさすがの大先生も、ちょっと自信を喪失気味だった。

「たぶん、うまくいくだろう。いってほしいと願う」

もういい、黙れ、と命じた。景気が悪くなるじゃないか。

「今もそうだが、GENZOが電波を送信すると信号を無線機がキャッチする」

大先生がボリュームを上げた。夜中、何も映っていないテレビのようなノイズが流れ出した。規則正しく、五秒ほどの間隔で鋭い金属音が響いた。

「信号が届くたびに、この音が鳴る。航空機でいうところのビーコンだ」大先生がスピーカーを指で弾いた。「これが聞こえれば通信成功、聞こえなければ失敗というわけだ。現段階では聞いた通り、問題はないことがわかる」

「つまり、完全に直ったということか」

問いかけたドラゴンに、黙ったままうなずいた。おれたちは素直に称賛の拍手をした。無言で大先生が一礼した。

「最後に撮影機能のテストをしたい」

もう一台のパソコンを立ち上げた。そこには何も映っていない。ただ普通のWINDOWSの壁紙があるだけだ。大先生が何度かマウスをクリックすると、新しい窓が開いた。

「まだカメラのバッテリーをつけていないから、何も映っていない。今から再テストだ。みんな、並んでくれ」

おれたちは言われるままにGENZOの前に立った。彩子、ゴタンダ、ドラゴン、オーチャン、レインマン、翔さん。最後におれも並んだ。大先生が素早くクリックした。別にシャッター音はしなかった。

「もう撮ったのかよ」

ポーズぐらいつけさせろや、とゴタンダが怒鳴った。テストだ、と言い切った大先生がパソコンの前に座った。画像処理、とつぶやきながらマウスを動かす。さっき開いた窓に何かが映った。

「もっとサクサクできねえのかよ」

皮肉っぽくゴタンダが言った。そのひと言で切れたのか、久しぶりに大先生がヒステリックな叫び声を上げた。

「できないよ、そんなにいろんなこと！」

声が天井に反響した。怯えたようにレインマンがうずくまった。おれはゴタンダを殴りつけた。すいませんね、大先生、このバカが余計なことを言いました。ゆっくりやってください。気が済むまで、一年でも二年でもかけてください。

大先生が画像を拡大した。何だかよくわからない。おそらくさっきのおれたちなのだろう。映っているのは人間だ、ということまではわかった。ただ、誰が誰なのかさえわからない。

「何だ、これ」ドラゴンがパソコンを覗き込んだ。「ボケボケじゃないか」

余計なことを言うな。これ以上はおれも大先生を止められないぞ。

「距離の問題かな」大先生が首をひねった。「完全にオートフォーカスのはずなんだが」

しばらく調整していたが、結局原因はわからなかった。取り替えたカメラの性能の問題かとも思われたが、使用しているものは前と同じだ。とにかく映ることは間違いないのだから、これでいいのだ、と大先生がまたバカボンのパパになった。

それから二日間、リミットギリギリまで筐体全体の強度を高めるべく補強を重ねた。バッテリーの精度も高めるなどやれるだけのことはやった。結果、パワーアップしたGENZO一号をおれたちはGENZO－Jr、略してジュニアと呼ぶことにした。正直、最後の最後にぶっ倒れたジジイの名前を使うのがどうも縁起が悪いと思ったせいもある。

時間はそこまでだった。ナカトミのウスイからはその間何度も連絡があった。わかってる、今行きますから、たった今出ましたんで。悪いソバ屋の見本みたいな言い訳を繰り返していたが、それももう限界だった。

おれたちはジュニアを段ボールに梱包した。たった二キロ、十センチ角の鉄の塊がきれいに箱の中に収まった。

「翔さん、これをナカトミまで届けてもらえますか。連絡はおれの方からしておきます」

おお、とうなずいた翔さんが軽々と段ボール箱を小脇に抱えて出て行った。おれたちも慌ててあとを追った。段ボールを乱暴に荷台にくくりつけていた翔さんを見て、大先生が卒倒しそうになった。

だが構わず縛り終えた翔さんがスーパーカブにまたがった。クラクションの音がしたかと思ったら、あっと言う間に見えなくなった。カブとは思えない加速度だった。ある意味、ロケットよりも速いのかもしれない。

「事故らなきゃいいけどな」

ゴタンダが不吉な発言をした。おれはウスイに連絡するために、携帯をポケットから取り出した。

16

ウスイから連絡が入ったのは二十分後のことだった。ジュニアは無事ナカトミに着いたという。よくわからないが、翔さんは蒲田から青山まで二十分で行ったということなのだろうか。

更に二時間後、ジュニアが成田空港に向かっていること、担当者が責任をもってロシア行きの飛行機に載せるという連絡があった。実際、次の日になってジュニアがロシアに着いたことが確認された。

あとはロシア技術陣が真面目に働くかどうかだけが危惧されるところだったが、さすがに契約しただけのことはあり、積み込み作業は順調に進み、日程通りヒョードルⅣは打ち上げられることが確定した。それが二月一日のことだ。

おれはそれをメールでみんなに伝えた。ただ一人、ドラゴンを除いて誰からも返事はなかった。そのドラゴンにしても、お疲れ、というひと言だけだった。それほどまでに全員疲弊しきっていた。まあおれだって正直なところ、それどころじゃないというか。役目だからやっただけの話で、もう気が抜けまくっていたのだ。

ジジイはそれから三週間後に退院してきた。戻ってきた第一声は、ステーキが食いたい、というものだった。死ね。

おれたちもまた学校に行き始め、元のポジションに戻った。大先生はクラス中から相手にされず、ドラゴンはスロッターに復帰し、ゴタンダは相変わらずバカで、翔さんは最初から最後まで本物の不良だった。

レインマンも変わらなかった。少しは学校にくるようになるのかと思っていたが、どうもそう簡単なものではないらしい。それはうちの親父も同じだった。プレハブから出てくることはなかった。

彩子とオーチャンは秋葉原の店に帰った。ロシアのロケット打ち上げまでは、しばらく待機するしかないからだ。そうなってみると現金なもので、誰も工場に訪ねてくることはなかった。どうも調子が出なくて、おれはちょっと困った。

しかしそんなおれの気持ちにはお構いなく三学期はいつものように短く、あっさりと過ぎていった。期末試験を挟んですぐ卒業式があった。別に用もないし、ダンナの卒業を祝うつもりもなかったから、顔は出さなかった。

たまたま学校にいたゴタンダはダンナと出くわしてしまったそうだ。金は返せよ、と言われたそうだ。もちろん、そのつもりです。いつかね。

春休みが始まり、打ち上げの日が近づいてきた。再び大先生が工場に顔を出し始めた。とにかくおれたちはキューブサットを完成させ、ロケットに載せた。だがそれだけなら何とでもなる。問題は放出後に通信が可能になるかどうかだ。今回のミッションの成功はそこにかかっていた。

というわけで大先生は無線機の調整に余念がなかった。退院していたジジイがそれを手伝い、他の連中は時々その様子を見にきたが、別にやることがあるわけではない。おれとだらだら無駄話をして帰って行く場合が多かった。緊張は高まっていたが、その割に平穏な日々だった。

打ち上げを二日後に控えた三月二十八日、大先生からの招集に応えて全員が集まった。ヒョードルⅣの打ち上げに備えての準備が完璧に整った、と報告があった。

ヒョードルは三段型のロケットで、打ち上げ後約一分半でロケットブースターが燃焼を完了し、その後ブースターは切り離される。それから約三分で、フェアリングと呼ばれるロケット頭部を覆っているカバーが分離され、おれたちのジュニアを宇宙に放出する準備が整えられる。

更にその約三分後、第一段主エンジンが燃焼を終え、二段目のエンジンが燃焼を開始、そしてジュニアが放出されるのは、打ち上げ三十四分後の予定だった。高度約八百二十キロの高さでその作業が行われる。

「ナカトミからの資料によれば、日本の上空を通過して電波の受信が可能になるのは、放出九十一分後ということだ」

科学というのは凄いもので、打ち上げの時間、方向がわかれば軌道の計算などあっと言う間にできるのだそうだ。どこをどのように通過するか、宇宙空間における位置が秒単位でわかる。

そしてそれに対応するため、大先生はアンテナ角度の調整や無線機のチューニングまですべての準備を終わらせていた。無線の周波数は日本アマチュア無線協会から割り当てられたものだ。

「幸い春休みに入った。我々はそれに備え、明日から待機する。何か質問は」

質問はないが不安は腐るほどあった。だいたい、ロケットの打ち上げそのものがうまくいくかどうか保証はまったくない。どこの国でもそうだが、数パーセント、あるいは数十パーセントの割合で打ち上げには失敗がつきものだった。

仮にそれがうまくいったとしても、キューブサットの放出が無事に済むかどうかわからない。そこも成功したとしても、ジュニア自体にトラブルがあればどうしようもない。ちゃんと通信は可能なのだろうか。写真は送られてくるのか。

　不安は山積みだったが、もう誰にもそれを解消する方法はない。あとは運を天に任せるだけだ。だから今さら何も相談したりすることはなかったのだが、久々に全員が顔を揃えたということもあり、話は尽きなかった。

　一方で希望的観測を述べる者がいれば、逆の立場から意見を言う者もいたし、更に悲観的な発言が出ると慰めるように楽観論を持ち出す者もいた。うまくいくという見方と失敗するという見方をみんながそれぞれ両方とも持っていたし、その論拠もあったので、議論は果てしなく続いた。

　まあそうは言っても、そんな話ばかりしていたわけではない。だんだんと流れは思い出話の方向に行き、焦点はゴタンダの資金流用事件とそれに激怒したおれの対応に絞られていった。全員の一致した意見は、どう考えてもゴタンダが悪い、という結論だった。

　前非を悔いたゴタンダが号泣し、その結果として逆におれが糾弾された。そんなにゴタンダを責めなくてもいいのではないか、ということだった。おかげでおれは罰として全員のチャーハンを作らされる羽目に陥った。くどいようだが、おれはこれで案外料理がうまいのだ。

　結局そのまま流れ解散した。退院してからというもの、ジジイはすっかり昔の生活パターンに戻ってしまい、夜八時を過ぎると疲れたので寝るといって部屋に戻って行ったから、あと片付けはおれの仕事だった。どうも年寄りを甘やかすとろくなことはない。

　そろそろ注意しないといけない、と思いながら少しテレビを見て、それから誰もやってくれないのでみんなが汚した食器を洗うことにした。こうやって考えてみると、おれはずいぶんいい主婦になると思う。

うちのガス湯沸かし器は性能が悪く、お湯が出てくるまでしばらく待っていなければならない。水を出しっぱなしにしたまま待っていると、外で小さくドアを叩く音がした。

ゴタンダだろうか。帰るのが面倒になって、泊めてくれとでもいうのか。それならそれでいいのだが、と思いながらドアを開けるとそこに彩子が立っていた。

「忘れ物」

あ、そう、というおれの返事も聞かずに中へ入ってきた。さっきまで座っていた席の辺りをごそごそ探している。おれは台所に立って皿をお湯につけながら、何を忘れたのかと聞いた。ケータイ、という返事と同時に、あった、と赤い電話機をかざした。

「まいったよ、もう。駅まで行って気がついてさ」

「電話してくれれば、チャリで届けてやったのに」

番号、わかんないもん、と彩子が言った。そうなのだ、最近は携帯から直接かけるので、他人の電話番号が覚えられない。何してるの、というので、見ればわかるだろと答えると、手伝うよ、と隣に立った。悪いね、と言いながらおれは洗ったばかりの皿を渡した。

「そこの布巾使ってくれ」

うん、とうなずいた彩子が皿を拭き始めた。小さく首を傾げた。

「うまくいくかな」

わかんねえなあ、とおれは答えた。もうその話はさっきからさんざんしているのに、今さら何を言ってるのか、こいつは。

「うまくいけばいいけどな」

洗い桶に溜まったお湯に皿を浸しながらおれは言った。ざぶざぶ、ざぶざぶ。

「そうだね」

ここ、まだ汚れてる、と彩子が皿を戻した。小姑か、お前は。仕方ない、もう一回洗うか。ざぶざぶ、ざぶざぶ。

「けっこう楽しかったよね」

「難しいところだな」

洗い直した皿を渡した。楽しかったと言えば楽しかったし、だるいと言えばひたすらにだるかった。

「まあ、まだ思い出にひたるには早いんじゃないの。ある意味、勝負はここからなわけだし」

そうだね、と素直に彩子がうなずいた。ざぶざぶ、ざぶざぶ。

「でも、あたしは楽しかったけどな」

そうか。それは良かった。ざぶざぶ、ざぶざぶ。しばらくおれたちは黙ったまま皿を洗い続けた。あのさ、と唐突に彩子が言った。

「みんなに聞いてたでしょ。最初のコンテストの時、どうしてこんなことしてるんだって」

「聞いたなあ」

そんなこともあった。不思議でしょうがなかったのだ。得になることもなく、意地になる必要もなく、別におれたちは仲良しグループでもない。にもかかわらずとにかく前向きに取り組んでいた。そのモチベーションが何なのか知りたくて、おれはみんなに理由を聞いてみたのだ。

「最初の入口は違ったわけでしょ」

そうだな、と皿を持ったままおれは指を折った。大先生は金だった。ゴタンダは行きがかり上加わっただけだし、ドラゴンは友情の名のもとに騙されてやってきた。翔さんはおれへの借りを返すために参加した。

それがいつの間にか、最初の動機はどこかへ消えうせてしまい、最後はみんな自分の意志でこのプロジェクトにすべての力を注ぐようになっていた。

義理があるわけでもなく、強制されたわけでもない。それなのに、みんなどうして。

それがドラゴン言うところの〝一回ぐらい当事者になってみたかった〟ということなのか、おれには未だによくわからないままだ。

「でも結局、楽しかったからやってたんじゃないの」

きれいに拭いた皿を彩子が重ねた。そういうお前は楽しかったのかよ。

「うん」

素直な答えが返ってきた。あ、そう。

ああ、さっぱりした、と皿を戸棚に収めた綾子が振り向いた。

「ね、きれいになったでしょ」

そうだな、と答えた。

ええと、今おれは何か言うべきことがあるような気がする。そして彩子もそれを待っているような気がする。

どうやら、また人生の岐路に立っているようだった。おれは髪の毛を掻きながら、ゆっくりと口を開いた。

what a fool we are!

1

いいか、ザーっつってピーって鳴ったら勝ちだかんな、とゴタンダが喚いた。もうちょっと頭のいい表現はできないのだろうか。

三月三十日夜、おれたちは工場にいた。ジジイもオフクロも彩子も翔さんも大先生もドラゴンもオーチャンもレインマンも、全員が揃っていた。親父は相変わらずプレハブの中だったが、何が起きているのかぐらいは聞こえているだろう。

おれたちはロシア・プレセックからの連絡を待っていた。現地のロケット打ち上げ基地にはナカトミ・コーポレーションのウスイがいる。これがインターネット社会のありがたいところで、マイナス五時間という時差にもかかわらず、ネットを通して刻々と連絡が入ってきていた。国際電話だったらいくらかかるんだという話だが、チャットで連絡を取っているため電話代は限りなくゼロに近かった。

ウスイは状況に変化があるたび、必要最小限の情報をおれたちに送ってくれた。用を足すには十分だった。あんまり細々した話をされても仕方がない。今わかっていることは、ヒョードルⅣが予定通りのスケジュールで打ち上げられようとしていること、現在に至るまでトラブルは起きていないという二点だった。今は現地時間十七時二十五分、日本時間夜の十時二十五分だった。打ち上げまであと五分を切っていた。

ザーっつってピーつったら勝ちだからよ、と興奮したゴタンダが唾を飛ばしながら、またテーブルを叩いた。こいつが何を力説しているのかといえば、サクセスレベルについて本人なりにわかったことをおれたちに説明しようとしているのだった。すまんが、お前がわかるようなレベルは、オフクロに至るまで十分に理解している。

サクセスレベルというのは、今回のジュニア放出実験について何度も持ち出されていた問題だった。だいたい、科学実験というのは目的があって行われ、その目的が達成されたところで成功とみなされる。今回、おれたちのキューブサットについて、当初は目的が何段階もあった。

最初はキューブサットを作ることそれ自体が目的だったわけだし、その次はロケットに載せて宇宙に放出することが目標と変わった。その意味ではもう十分成功していた。満足するべき状況といってもいい。

ただ、ここまできたら最終的な目標だったジュニアと地上との間での通信にも挑戦したかった。そして最大の目的である〝ジュニアが撮影した地球の写真の電送〟も成功させたかった。

そのためにはまず無線機とジュニアの間での双方向通信が実現するかどうかが問われる。〝ザーっつってピー〟というのは、常にノイズを流している無線機はジュニアからの通信をキャッチすると信号音が入ってくるのだが、それを意味していた。正式な用語では受信時の音声信号ということになるのだが、ゴタンダは三文字以上の漢字を頭が受けつけないので、ザーだのピーだのマンガの吹き出し的言葉で説明しているのだった。

〈二分前〉

パソコンモニターに映っているチャット画面に文字が躍った。おれたちは同時にそれぞれの時計を確認した。全員の腕時計、携帯の時計、壁のデジタル時計、すべてがプレセック時間に合わせてあった。ある意味、日本でこの工場だけはロシアだった。

十七時二十八分、とドラゴンが言った。このままトラブルがなくヒョードルⅣが発射されれば、約三十分後にジュニアの放出が開始される予定だった。

地上八百二十キロの宇宙空間で放出されたジュニアは、軌道に乗って地球の周りを周回する。静止衛星とは違い、かなりの近距離であるためにその速度は速く、およそ百分間で地球を一周するという。そのタイムスケジュールもウスイからもらっていた。

ロシアからのロケットは、すべてが同じ角度で打ち上げられるというわけではない。用途や種類、その時々のさまざまな事情でいくつかのルートを選ぶ。今回、ジュニアが日本上空を通過するのは放出後およそ九十分経過時点でのことになる、とナカトミの資料を元に大先生は計算を終えていた。つまり、今から約百二十分後に地上のおれたちと宇宙のジュニアは交信可能になるというわけだ。

逆に言えば、約百二十分後にジュニアとの双方向通信に失敗すれば、今回のミッションは失敗ということになる。そしてその可能性は決して少なくなかった。

チャレンジャー号の爆発事故のように、打ち上げた途端に大爆発することもあり得る。打ち上げそのものが成功したとしても、フェアリングの切り離しや放出機構の欠陥が発生しておれたちのジュニアが放出されないということだってあるだろう。

そしてまたジュニアそのものの問題もある。整備不良による機能不全、加重に耐えられず筐体あるいは内部機器が壊れてしまうかもしれない。何しろ時間がなかったので十分なテストも済んでいなかった。不安材料はいくらでもあった。もしかしたら放出されたはいいが、流れ星に当たって粉々になってしまうかもしれないじゃないか。

「あるいは、今この時点で地球が爆発するかもな」

もうごちゃごちゃ考えるな、とドラゴンが半笑いで言った。そりゃそうだ。今さら何を言っても始まらない。

「カウントダウン！」

彩子が叫んだ。慌ててチャット画面を見ると、8、という数字が7に変わり、すぐに3、2、1となった。

〈発射〉

実感がないのは画像が届いていないからだ。間近で見ていれば思うところもいろいろあるのだろうが、カウントダウンの数字と〈発射〉という文字だけでは、これといって感動はない。だが今、この時点でヒョードルⅣが打ち上げられたことは間違いなかった。

無事に飛んでくれ、ヒョードル。あんた、ＰＲＩＤＥチャンピオンの名前をもらっているんだぞ。人類史上最強の男の遺伝子を受け継いでいるのなら、ロケット界でも最強の皇帝でいてくれ。飛んでみせろ。男の意地はないのか。

〈固体ロケットブースター燃焼終了〉

九十秒経過した段階で、画面にその文字が浮かんだ。最初のエンジンが燃焼し、ブースターを切り離しているのだ。

〈トラブル発生なし。計器すべてブルー〉

ウスイの文章はわかりやすかった。何もここまで問題は起きていない。予定通りその三分後に頭部カバーというべきフェアリングの分離が確認された。

更に約三分後、第一段主エンジンの燃焼が停止し、第二段エンジンが燃焼を開始した。もうこの時点で四百五十キロ上空まで達しているということで、いったいどんな速さなんだ、それって。

〈問題なし〉

とにかくなんとか事態は順調に推移しているようだった。ヒョードルⅣは飛行を続け、あと三十分ほどで放出実験が行われる、とウスイが書いてよこした。

いよいよ宇宙基地が指令を出し、固定が解除されてジュニアが宇宙空間に放出されるのだ。あとは勝手に周回軌道に乗って地球の周りを廻ってくれるはずだった。ぐいぐいと時間が過ぎていき、ついにその瞬間がやってきた。三十分なんて、あっと言う間だった。

〈プレセック基地より、キューブサット分離命令が出た〉

すぐに次の文章が続いた。

〈いま、分離スイッチが押された〉

無線の指示によって器具に仕掛けられていた火薬が爆発し、固定が解除されるということだった。機材に損傷なし、とウスイが知らせてくる。凄まじいスピードだ。

〈機材損傷なし機材損傷なし〉

ウスイの奴、壊れちまったんじゃないのか、とドラゴンがつぶやいた。その昔ワールドカップだかの中継で、日本チームが得点を入れた時に興奮して四十回ぐらいゴール！　と繰り返したアナウンサーがいたが、ウスイもそんな心境なのだろう。

〈キューブサット放出〉

マジでか。ここまできたのか。神様、やっぱアンタ、マジでいるんすね。

〈問題発生せず。命令停止なし。放出〉

またウスイが何度も同じことを書いてよこした。わかったよ、それからどうなったのか、それを報告してくれ。頼むから。いやホントに。頑張れ、ジュニア。

「行け！」

おれが怒鳴るのと同時に全員が叫んだ。飛べ！　頼む！　なんとかしろ！

ここまでくると、あとは精神力だ。ちくしょう、行け、行きやがれ！

おれたちの願いが通じたのか、すぐにウスイから通信が入った。

〈日本機キューブサット、名称ＧＥＮＺＯジュニア、ロケットからの放出を確認〉

ううむ。そりゃ大変だ。

2

背中に張り付いた子泣きジジイのように、大先生は無線機の前から動かなかった。固唾を呑んでおれたちはその様子を見守っていた。

「時間は」

鋭い声が響いた。あと七分、とドラゴンが答えた。ヒョードルⅣからのキューブサット放出から、八十三分が経過していた。無線機は全出力をあげてジュニアからの電波を探していた。

事前の軌道計算によって、ジュニアのたどるコースは正確にわかっていた。秒刻みで現在位置を把握している。ただし、計算上での話だが。というのは、約百分間で地球を一周するジュニアはあまりにもスピードが速いので、計算上でしか位置を特定できないのだ。

送受信用のアンテナについても、その角度は完璧なはずだった。どこからでもかかってこい、そんな感じだ。

〈ヒョードルⅣ、順調。現在双方向通信実験中〉

ロシアの宇宙基地は陸軍だか空軍だかとの完全協力体制を取っているため、それこそヒョードルⅣが地球の裏側にいても通信が可能だ。国家が総力を挙げて取り組んでいるプロジェクトなのだから何でもありだろう。極東の島国の高校生とはわけが違う。

ただひとつだけ気がかりなのは、アマチュア無線ということだ。おれたちが使っているのは日本アマチュア無線協会が割り当ててくれた周波数に過ぎないし、出力もむしろ弱い。条件的には脆弱としか言いようがなかった。

それでもレインマンの堅牢な設計に支えられ、おれたちのジュニアは健気に頑張ってくれているはずだった。日本上空を通過する時間はおよそ十分間ということだが、その間のジュニアとの通信のやり取りには問題はないだろう。

あと五分、とドラゴンが時計を見ながら言った。あと五分で、すべてが決まる。おれたちのジュニアは、果たしてその使命をまっとうできるのだろうか。

「あのね」

まったく緊張感のかけらもない声で言ったオフクロが、炊き出しのおにぎりをテーブルに並べた。これがまた半端な量ではなく、おれたち八人のために百個以上あった。

「あんたがそんな緊張してどうすんの。別に誰に頼まれたわけでもないくせに」

それはそうなのだが。しかしだからといって、この盛り上がりに水を差さなくてもいいのではないか。

「よくやったわよ。何の役にも立たないことだけど、あんたたちみんなよくやってた。誰が認めなくても、おばさんが認めてあげる」

「何の役にも立たないわけじゃない」

無線機を睨みながら大先生が言った。その後頭部をオフクロが軽く叩いた。

「バカねえ、大先生。何の役にも立たないことを頑張ったから、ステキなんじゃないの。役に立つことや立派なことはね、そんなものは誰でもできるの。下らないこと、つまらないことに一生懸命になるから偉いんじゃないの」

オフクロの言うことにも一理ある。ここまできただけでもう十分だった。あり得ないプロジェクトをおれたちは成し遂げた。金も技術も設備もない中、十センチ角のキューブサットを作って、それを宇宙に届かせた。

他人に言わせれば、どうでもいい話だろう。おそらく誉めてもくれないはずだ。だがおれは知っている。つまらないことかもしれないが、おれたちがそこに意地を懸けたことを。それでいいじゃねえか。

これは、一生持っていても腐らないおれたちの勲章だ。そういうことなのだ。失敗したら失敗したで、それもいい。何ならもう一回やればいいだけのことだ。何度だって挑戦してやるよ。

「いいか、ザーっつったらピーだかんな」

ご飯粒を口の周りにつけたままゴタンダが繰り返した。わかったって、とドラゴンが疲れたように言った。既に無線回線はオープンになっている。ゴタンダの言う〝ザー〟っというノイズだけが工場に満ちていた。

「まだ？」

待ち切れなくなったようにオーチャンがつぶやいた。時計を見ていたドラゴンが、一分切った、と喉を鳴らした。どうなるのだろう。成功か、失敗か。どっちでも心の備えはできている。

だが、できればうまくいってほしい。気がつくとおにぎりを持ったまま両手を合わせていた。どうもこの一年で、おれはずいぶんと信心深くなっていた。

そして一分が経過した。何も変わらなかった。ジュニアからの信号音は聞こえなかった。ノイズだけが、スピーカーから絶え間無く流れ続けている。

「どうなってんだよ」ゴタンダが怒鳴った。「ピーはどうなってんだよ、ピーはよ」

うるさい、と彩子が睨みつけた。切れ長の瞳なので迫力がある。

「聞こえないでしょ」

パソコンは、とドラゴンが確認した。通信が開始されれば、ジュニアから現在位置を示すデータの送信が始まるはずだ。だがモニター前のオーチャンは首を振るだけだった。

「時間も、場所もわからない。センサーも動いてない」

パソコンのモニターには何も映っていなかった。データ表示用のソフトを作ったレインマンが眉根に皺を寄せた。これが大先生なら、ぼくの設計にミスなどあり得ない！　と怒鳴りまくるところだ。

「何か根本的な問題があったんじゃないのか」

恐る恐るおれは言ってみた。どんどん時間は経っている。今こうしている間にも、ジュニアは日本上空を通過しているはずだった。なぜ通信が入らないのか。どこかに致命的な欠陥があったのだろうか。

「まだ結論を出すには早い」大先生が無線機を調節しながら言った。「電磁波などの関係もあるから、この十分間のどこで通信を捉えられるかについては不確定要素もある。ぼくたちが揃えたのはあくまでも必要条件に過ぎない。絶対条件ではないのだから、すべての条件を満たしているかどうかわからない今、結論は出せない」

確かに、携帯電話だって話していたかと思えば突然切れることもある。宇宙と地上ではなおさら不安定だろう。ましてや、こっちは一般向けの無線を使っている。つながらないことだってあるはずだ。楽観的な立場からはそう言えなくもない。

とはいえ、ジュニアが日本上空を通過し始めて、もう八分経っていた。この段階で通信がないというのは失敗ということではないのか。悲観的に考えると、そういうことだった。

「ダメなの？」

そう言った彩子の口をおれは慌てて塞いだ。

「まだわからない」

そう言った大先生に、それならそれでいいんじゃないの、とほとんど無邪気な口調で彩子が言った。

「またやればいいじゃない」

でしょ、とおれたちを見た。おれには彩子の言っていることがよくわかったし、みんなもそうだったみたいだ。ただ、また一からやり直しはやっぱキツイよなあ、というのが全員の実感だったろう。

「まだやる気なの？」

オーチャンが呻いた。そろそろ受験だし、とドラゴンがうつむいた。まだ終わってはいない、と大先生が繰り返した。

「カンベンしてくださいよ」

ゴタンダが吐き捨てた。気持ちはよくわかった。

でもな、ゴタンダ。おれはもう一回やってもいいんだぜ。お前らが一緒ならな。いいじゃないの、百回負けても。百一回目にうまくいったら、それで人生はチャラになる。それでいいじゃねえか。

「通過まであと三十秒」

ドラゴンがカウントを数えた。慌てておれたちは一斉に祈りを捧げ始めた。頭を深く垂れて、それぞれの信じる神様にお願いした。五秒前、とドラゴンの声がして、すぐにゼロ、という宣告がなされた。受信の信号音は最後までしなかった。

「どうしたんだよ、どうなってんだよ！」ゴタンダが大先生の首根っこを摑んだ。「ザーっときてピーじゃなかったのかよ！」

　わからない、と大先生が苦しげに呻いた。

「とにかく、もう一度原因を究明して」

　使えねえ奴だな、と世界一使えない男が言った。あんたたち、と家の方に引っ込んでいたオフクロが顔を出した。

「そこ寒いでしょ。お茶いれたから、こっちにきなさい」

　すいません、とドラゴンがあっさり席を離れた。結果にこだわらないのはスタイリッシュなドラゴンの生き方だ。翔さんがレインマンを連れてそのあとに続いた。おにぎりを両手一杯に抱えたゴタンダも立ち上がった。

「あとでいいじゃねえか、そんなの」おれは無線機の前で立ち尽くしている大先生に声をかけた。

「とりあえず結果は結果として認めてさ。あとのことはお茶でもしてから考えようじゃないの」

「次に日本の上空を通過するのは百分後だ」歯を食いしばった大先生が言った。「それまでに何としてでも原因を突き止めないと」

　いやアンタ、そんな人生賭けなくても。プロジェクトXじゃないんだから。

「いいからきなさいって」

　彩子が大先生を引っ張り出した。慌ててついてきたオーチャンと共に家に入った。

（さて）

　大きく伸びをしておれも立ち上がった。最後に耳を澄ませてみた。相変わらずノイズしか聞こえてこない。これがドラマなら、どこからかかすかな音がするのだろう。

だがそんなことはなかった。パソコンのマウスをクリックしてみたが、何も変わらなかった。おれのような素人にわかることとなら、とっくに大先生やドラゴンがやっているはずだ。まあ、そんなもんだ。何もかもうまくはいかない。とにかく、おれたちのジュニアは宇宙を今も元気に飛んでいるはずだった。それでいい。十分だ。

「カジシン、早く」

代わりに彩子の声が聞こえた。その方がよっぽど耳に心地いいというものだ。わかったよ、今行くって。

おれは靴を脱いで、家に入って行った。

3

しかし思い返してみると、おれたちはホントにどうしようもなく何もわかっていなかったのだと思う。ロケットについても、キューブサットについても、何も理解していなかったのだ。それでよくジュニアがあそこまで完成したものだと思うが、わかっていない分だけ勢いがあったのだろう。

もちろん、昔と違ってソフトも発達していたし、機材も充実していた。何年か前だったらそれだけで諦めざるを得なかったのではないか。そういうハード面でのハードルが低くなっていたことと、限界がわからないばかりにどこまでも突っ込んで行けたという人間力がうまくかみ合って、ああいう結果になったのだと思う。

おれたちがどれだけ宇宙について知らなかったかというと、ひと言で言えば地球の周りを巡る軌道がひとつしかないと考えていたということだけでも、それはわかるだろう。おれがナカトミのウスイからもらった軌道計算表には、ロシアから打ち上げたロケットが最短距離で日本に近づく場合の計算式が書かれていた。

確かにロケット打ち上げから約三十分後にキューブサットは放出され、その約九十分後に日本上空を通過する。その数字に間違いはなかった。

だが日本といっても北は北海道、南は九州沖縄まで、その範囲は広い。おれたちの無線機は蒲田にあり、そこは出力の弱いアマチュア無線の悲しさで、東京近辺を通ってくれなければジュニアとの双方向通信は不可能なのだ。おれたちにはそんなことさえわかっていなかった。

あとで確認したところでは、最初にジュニアが周回軌道に乗って日本に近づいたのは、放出から九十一分後、南九州上空だった。ウスイは嘘をついたのではなく、宇宙開発機構のような、あるいは自衛隊のようなプロ仕様のレーダーなら、ジュニアからの送信をキャッチできる、という意味で最短の時間を教えてくれていたのだ。残念ながら、おれたちのアンテナでは、南九州からの電波をキャッチすることは不可能だった。

その後少しずつ軌道を変えたジュニアは更にその約百分後、いよいよ東京上空を通過した。つまりゴタンダの言うザーっときてピー状態は、放出から約百九十一分後のことだったのだ。

ただしその時、既に待機疲れしていたおれたちは、あっさりとおれの部屋で折り重なるようにして寝くたばっていた。かわいそうに、ジュニアは必死でおれたちの無線機に電波を送り続けていたのだが、誰もそんなことに気づいてやれなかった。パソコンがデータを受信していたこと、ジュニアが撮影した画像が送られていることが判明したのは、約三時間後のことだった。早朝から待機を続け、その前日もろくに寝ていなかったおれたちは昏々と眠り続けており、起こしてくれたのはオフクロだった。何かパソコンに映ってるけど、と言われたのだ。

つまり、おれたちの中でジュニアの通信に最初に気づいたのはオフクロだったのだ。何てことだ。そしておれたちは我先にと工場に飛び込み、モニターを確認した。

そこに映っていたのはやたらとピントの鮮明な青い青い地球だった。

なるほど、ガガーリンは正しい。地球は青かった。

おれたちは無言のまま天井を見つめた。その時、おれたちの胸を通り過ぎていった想いはどんなものだったのだろうか。

もちろん、それぞれに違いはあっただろう。ミッションが成功に終わった喜び。すべてが終わったことに対する寂寥感《せきりょうかん》。さまざまな想いがあったはずだ。

「あれだな、思ってたより、感動しねえな」

ゴタンダがつぶやいた。実はおれもそう思っていた。というより、感動するには疲れきっていたのだ。

「どうする、これから」

ドラゴンがおれの方を向いた。

「寝る」

おれはそう答えた。みんながうなずいた。そしてそれから六時間、おれたちは夢ひとつ見ることなく安らかに眠ったのだった。

「もしもし」

誰がかけてきたのかはわかっていた。とびきりの笑顔。

「どうなの、調子は。順調？」

彩子がそう言った。あの時、うちの台所でおれはもう一度やり直さないかと言い、彩子はすぐに、うん、とうなずいた。ケータイを忘れた、と言うのは嘘だった、とかなり経ってからこっそり教えてくれた。あ、そう。

そして十年後、おれたちは一緒に暮らし始めていた。要するに早い話が結婚したのだ。そして十四年前に子供も生まれていた。凜といって、たぶん世界で一番かわいい女の子だ。

「わっかんねえなあ。順調なんじゃないの？」

「打ち上げまで、あとどれぐらいよ」

六時間を切った、とおれは答えた。ふうん、と感慨深いため息を彩子がついた。

おれはあれからなぜか少しまともに学校に行くようになった。高校三年という遅いデビューだったが、人間関係もうまく回るようになっていた。

受験もして大学に行った。文系の私立大学だった。そこでマネージメントについて少しだけ学んだ。卒業してから損保会社に就職したが、しばらくしてＮＪＳＤＡが中途採用社員を募集していると聞いて試験を受けた。

募集していたのは研究員だったが、どういう流れか採用された。あとで聞いた話だと、私は難しいことはさっぱりわかりません、と面接で正直に言ったのがウケたのだそうだ。

入ってからは一貫して全体のスケジュール管理をする統括部という部署で働かされた。それはそれで良かったが、やっぱりロケット打ち上げにかかわりたくて、企画書を書いたり職場の仲間を騙して勝手に研究チームを作ったりしていたら、たまたまおれの書いた企画書が〝きぼう13〟プロジェクトにつながり、宇宙利用推進準備室に参加することになった。今いる宇宙利用推進本部の前身だ。

「すごいじゃん、パパ。マジで」彩子が言った。「夢は見とくもんだね」

ちょっとその声が涙ぐんでいた。よせ、みっともない。

いや、おれも正直どうしてこういうことになっているのか、自分でもよくわからないのだ。くどいようだが、おれには未だにロケットの口の字もよくわからない。宇宙工学どころか微分積分も怪しい。それでもいないよりはいた方がいい、とみんなが言ってくれた。

能力は低い。おそらくおれはＮＪＳＤＡの誰よりも、下手したら受付の女の子より数学の才能はないだろう。ただ、ロケットはかなり好きだ。そして、好きでやってれば何とかなる、ということをおれは経験を通じて知っていた。

別に頑張ったり努力したつもりはない。主張したわけでもない。ただ言い続けていただけだ。何度出しても突き返された企画書を、それでも出し続けた。そうしたら自然とこういうことになった。

おれには人生とかそういう難しいことはさっぱりわからない。ただ、粘っていれば、諦めなければ、そのうち何とかなるとは思う。

「さっきゴタくんから電話あったよ」おかしそうに彩子が笑った。「あのバカがロケット本当に飛ばすかって、ブーブー言ってた」

バカにバカ呼ばわりされると本当に腹が立つ。今ゴタンダはおれの実家にいる。親父の手伝いをしているのだ。

そうだ、親父はあれから二年ほど経って、ようやくプレハブから出てきた。それから本格的に社会復帰するまで三年ぐらいかかったが、とりあえず今は梶屋製作所の社長として何とか仕事を続けている。

ちなみに、ジジイもまだ生きていた。毎日四箱の煙草を灰にし、三食肉しか食わないという片寄った食生活にもかかわらず、未だに元気だ。どうしてあんなに健康なのか。

オフクロは今でも大森で一人暮らしを続けている。親父はプレハブから出てきたが、毎日家に通って飯を作るだけで、一緒に暮らすつもりはない、と言い切っていた。それが女の意地だそうだ。おれにはよくわからない。

あの時おれがキューブサットにかかわらなければ、おれの家は、家族はどうなっていたのだろう、と時々考える。まだ親父は引きこもり続けていたのだろうか。彩子とはどこかでもう一度出会ったのだろうか。そうやって考えると、なかなか人生は面白いものだと思う。

「凜は」

まだ学校、と彩子が答えた。

「ねえ、いつ帰ってくる？」

こいつは何ひとつ変わっていなかった。あれから三十年経った今日に至るまで、話し言葉は十七歳の時のままだ。

「来週の終わりには帰る」

おれは頭の中でスケジュールを確認した。鹿児島に単身赴任してから、もう四カ月が経っていた。だがそれももう終わりだ。今日が終われば、東京に戻れるはずだった。

「気をつけてね」彩子がちょっと心配そうに言った。「事故とかあっても、しょうがないんだから。さっさと逃げなよ」

不吉なことを言う癖も変わっていなかった。頼むから止めてくれ。

「テレビ見てるから」

わかった、というおれの返事も聞かずに電話を切った。やれやれ。

「梶屋部長」

轟が急ぎ足に近づいてきた。少し顔が強ばっていた。トラブルです、と囁いた。ふうん、とおれはうなずいた。

「至急戻ってください」

ガタガタすんなよ。何があったのか知らないが、おれはトラブルのプロだぞ。大概のことなら何とかなる。最悪、打ち上げを中止すればいいじゃないか。また最初からやり直せばいいんだ。

「そうでなきゃ面白くないだろうが」

もう一本煙草に火をつけた。何を言ってるんですか、と泣きそうな顔で轟がおれを見つめた。

「機械じゃないんだぞ、おれらは。全部計算通りいってたまるか」

わけのわからないことを言わないでください、と顔を歪めた。逆だよ、轟。わけがわからないから、こんなことをやってるんじゃないか。

「戻ってください」

轟が先に立って歩き出した。

上等だ。何とでもしてやる。トラブルがどうした。人間が作ったロケットだぞ。何とかならないはずがない。

煙草を消した。手の中に携帯電話があった。凜の写真が貼ってある。おれは折り畳まれている携帯を開いて、待ち受け画面を見た。

そこに映っていたのは、あの時おれたちのジュニアが宇宙から送ってきた青い地球の写真だった。おれが旧式の携帯電話を未だに使っているのは、この写真のためだった。

三十年も昔、こんなことができた。月にロケットを飛ばすぐらい、何てことはない。

(そうだろ)

みんながうなずくのが見えたような気がした。おれは携帯を胸のポケットに入れて、硬化プラスチックの廊下を歩き出した。

謝辞にかえて

単行本にあとがきを記すというのも、ちょっと言い訳っぽくて恐縮なのですが、モノがモノだけにお許しを。

本書はぼくにとって二冊めの青春小説ということになります。ただ前作『1985年の奇跡』と違うのは、メインとなるのが理科系も理科系、キューブサットという聞いたこともなければ食べたこともない代物だったということで、バリバリ文系であるぼくとしては、大変処理に困りました。いや、ホントにいったい何でこんなことを始めたのだろうか。確かに言い出したのはぼくなのですが。

というわけで、数多くの方々に話を伺うことになりました。皆様の協力をいただけなければ、おそらくこの小説は完成しなかったでありましょう。以下にお名前を記すことで、感謝の意を表したいと思います。

東京都立航空工業高等専門学校の島田一雄校長（当時）、石川智浩先生、若林良二先生には取材のお願いを快諾していただき、またさまざまな訳のわからない小学生並みの質問にも丁寧に答えていただきました。ありがとうございます。

同じく都立航空高専で実際に取材させていただいた宇宙科学研究同好会ならびに電気通信部の皆さん、内山孝くん、飯田康弘くん、加藤雄二くん、徳永宏くん、二見昌寛くん、田中萌生くん、横田裕哉くん、幕田龍くん、湯田永晶くん、長谷川謙くん、ありがとうございました。ホントに君たちはカッコイイと思うぜ、オレ。

　同校人力飛行機研究同好会ならびに宇宙科学研究同好会の田沼聡美さん、渡部未来さんには「理系の学校に進路を決めた女の子」の代表として話を聞かせてもらいました。ありがとうございました。

　また宇宙航空研究開発機構・ＪＡＸＡの岩本裕之氏、肥後尚之氏、堀田成章氏には原稿のチェック、全体の監修をしていただきました。無理なお願いを快く引き受けていただき、感謝の言葉もありません。どうもありがとうございました。

　その他マスコミ関係者、特にテレビ局の方々に意見を伺ったり、大勢の技術者、研究者の皆さんにも取材させていただきました。夜中に電話をしたり、メールを入れたこともたびたびありましたが、本当に親切に教えていただいたことを、改めてここに感謝します。

　また『１９８５年の奇跡』に続いて装画を快諾していただいた永井博氏にも、改めてお礼申し上げます。永遠のアイドルである永井さんにイラストを描いていただけるぼくは、本当に幸せな男だと思います。同じく装幀をお引き受けいただいた重原隆氏。ありがとうございます。

　そして最後に双葉社編集部の秋元英之氏に。いや、あなたがなぜこんな小説にオッケーを出したのかよくわからないが、ともあれ一応こうして形になった。七割はあなたの力だとマジで思う。サンキュー。

五十嵐貴久

参考資料

『上がれ！　空き缶衛星』川島レイ（新潮社）
『キューブサット物語』川島レイ（エクスナレッジ）
『宇宙へのパスポート―ロケット打ち上げ取材日記1999‐2001』笹本祐一（朝日ソノラマ）
『国産ロケットはなぜ墜ちるのか』松浦晋也（日経ＢＰ社）
『ＭＡＴＬＡＢによる誘導制御系の設計』江口弘文（東京電機大学出版局）
『新版 日本ロケット物語』大沢弘之（誠文堂新光社）
『メタルカラーの時代〈６〉ロケットと深海艇の挑戦者』山根一眞（小学館）
『手作りロケット入門―火薬エンジンのロケットを作ろう！　飛ばそう！』日本モデルロケット協会編集（誠文堂新光社）
『自作ロケットで学ぶロケット工学の基礎知識』久下洋一・渡井一生・山田誠（技術評論社）

・なお、本書においてはキューブサットを含め、実際のデータを変えたり、あるいは完全に架空の設定を設けた上でストーリーを進めています。監修はＪＡＸＡにしていただきましたが、小説内での内容、用語などはすべて五十嵐貴久の解釈によるものであることを重ねてお断りしておきます。例えばですが、本書タイトルにある『ロケットボーイズ』は、厳密には『キューブサットボーイズ』あるいは『サテライトボーイズ』と呼ぶべきだとわかってはいますが、その辺りは著者及び出版社の判断でこのようなタイトルにしています。なので特に理科系専門職の方々は大人気なくツッコミ入れたりしないように。

・その他東京都立航空工業高等専門学校、ＪＡＸＡ、宇宙情報センター、日本テレビ、東京大学などのホームページ、また各関係者ブログなどから資料を参照させていただきました。

・キューブサット及び人工衛星、宇宙工学などの資料について、ここではスペースの関係上載せられなかったものがあります。

・この小説はフィクションであり、実在するいかなる団体、個人にも関係ありません。

本書は、書き下ろしです。

五十嵐 貴久●いがらし　たかひさ

1961年東京都生まれ。成蹊大学文学部卒業後、出版社に入社。2002年『リカ』で第2回ホラーサスペンス大賞で大賞を受賞しデビュー。以来優れたエンターテインメント小説を次々と発表する。他の著書に『交渉人』『安政五年の大脱走』『1985年の奇跡』『Fake』『TVJ』がある。
〈e-mail〉 officeigarashi@msb.biglobe.ne.jp

2005年のロケットボーイズ

2005年8月5日　第1刷発行

著　者―― 五十嵐《いがらし》 貴久《たかひさ》

発行者―― 佐藤俊行

発行所―― 株式会社双葉社
東京都新宿区東五軒町3-28　郵便番号162-8540
電話03(5261)4818〔営業〕
03(5261)4831〔編集〕
振替・00180-6-117299

http://www.futabasha.co.jp
（双葉社の書籍・コミックが買えます）

印刷所―― 大日本印刷株式会社

製本所―― 株式会社若林製本工場

ISBN4-575-23531-8 C0093